묵담 黙談

묵담 黙談

초판 1쇄 발행 2025년 8월 30일

지은이 김정희
펴낸이 장길수
펴낸곳 지식과감성#
출판등록 제2012-000081호

교정 한장희
디자인 김희영
편집 김희영
검수 김지원, 정윤솔
마케팅 김윤길

주소 서울시 금천구 벚꽃로298 대륭포스트타워6차 1212호
전화 070-4651-3730~4
팩스 070-4325-7006
이메일 ksbookup@naver.com
홈페이지 www.knsbookup.com

ISBN 979-11-392-2740-6(03810)
값 15,000원

- 이 책의 판권은 지은이에게 있습니다.
- 이 책 내용의 전부 또는 일부를 재사용하려면 반드시 지은이의 서면 동의를 받아야 합니다.
- 잘못된 책은 구입하신 곳에서 바꾸어 드립니다.

지식과감성#
홈페이지 바로가기

김정희 장편소설

黙談　　묵담

이 소설에 등장하는 인물들은 허구며,
오래된 숲에 관한 소문이나 바위 이름, 절집, 벌어지는 사건 또한 실제가 아니다.

차 례

제 1 장
오래된 숲에 바람이 불다

1. 설날   12
2. 정월대보름   22
3. 입춘(立春)   30
4. 우수(雨水)   42
5. 경칩(驚蟄)   55
6. 춘분(春分)   75
7. 청명(淸明)   91
8. 곡우(穀雨)   104

제 2 장
자주꽃 피면 자주감자

9. 입하(立夏)   120

10. 소만(小滿)   135

11. 망종(芒種)   157

12. 하지(夏至)   169

13. 소서(小暑)   187

14. 대서(大暑)   207

제3장

달은 마을 어귀에서 기다리고

---•---

15. 입추(立秋)	222
16. 처서(處暑)	234
17. 백로(白露)	249
18. 추분(秋分)	270
19. 추석(秋夕)	277
20. 한로(寒露)	285
21. 상강(霜降)	301

제 4 장
구름의 배를 가르니 눈이 쏟아지네

22. 입동(立冬)   312

23. 소설(小雪)   322

24. 대설(大雪)   335

25. 동지(冬至)   346

26. 소한(小寒)   360

27. 대한(大寒)   370

제1장

오래된 숲에 바람이 불다

1. 설날

음력 1월 1일. 입춘과 겹치기도 한다.
우리나라 최대의 명절로 차례를 지내고
어른들을 찾아뵙고 세배를 한다.
세찬으로 떡국을 먹으며
덕담을 나누는 풍습이 있다.

동트지 않은 숲길은 눈(雪)으로 가득하다.

조불거리던 수천 개의 별이 인기척에 놀라 후다닥 오래된 숲으로 쏟아진다. 유건(儒巾)을 쓰고, 흰 두루마기를 입은 제주(祭主) 김현우는 느릅나무 가지 끝에 걸린 그믐달을 무심히 쳐다보다가 소반을 조심스럽게 고쳐 들었다.

현우 뒤를 따르는 남자들 역시 유건과 두루마기로 채비한 모습이다. 제사에 참여하는 남자들은 일곱 명 인원수를 맞춰야 한다. 숲길 끝자락에 이르자 어슴푸레 당집이 보인다. 당집은 낡고 오래되었지만, 긴 세월의 풍파를 견디고 당당하게 자리하고 있다. 오래된 숲의 거대한 나무들도 당집과 함께 근 오백여 년을 잘 버티고 서 있다.

갑오년에 노비 문서를 불태우며, 모시던 양반집 딸과 함께 도망친 젊은 머슴이, 고단한 고향 땅을 떠나서 자리 잡은 곳이다. 억쇠가 김가 성을 가진 자식을 낳고, 조선이 망하고, 일제강점기가 닥치고, 전쟁이 터져 자식들이 총알받이로 사라져도 나무는 변함이 없다. 당집을 감싸고 당당하게 서 있으니 온 마을이 든든하다. 비가 오나, 눈이 오나 한결같은 모습으로 그 자리에 있는 이 오래된 숲 성황림을, 사람들은 마을을 보호하는 수호신이라 굳게 믿는다.

눈썹이 하얗게 센다고 호들갑을 떨며, 밤새 마을회관에서 가래떡을 썰던 여자들은, 자는 둥 마는 둥 새벽 네 시가 되기도 전에 일어났다. 첫 떡국을 끓여야 하기 때문이다. 첫 떡국은 그믐날 밤, 치악산 중턱에 있는 절집에서 길어 온 맑은 샘물로 끓인다.

현우와 남자들이 떡국을 제기에 담아 당집으로 가고, 마을의 아낙들은 큰 가마솥에다 불을 때기 시작했다. 올해부터 설날 제사는 마을 사람들 모두 회관에 모여서 함께 지내자고 회의에서 결정했다. 나이가 들수록 제수(祭羞) 마련하는 것도 힘에 부친다.

지난겨울에는 싸리치 사는 박 씨가 무릎 연골 수술을 했고,

올봄에도 수술 날짜 받아 놓은 노인들이 제법 있다. 온몸 구석구석 아프지 않은 곳이 없다. 그래도 그저 죽는 날까지 살살 달래서 사는 수밖에 도리가 없다.

   회관에서 음식도 만들고, 함께 모여 제사를 지내면 어떨까? 현우가 의견을 냈다. 어머니는 찬성하셨다. 어머니가 찬성하시면 그다음은 일사천리다. 일단 설부터 시작해 보고, 추석 때도 해보자 의논하니 노인들의 마음이 흡족하다. 절골의 종갓집 덕수네는 이번 설에 함께하지 못했다. 대신 쌀 한 가마니를 부조했다.

   대부분의 시골과 마찬가지로 노인들이 많은 이 마을은, 설날이 와도 마냥 흥겹지만은 않다. 노인들에겐 어제가 오늘이요, 오늘이 어제 같다. 그저 그날이 그날이다. 해가 바뀌어 새 날이 밝아도 태양은 똑같이 떠오르고, 세월은 여전히 멋대로 흘러간다. 그래도 명절이 되면, 도시에 있는 아들딸도 오고 손주들도 오니, 주름진 얼굴에 모처럼 웃음꽃이 환하게 핀다. 올해는 또 어떤 노인이 저세상으로 건너갈 것인가? 성황제를 무사히 잘 치를 때까지는 아무도 가시지 않아야 할 텐데. 제주인 현우는 해가 바뀌면 그게 가장 큰 걱정이다.

   당집에서 제사가 끝났다.

날이 밝으려면 한참을 기다려야 한다. 마을 사람들이 하나, 둘 회관으로 모일 즈음, 남대봉 꼭대기에 엷은 햇살이 슬그머니 엉덩이를 걸친다.

동배와 이장 송 씨가 마당 한복판 멍석 위에 상을 펼치고, 마을 사람들은 집에서 장만한 음식을 내놓는다. 갖가지 전과 과일이 가득하다. 현우는 수박과 멜론도 샀다. 비싸도 이럴 때 아니면 언제 돈을 쓰겠나? 어머니가 말씀하셨다. 동배가 잘난 척, 홍동백서(紅東白西)! 하고 큰소리친다. 조상들의 신위가 상위에 일렬로 죽 놓이자, 사람들의 표정이 갑자기 심각해졌다.

회관 마당은 사람들로 복작거린다. 합동 명절 제례는 이 지역에서 처음이다. 지역신문 기자도 보인다. 산나물축제나 성황제가 열리면, 참석한 사람들을 인터뷰하고 기사를 쓰는 김 기자다. 노인들에게도 살갑게 대하고 행사마다 열심히 다니더니 작년에 승진해서 팀장이 되었다. 특종에 대한 예감이 발동했는지 고향에도 가지 않고, 새벽부터 카메라 기자와 함께 마을에 들이닥쳤다. 아침 내도록 사람들 사이사이를 누비며 인터뷰도 하고, 차린 음식들을 찍기도 하며 열심히 촬영 중이다.

동배는 저를 다섯 살 때까지 키우고 돌아가신 할머니 이름을 몰라 '강동배 할머니'라고 지방을 썼다. 아이들이 삐툴삐

뚤한 글씨를 보고 웃다가 동배가 째려보자 입을 딱 다물었다. 똥배 아저씨한테 걸리면 개박살이야! 낙엽만 굴러도 깔깔거리는 아이들이다. 동배가 고개를 돌리자, 저들끼리 입을 틀어막으며 웃음을 참느라고 끽끽거린다.

제사가 끝나자 음식을 차리느라 시끌벅적하다. 회관 마당 한쪽으로 음식을 죽 놓고, 각자 먹고 싶은 음식을 덜어 먹는 뷔페식이다. 얼음이 서걱서걱 섞인 동치미가 박으로 만든 바가지에 가득 담겨 상을 떡하니 차고앉았다.

저 박바가지는 뭐드래? 아, 박이 박이지 뭐간? 그랴도 바가지는 너무 했슈. 거시기, 맛만 있으면 되야!

온갖 말들이 오간 후에야 떡국을 한 그릇씩 받는다. 가마솥에다 한꺼번에 떡국을 끓이니, 어떤 놈은 푹 퍼져 솥 바닥에 들러붙어 떨어지지 않고, 어떤 건 설익어 입속을 맹글맹글 돌아다닌다. 서로 뉘 집 가래떡 쌀이 시원찮네, 마네 실랑이가 벌어지고, 담부터는 쌀을 한꺼번에 모아서 방앗간에 가라고 영천댁이 야단을 치고 나서야 숙어졌다.

동배는 고명으로 얹는 소고기를 너무 많이 집어넣어 미단에게 핀잔을 듣고, 영심은 삐죽거리며 동배 역성을 든다. 김에서 탄내가 난다고 조 영감은 타박이고, 솔가지 불에 김을 구웠던 함박네는 그럴 양이면 며느리에게 얻어 자시지! 하며 흘겨본다.

자식들이 고속도로 복잡하다고 안 내려오는 집도 있고, 거꾸로 서울로 올라가서는 버스를 타고 쓸쓸하게 돌아오는 노인도 있다. 올해는 이런저런 이유를 다 묻어두고 한꺼번에 모여서 제사를 지내고 떡국을 먹으니 설날 아침이 잔칫날처럼 흥겹다.

김장김치는 냄새난다고 광 속에 묻어둔 배추와 무를 가지고 새 김치를 담갔다. 설날이 되기 열흘 전부터 모여서 오만 잡담을 하던 아낙들은 그래도 고추하고 배추는 미단네 것이 젤로 낫다고 결론을 내렸다. 미단은 지 집에 있는 물건은 개똥도 아까운 사람이다. 남편 죽고 모자라는 아들놈 하나와 악착스레 모은 재산이다. 아무리 나를 뺑기 태워도 기냥은 못 주네. 돈을 줘잉! 했다가 갖은 핀잔을 다 들었다. 그래도 기어이 이장에게서 이만 원을 받아 챙겼다. 아따! 미단네 재벌되것다! 마을 사람들이 놀려도 미단은 까딱도 하지 않는다.
이장이 흥겨운 민요를 한바탕 틀자 마당 가득한 사람들의 어깨가 얼씨구! 절씨구! 들썩인다. 오랜만에 시골 할아버지, 할머니 집에 온 아이들은 사방을 쫓아다니며 소리를 지르고, 시내에서 고등학교에 다니는 소라가 조무래기들을 돌보며 맏언니 노릇을 톡톡히 한다. 온 동네가 시끌벅적하니 모처럼 활기차다. 사람들 얼굴이 웃음으로 가득하고, 겨울 동안 스산했던 마을에도 푸른 생기가 넘친다.

설날이다!

산바람도 잔잔하고, 아침 햇살도 겨울답지 않게 따사롭기 그지없다.

먼 도시에 사는 자식들이 들이닥친다.

종갓집에서 시부모를 모시고 사는 덕수네 큰며느리는 보름 전부터 설 준비를 하느라 정신이 반은 나갔다. 묵은 제기를 닦고, 대청소하고, 갖가지 전을 부친다. 눈곱만 겨우 떼고 머리는 산발인 큰며느리와는 달리, 작은 며느리는 뽀얗게 화장하고 설날 아침이 되어서야 슬며시 나타난다. 그래도 선물 보따리와 돈봉투를 내놓고 유세가 당당하다. 시어머니는 입이 댓 발이나 튀어나온 큰며느리는 뒷전에 두고, 작은 것 역성을 이만저만 드는 것이 아니다.

'서울서 직장 다닌다고 피곤하쟈? 어서 많이들 먹고 가거라. 설거지는 자가 할거이다. 야야! 야들 서울 갈 때 가지고 갈 음석들 좀 싸거라. 작년처럼 헐거이 싸지 말고 좀 푸짐하게 싸라이. 사람이 그렇게 야박하믄 몬쓴다.'

눈이 확 뒤집힌 큰며느리는 참고 참았던 울분이 터져 눈물을 한 바가지 쏟고, 작은 며느리는 샐쭉하니 입을 빼물고 있다가 남편을 꼬드겨 친정으로 달아난다.

설거지 다 끝내고 돌아앉기 무섭게 일가친척 맞을 준비를 하는 동안 해는 지고, 올해 역시 친정의 친자도 못 꺼낸 큰며느리는 부엌 바닥에 쪼그리고 앉아 서럽게 훌쩍인다. 행여 밤에라도 보내주려나 싶어 기다리고 있으면, 시어머니는 애들 고모들이 내일 올 건게, 외갓집엔 모레 가거라이 한다. 마누라가 전쟁을 치르거나 말거나 남편은 뛰쳐나가 오랜만에 만난 불알친구들과 술판을 벌이고, 밤늦도록 들어오지도 않는다.

마을에서 조금 떨어진 산자락에서 민박을 운영하는 홍진수네 집만 적막하다. 절에 요양 가 있는 홍진수는 설날이 되어도 내려오지 않았다. 홍 씨 부인은 혼자 회관으로 가서 떡국도 먹고, 아낙들이랑 윷놀이도 하다 왔다.

이놈의 동네는 신나게 윷을 던지다가도 막판에는 꼭 싸움을 벌인다. 이짝 말을 잘못 놨느니, 니는 누구 편이냐? 나는 니랑은 절대로 윷 안 논다. 온갖 난리를 친다. 남자들은 아낙들이 싸우거나 말거나 못 본 척 장기를 둔다. 장기판도 마찬가지다. 훈수를 잘못 뒀다가는 의절할 판이기 때문에 다들 꾹 참는 것뿐이다. 한마디만 잘못 던지면 고릿적 케케묵은 이야기까지 다 까발려진다. 심술이란 심술은 부릴 만큼 부린 동배도 이때만큼은 입을 틀어막느라 오금이 지리다.

명절이 아무 의미가 없는 영심은, 아침나절 회관에서 떡국 한 그릇을 후딱 해치우고는, 면사무소 앞에 있는 은조식당에 갔다. 연변에서 온 식당 주인인 추자와 신세 한탄을 하며, 막걸리를 주거니 받거니 두 병을 마시고, 막차가 끊긴 어둑한 길을 따라 찰박찰박 돌아온다. 시내에 가자고 그렇게 꼬드겨도 똥배짱 동배는 들은 척도 하지 않았다. 면에서 4km 정도 되는 캄캄한 길을 걷던 영심이 갑자기 돼지 멱따는 소리로 노래를 불러 젖힌다.

연부농 치마아가 봄바람에 히날리더라 오늘도 옷고름 씹어 가매 청노새 짤랑이던 서낭당 길에 꼬치 피든 가치 웃고 꼬치 지믄 가치 울던 알뜨란 거 맹서에 보음나아른 가아안다아!

찢어지는 노랫소리에 맞춰 온 동네 개들이 죽으라고 짖어 댄다.
"아, 시끄러! 이 개새끼들아. 요번 복날에 확 다 잡아먹어 불랑께. 까불고 있어!"
일순 조용해진다. 그러다 다시 왁! 하고 짖는다. 개 짖는 소리에 자다 깬 마을 사람들은 영심의 목소리에 목구멍까지 올라왔던 누가 한밤중에 지랄이여! 하는 소리를 관둔다. 똥이 무서워 피하는 게 아니다. 동배 때문에 마을 사람들은 웬만하면 영심이는 건드리지 않는다. 동배가 한번 난리를 부리면 며칠을 고생해야 한다. 참고 넘기자니 속이 쓰리다.

그렇게 든든한 뒷배가 있는 영심이도 현우네 집 앞을 지나갈 때는 얌전히 걸어간다.

'현우아재 어무이한테 밉보이면 마을에서 살 수가 없데이!'

영천댁이 귀띔해 주었다.

숨죽여 지나가려니 성질이 뻗친다. 한번은 동배에게 그 할머니가 그렇게 무셔? 하고 따져 물었더니, 천하의 동배도 그 할머니께는 절대로 깝죽대지 말라고 눈을 부라리며 소리를 질렀다. 그래서 영심이는 그 집 앞을 지날 때는, 두 발을 얌전히 등에 업고 걷는다.

영심이 뒤로 술에 취해 비틀거리는 겨울바람이 쓸쓸히 따라간다. 영심은 자꾸 뒤돌아본다. 아무도 그녀의 이름을 부르지 않는다.

2. 정월 대보름

음력 1월 15일로 한국의 전통명절이다. 부럼, 오곡밥, 약밥, 귀밝이술 등과 묵은 나물, 제철 생선 등을 먹으며 한 해의 건강과 소원을 빈다.

설날이 어젠가 싶더니 어느새 정월 대보름날이 다가왔다. 예전에는 설날보다 대보름을 더 큰 명절로 쳤다. 이른 새벽부터 더위를 팔고 부럼을 깨물고 오곡밥과 나물을 먹었다. 바쁜 도시에서는 대수롭지 않게 생각하지만, 이 마을은 아직 보름날을 밀쳐놓지 않았다. 오곡밥을 해서 집집이 돌리고, 귀밝이술을 나눠 먹는다.

보름나물은 거의 묵나물이다. 나물은 데쳐서 그늘에 말려 보관한다. 오늘 같은 날 먹으려고 광에 주렁주렁 매달아 놓았다. 특히 아주까리 나물이 귀해서 인기가 많다. 아주까리는 피마자기름 때문에 예전엔 많이 키웠지만, 재배 기간이 너무 길어서 기피 작물이 되어버렸다. 변비에도 효과가 있고 이파리를 묵나물로 먹으면 맛이 좋다.

 이파리는 우산처럼 크다. 어릴 때 현우는 소나기가 쏟아지면, 그 아주까리 이파리를 따서 머리에 쓰고 집으로 달려갔다. 넓적한 이파리는 현우의 작은 머리통을 덮고도 남았다.

 무청 시래기나물은 노인들이 좋아한다. 방송에서 하도 섬유질이 많다고 떠들어대서 귀한 나물이 되었지만, 시골엔 무청으로 시래기를 하는 게 김장과 함께 당연한 일거리다. 낡은 지붕, 추녀 끝에 무청과 배추 겉 줄기를 달아놓고 실실 눈바람을 쐰다. 무청 시래기는 된장에 박박 주물러 뭉근하게 끓여 보리밥에 척 걸쳐서 먹으면 고기반찬은 갖다 대지도 못하게 맛있다. 요즘은 아예 무청을 위한 개량된 무를 심기도 한다. 무청이 길고 튼튼하며 이파리가 풍성하다. 추수할 즈음, 밭에 가보면 무청만 떼 가고 무는 사방에 그냥 널브러져 있다. 무가 맛이 없기도 하지만 길쭉하니 못 생기고 크기도 작다. 그런 무는 깍두기를 담아도 양념이 아깝다.

 성황림이 있어 신들이 틀림없이 산다는 이 마을에는 보름날 새벽이면 벼락바위 아래에서 치성드리는 사람들이 많다. 촛불이 번져 바싹 마른 겨울 산에 불이 날 수도 있으므로, 현우와 이장 송 씨는 대보름날이 되면 산에 올라가서 샅샅이 살펴본다.

　벼락바위는 설핏한 어둠 속에서도 그 위용을 자랑하며 당당히 서 있다. 아주 오래전에 이 마을은 벼락을 두 번 맞았다. 처음 맞은 곳이 지금의 벼락바위이고, 두 번째는 현우네 뒷마당에 있던 백 년이 넘은 오동나무였다.

　바위는 벼락을 맞고 가운데가 죽 찢어졌다. 바위 사이에 작은 돌들이 들어앉아 그 속에서 소나무 한 그루가 자라났는데 그 모습이 아주 장관이다. 무속인들이 이 바위에다 치성을 드리는 것도 어찌 보면 당연한 일인지도 모르겠다.

　소나무는 키가 크진 않지만, 자태가 영글다. 솔잎은 겨울에도 진초록으로 빛이 난다. 양옆으로 찢어진 바위는 사람이 올라가지 못할 정도로 가파르고, 안개가 서리면 꼭 산신령이 나올 것같이 신비롭다. 벼락바위 뒤쪽으로 간신히 발하나 디딜 틈이 보인다. 오래전에 어떤 사진작가가 소나무를 찍으려고 그 틈에 발가락을 걸치고 허우적거리는 걸 마을 사람들이 구한 적이 있다. 한 발만 잘못 디뎌도 황천길이다. 그 이후부터 벼락바위 위로 올라가는 것은 금지되었다.

　바위 둘레 구석구석 촛불이 켜져 있다. 현우는 손이 닿지 않는 곳에 있는 촛불을 처량하게 바라보았다. 저 높은 곳에 어떻게 초를 켤 수 있지? 참 재주도 좋구나. 현우의 심정을 아는지, 송 씨가 돌을 휙! 하고 집어던진다. 초가 툭! 떨어졌다.

"아따! 정말 대단들 하네. 이렇게 많이 빌어대면 신령님도 눈코 뜰 새 없이 바쁘시겠다!"

어디 벼락바위뿐이랴? 오래된 숲인 성황림도 마찬가지다. 해마다 성황제를 지내는 날엔 사람들이 어찌나 많이 몰려드는지 소지로 쓰는 한지가 모자랄 지경이다. 고목에 감아 놓은 새끼줄에는 소지가 빽빽하게 꽂혀, 손가락 하나 비집고 넣을 틈이 없다.

막막한 이 세상 사는 것이 힘들다고 그저 무엇이라도 주십사 비는 사람이 있다. 아프지 않게 세상 하직하게 해달라고 비는 사람도 있다. 그런데 가진 게 많은데도 더 달라고, 빌고 또 비는 욕심 넘치는 인간도 있다.

겉모습만 보고서는 어떤 놈이 착하고, 또 어떤 놈이 나쁜지를 구별할 수가 없다. 그래서 신은 차라리 모르는 척하고 있다.

시내에서 삼십 분밖에 걸리지 않지만, 도시와는 풍경부터 판이한 이 지역은 산과 산 사이 넓은 평야가 누워있고 평야 끝으로 큰 개울이 흐른다. 강원도에 속하면서도 충청도와 경상도가 걸쳐 있는 접경지역이다.

사람들은 태백산맥을 넘고, 죽령을 넘어서, 또 단양팔경을 지나서 이곳에 터를 잡았다. 삼도(三道)의 사람들이 모여 있으니, 성격도 여러 갈래다. 말은 뒤죽박죽 섞여 희한한 맛이 난다. 그러거나 말거나 농사짓고 사는 사람들은 땅만 있으면 거기가 어디든 고향이다. 땅 한 뼘만 가지고 있어도 마음이 푸근하고 넉넉하다.

요즘 세상에는 주식 많은 부자가 큰소리친다지만, 이 마을 사람들은 누가 뭐래도 부자 중에 제일 부자는 땅 부자라고 믿는다. 그래서 가끔 서울에서 땅 사러 내려오는 치들을 흘금거리며 상대도 안 한다.

'여그는 땅 팔 사람이 없을 거요. 딴 데 가서 알아보는 거이 나을기래요.'

웃지도 않고, 살갑지도 않다. 그래도 할 말은 다 한다. 예전엔 책깨나 읽은 사람이 돈이야 있든 없든 존경받았는데, 요즘은, 개나 소나 번쩍이는 외제자동차 타고 와서 돈 자랑하며 으스대는 세상이 되었다. 돈이 최고라고 공공연히 외치는 인간들이 설쳐대는 그런 세상이 되었지만, 누구 하나 나무라는 사람이 없는 그런 슬픈 세상이 되고 말았다.

현우는 벼락바위 한구석에 얌전하게 놓인 북어를 한참 쳐다보았다. 세상의 모든 액운을 왜 멀쩡한 북어에 다 뒤집어씌웠나? 어느 바다 짠물에 휩쓸려 떠돌다가 세상을 하직하고,

몸통은 바싹 오그라들어 이집트의 미라 몰골이더냐? 오래전 고등학교 음악 교과서에 나왔던 가곡 '명태'의 한 구절처럼 늙고 쓸쓸한 시인의 술상에나 오르지 않고, 여린 무당의 손에 이끌려 이곳 치악산까지 왔더냐! 그 서러운 몸통에 하얀 실이 풀지도 못하게 칭칭 감겨 있기까지 하니 참으로 애처롭다.

송 씨가 얼른 북어를 집어 든다. 백설기도 챙긴다. 현우는 왠지 께름칙하여 손사래를 친다. 장례식장에 가서 떡 한쪽도 입에 대지 않는 현우다. 그런 현우가 성황제의 제주라니. 아내는 가끔 정말 아이러니하다고 놀려대었다.

장례식장에 갈 일이 생기면, 어머니는 현우를 붙잡고 한참을 놓아주지 않으신다.

'음식을 먹게 되면, 꼭 뭐든지 한 조각을 떼서 안 보이게 놔라.'
'먼저 화장실에 들르고, 나와서도 꼭 화장실에 가서 볼일을 보고, 손을 씻어라.'
'집에 들어오기 전에 반드시 소금을 앞쪽과 뒤쪽에 다 뿌리고 들어와야 한다.'

현우도 처음엔 그 말을 믿지 않았다. 그러다 어느 날, 먼 친척 장례식장에 갔다가 집에 와서 사흘을 꼬박 앓았다. 하품이 계속 나고, 열이 오르락내리락했다. 아무것도 먹지 않는데 계속 토했다. 어머니가 현우를 보더니 객귀(客鬼)가 들렸다며 현우더러 문지방을 베고 누우라고 하셨다.

바가지에 물을 담고, 식칼을 갖고 오신 어머니는 누운 현우 입에 칼을 물리고 칼날에 물을 조르르 흘려 삼키게 한 다음, 칼로 현우의 머리칼을 훑고, 옷자락도 훑고, 발끝도 훑어서 바가지에 담는 시늉을 하셨다. 그러고는 무서운 표정으로 바가지와 칼을 들고 나가서 대문을 열고 밖을 향해 칼을 힘껏 던지셨다.

칼끝이 안쪽으로 향하면 다시 현우의 머리칼을 칼로 훑었다. 어머니가 칼을 세 번이나 던지고 나서야 칼끝은 바깥쪽으로 향했다. 어머니는 칼로 땅에다 가위표를 한 다음, 둥글게 원을 그렸다. 그리고 칼을 가위표 한가운데 꽂고, 바가지에 담긴 물을 뿌렸다. 이윽고 칼에 바가지를 덮어씌운 다음, 소금을 뿌리고 걸판지게 귀신을 향해 한바탕 욕을 하셨다. 조금 있다가 현우는 잠이 들었고, 다음 날 말짱해졌다.

지금 생각하면 혹시 음식 탓일 수도 있는데, 그때는 어머니가 객귀(客鬼)를 물려서 회복했다고 믿었다. 일가친척 중에서도 원인 모를 병으로 시름시름 앓다가 돌아가신 양반이 몇 있었는데, 나중에 보니 주당(周堂)이었다는 것이다. 주당은 초상집이나 잔칫집에서 꺼리는 떠돌이 귀신으로 부정한 잡귀(雜鬼)나 악귀(惡鬼)를 뜻한다. 어쨌든 그 이후로 현우는 장례식장에 가서 음식을 먹지 않는다. 혹시 부득이하게 먹게 되면 남들이 보지 않게 몰래 국을 한 숟가락 덜어내고 먹었다.

아내에게 이야기했더니 아내는 세상에 그런 일은 없다고 웃었다. 하지만 세상에는 이상한 일도 많다. 그걸 인간들이 다 모를 뿐이다. 현우는 귀신이 있다고 믿지는 않지만, 죽은 사람들의 영혼이 편안했으면 하는 소망은 있다. 살아 있을 때, 복이 없어 고달팠다면, 세상을 하직한 후에라도 아무 근심 걱정 없이 좀 행복해야 하지 않겠나?

아침 불그스름한 햇살이 작은 산촌 동구 밖에서 기웃거린다. 오늘 밤엔 집채만큼 커다란 달을 볼 수 있을 것이다.

산을 터벅거리며 내려오는 현우와 송 씨의 머리 위로 정월 대보름날 아침이 서서히 밝아오고 있었다.

3. 입춘(立春)

**양력 2월 4일경, 음력 1월.
봄이 시작되는 날로 가정에서는
콩을 문이나 마루에 뿌려
악귀를 쫓고, 대문이나 대들보,
천장 등에 좋은 글귀를 써 붙인다.**

 산허리를 싹둑 자른 듯 일자로 뻗은 철로 위를 기차가 지나간다. 기차는 신나게 달리더니 똬리굴 앞에서 속도를 줄인다. 음침하게 보이는 굴속으로 기차가 천천히 들어가고, 소나무가 울창한 산을 훌쩍 넘자, 다시 비스듬하게 튀어나온다. 이 굴은 산을 휘감으면서 터널을 판 것이다. 그 모습이 마치 뱀이 똬리를 틀고 있는 형상이라, 일명 '똬리굴'이라 불린다.

 일제강점기 일본이 이 땅의 광물이나 보물을 깡그리 갖고 가기 위하여 만든 것이다. 수많은 조선 사람의 땀과 피로 얼룩진 굴이다. 똬리굴을 설계한 사람은 조선인이었다. 그러나 그의 이름은 어디서고 찾을 수가 없다. 굴을 뚫는 부역에 동원되었던 수많은 조선의 젊은이들은 공사가 끝난 후, 흔적도 없이 사라졌다.

  현우의 형도 부역 나갔다가 실종되었다. 그 당시 부역 나갔던 사람들은 한 명도 돌아오지 못했다. 똬리굴이 완성된 후, 곧 오겠거니 했던 마을 사람들은 그들이 모두 만주로 징용당해 떠났다는 말만 들었다. 집집이 연줄을 대어 백방으로 수소문했지만, 스치는 그림자 한 조각도 보았다는 사람이 없었다.

  해방되고, 마을에 살던 일본인 가네다가 사람들 앞에 끌려 나와서, 부역 나간 사람 중 젊은 사람은 징용되어 만주로 떠났고, 나이가 많은 조선인은 굴속에 갇혀 다 죽었다고 자백했다. 똬리굴의 설계를 비밀로 하기 위한 일본의 처사였다. 현우의 형은 나이가 어렸으니 또래 몇과 징용당했을 확률이 높았다. 하지만 아버지가 누구신가? 만약 형이 살아 있었다면 분명히 찾아냈을 것이다.

  현우는 형이 실종되고 한참 후에 태어나 형의 얼굴을 모른다. 어머니는 분명히 형의 사진이 어딘가에 있다고 했지만, 아무리 찾아도 사진은 없었다. 다만 형이 아버지를 꼭 빼닮았다니 어떤 모습일지 짐작만 할 뿐이다. 어머니는 형을 조리골 유 씨네 딸과 혼인만 시켰어도 부역에서 빠질 수 있었다고, 틈만 나면 아버지를 원망하셨다. 유 씨가 일본인의 앞잡이 노릇을 했다고 아버지는 말도 못 꺼내게 했지만, 형을 잃은 어머니의 심정은 오죽하랴!

해방 후에 유 씨는 딸을 데리고 일본인들과 함께 떠나고, 부인만 마을에 남아 시모를 모셨다. '유 씨가 성미는 악독하지 않았지만 살아가려면 어쩔 수 없었겠지!' 어머니는 형 이야기를 할 때면, 꼭 유 씨 이야길 함께 꺼냈다. '그럼 식구가 다 굶어 죽게 생겼는데 우쩔 기야. 뭐라도 해야지. 니 아부지는 입성만 정하게 하믄 단줄 알지만서두! 그래도 아들 덕분에 그 집이 전답이래도 좀 불렸제.' '시집온 사람이 뭐 아남? 그저 서방이 하자는 대로 할 밖에. 마을 사람들이 아마 그래서 그니는 그냥 뒀을 게야!'

　어머니는 시간만 나면 현우를 붙들고, 이 이야기 저 이야기로 정신을 헤집어놓기 일쑤였다. 아마 어머니는 그 부인을 사돈으로 생각했는지도 모르겠다. 아버지의 불호령에 말도 꺼내지 못했지만, 마음속으로는 차라리 형과 그 집 딸을 멀리 도망이라도 보낼 걸 하고 후회가 막심이었을 것이다.

　유씨 부인은 죄지은 사람처럼 늘 고개를 숙이고 다녔다. 남편이 앞잡이지 부인이 무슨 죄냐고 한편으론 측은한 생각도 들었겠지만, 마을 사람들 아무도 그녀를 완벽하게 용서하지 않았다. 가끔 어머니가 몰래 쌀이며 고구마를 가져다주었다. 얼마 지나지 않아 시모가 죽고 그 부인도 보이지 않게 되었다. 짐작에 친정인 서울로 갔거나, 재가했거니 했다. 그 시대엔 여자 혼자 살기가 녹록지 않았다.

형은 정말 죽었을까?

어머니는 형이 살아 돌아올 것이라고 아직도 믿고 계신다. 시신을 못 봤으니 죽음 자체를 인정할 수가 없는 것이다. 언젠가 이산가족 찾기 프로그램에 아버지는 신청도 했다. 현우는 만약 형이 살아 있다면, 분명히 고향을 기억하고 찾아왔을 거라고 확신한다. 그러나 그런 말을 어머니께 하지는 않았다. 사람에게 희망이 사라지면 살아갈 의욕도 함께 사라지기 때문이다. 연로하신 어머니는 당신의 꿈에 형이 한 번도 보이지 않았으므로, 아직 살아 있는 게 분명하다고 굳건하게 믿고 있다.

현우는 가끔 형을 꿈에서 본다. 형은 낯선 모습으로 저만치 서 있다. 그는 웃음기가 없는 얼굴로 현우에게 가까이 오라고 손짓한다. 우물쭈물 다가가서 자세히 쳐다보면, 그 낯선 사람은 다름 아닌 현우 자신이다. 그는 화들짝 놀라 침대에서 벌떡 일어난다.

새벽에 잠이 깨어 희뿌연 창문을 올려다볼 때, 친구 장례식에 가서 소주 한잔 걸치고 집으로 돌아올 때, 현우는 죽음에 대한 막연한 두려움을 느낀다. 가끔 구순이 넘은 어머니의 주름진 얼굴을 들여다본다.

'어머니, 죽음을 기다리는 것이 무섭지 않아요?' 어머니는 태연하다.

'무에 무서워. 그저 가는 게지. 눈 감으면 모르는 게야.'

무엇이 두려운가?

죽음이 두려운 것이 아니다. 죽음이 오기까지의 긴 공포가 두려운 것이다. 현우는 그 공포의 틈을 들여다본다. 새벽에 우두커니 앉아 돋보기를 끼고 자세히 들여다본다. 그러면 그 어두운 구멍은 입을 크게 벌리고 현우를 향해 달겨든다. 현우는 몸서리를 치며 눈을 질끈 감는다.

똬리굴을 지나면, 신림(神林)에서 황둔을 거쳐 영월 청령포로 넘어가는 싸리치가 나온다. 삼촌 세조의 병으로 어린 왕은 싸리치 옛길을 넘어 영월로 유배되었다. 가슴에 한을 품은들 고작 열다섯 살이다. 눈물로 넘던 싸리치는, 산을 뚫고 터널이 생겨 도로가 나는 바람에 옛길이 되었지만, 예전엔 이 길을 통하지 않고는 영월로 갈 수가 없었다.

영월에서는 단종을 추모하는 행사가 해마다 열린다. 작년에 현우는 어머니를 모시고 단종제(端宗祭)에 가서 국장(國葬) 행렬을 보았다. 말을 탄 사람을 필두로, 삼베 두루마기를 입은 사람들이, 구성진 선소리꾼의 노래에 맞춰, 관을 상여에 싣고, 천천히 걸어가고 있었다. 심장을 에는 소리가 사방에 가득하고, 어머니는 우셨다. 왕의 자식으로 태어나지 않았다면, 범부(凡夫)의 인생을 살았으련만. 피지 못한 단종이 애처

로워 현우도 코가 시큰했다. 사람이 태어나 산다는 것이 무엇인가? 이리도 삶이 허무한 것을!

어머니는 단종제가 열리는 장릉(莊陵)을 이리저리 둘러보고 매우 흡족해하셨다. 그 모습을 보고, 현우는 지금까지 어머니와 여행 한번 한 적이 없는 자신이 부끄러워졌다. 이런 놈도 자식이라고 늘 걱정하시는 어머니께 한없이 죄송한 마음이 들어, 괜히 어머니의 손을 슬며시 쥐었다가 놓았다.

싸리치 옛길로 넘어가지 않고, 왼쪽 치악산 쪽으로 들어서면, 신들이 산다는 성황림(城隍林)이 있다. 어릴 때부터 그 숲에 여러 귀신이 모여 산다는 이야기를 들은 현우다. 학교에서 돌아오다가 그 앞을 지날 때면, 귀신의 웃음소리가 들리는 것 같아 혼비백산하고 도망쳤다.

어머니는 귀신이 웃는 소릴 들으면, 그 해엔 틀림없이 마을에 안 좋은 일이 일어난다고 말씀하셨다. 윗마을에 사는 친척 아저씨가 술 먹고 당집 옆의 신나무 밑에서 자다가 귀신 웃는 소릴 듣고 뛰쳐나왔는데, 얼마 후에 전쟁이 일어났다고 했다. 그해에는 성황제를 올리지 못했다고 들었다.

마을에서는 몇 년 전에 똬리굴에서 죽은 영혼들을 위한 천도제(薦度祭)를 지냈다.

'흰옷 입은 구신들이 당집 앞에 죽 있는데 큰애는 안 보이네?'

어머니가 중얼거리자, 마을 사람들은 모두 겁먹은 얼굴로 주위를 돌아보았다. 아이들은 집으로 냅다 뛰어가 마늘 방에 숨었다. 귀신이 마늘을 무서워한다고 들었기 때문이다.

  회관에서 놀다가도 어머니는 구석을 노려보고 갑자기 한마디 툭 내뱉는다. '가, 오늘은 먹을 게 암것도 없어.' 함께 놀던 노인들이 두리두리 주위를 살피다가 어머니께 묻는다. '오늘은 누가 왔어?' '다른 마을 구신이 놀러 왔네.' 노인들은 웃어야 할지 울어야 할지 갈피를 못 잡다가, 집으로 돌아가서는 식구들에게 암만해도 현우 어머니가 귀신이 들렸다고 일러바쳤다.

  성황림 당집에서는 음력 4월에 성황제를 지낸다.

  제주(祭主)는 한 달 전부터 몸과 마음을 정갈하게 하고, 마을 사람들도 부정 타는 일이 없도록 모든 행동을 조심해야 한다. 이날은 마을 사람들이 함께 음식을 장만하고, 소지를 태우며, 마을의 평안과 자손들의 행복을 빈다. 일 년 내내 굳게 닫혀 있는 성황림의 문을 열고 제사를 지내는 모습은 전국으로 방송될 만큼 유명한 행사가 되었다.

  그 숲에는 온갖 나무들이 산다.

  눈이 녹지 않은 이월에는 황금색 복수초가 피고, 따스하게 햇볕이 내리면, 앙상한 나뭇가지에서 연두색의 이파리들이 겨울을 이기고 싹을 틔운다. 피나무, 복자기나무, 귀룽나무, 신나무, 전나무, 음나무가 신령한 기운을 품고 성황림에서 살아가고 있다. 또 이 숲에는 고라니와 꿩들이 산다. 송홧가루가 날리는 길을 따라 산에 올랐다가 터덜거리고 성황림 앞을 지나면, 거나하게 취한 햇살이 비틀거리며 내려앉는다. 그 햇살 속으로 까투리 한 마리가 새끼들을 앞세워 토박토박 나들이도 한다.

성황림엔 당집과 보호수로 지정받은 나무도 꽤 있어서 시에서는 담장을 빙 둘러치고 대문을 만들어 닫아놓았다. 한편으로 생각하면 그들이 갇혀 있는지 사람들이 세상에 갇혀 있는지 구분할 수가 없다. 담장을 친 것은, 바깥으로부터의 보호를 위한 것인데, 밖에서 들여다보면 외려 성황림 안이 더 자유로워 보인다.

당집 오른쪽 옆으로 높이 서 있는 전나무는 삼백 년이 훌쩍 지난 고목이다. 왼쪽 옆으로는 음나무가 서 있다. 음나무는 당산목이다. 당집에서 제사를 모시고 난 후 음나무 앞에서 다시 제사를 지낸다. 당집을 보호하고 잡귀를 물리치는 역할을 한다. 당집이 왕이라면 음나무, 전나무는 영의정 좌의정이다.

예전에 제를 지낼 때는, 여자들은 음식 준비만 하고 당집 주변에는 얼씬거리지도 못했다. 지금도 여자들은 금줄 친 경계선 안으로는 들어가지 못하고, 금줄 밖에서만 제를 볼 수 있다. 기자들과 관광객들이 왁자하며 들이닥치고, 여자들은 허벅지가 다 드러나는 짧은 치마를 입고 여기저기 들쑤신다. 노인들은 못마땅하지만 참는다. 세월이 흘러서 딸년이나 손녀도 속옷이 다 보이는 치마를 입고 다니니 할 말이 없다.

 성황림 옆의 도로엔 거대한 느릅나무가 한 그루 서 있다. 성황림 안으로 나 있던 길을 바깥으로 내면서 나무가 도로 가운데 서 있게 되었다. 장대한 나무는 동물원에 갇힌 사자처럼 안쓰럽다. 여름엔 큰 그늘이 되어 시원하지만, 나뭇가지만 남아있는 겨울엔 스산하다. 둥치 아래까지 바싹 시멘트로 동여맨 그 나무를 볼 때마다 자유롭게 풀어주고 싶다.

 그 숲에 겨울이 오고, 다시 봄이 온다. 숲은 살아나지만, 사람들은 사라진다. 한 세대가 가고 새로운 세대가 온다. 새로운 세대가 올 때, 숲처럼 점잖게 자리를 내주면 얼마나 좋겠냐만, 인간들은 마지못해 하는 수 없이 자리를 내준다. 온갖 주접을 떨면서, 유세를 부리면서 물러앉는다. 물러나 앉고서도 한 줄기 끄나풀을 놓치지 않으려고 안간힘을 쓴다. 그래서 자연과 달리 인간사(人間史)는 세대가 교체될 때 항상 시끄럽다.

 묽게 쑨 풀을 대문에다 바르고 입춘대길(立春大吉)을 쓴 한지를 붙이던 현우의 눈에 엷은 아침 햇살이 번지는 하늘이 보인다. 나무로 만든 대문은 낡아서 열 때마다 삐거덕거리지만, 오래된 기와지붕과 더불어 고풍스럽고 단단하게 집을 지키고 있다.

묵직한 암갈색의 대문은 부친 생전에 직접 만드신 것이다. 긴 세월을 이 집과 함께했던 오동나무가 벼락을 맞아 쓰러지자, 그 나무를 켜서 만들었다. 그때부터 마을에서는 현우의 집을 오동나무 대문집이라 불렀다.

어머니가 광에서 콩을 한 됫박 꺼내더니 마당부터 시작해서 뒷마당까지 휘휘 뿌리신다. 해마다 입춘에 뿌리는 콩으로 메주를 쑤면 한 말은 족히 나올 것이다. 나쁜 일을 방지하고 악귀를 쫓는 풍습이긴 하지만, 현우는 콩이 아깝다.

구순이 넘은 어머니는 조금씩 힘들어하셔도 아직 정정하시다. 몇 년 전에, 고향에서 오래 산 할머니들을 인터뷰하는 프로그램 요청이 있었는데 어머니는 단칼에 거절하셨다. 나중에 현우가 물으니 그런 헛짓거리를 하고 나면 틀림없이 탈이 난다고, 그저 늙으면 조용히 지내는 게 제일 좋다고 하셨다. 자기를 가만 놔두라고 단호하게 말씀하시는 어머니에게 방송국 피디가 입도 벙긋 못 했다.

어머니의 일과는 새벽에 일어나 마당에서 뒤란까지 샅샅이 훑어보는 것으로 시작된다. 대문을 열고 잠이 덜 깬 현우를 불러내어 마당을 쓸게 한다. 마당도 밖에서 안으로 쓸어야 한다. 안에서 쓸어내면 복이 나간다고 꼭 바깥에서 안으로 쓸게 한다. 어머니의 긴 머리는 작년에 아내가 짧게 잘랐다. 파마는 하지 않았지만, 하얗게 센 머리를 물을 묻혀 곱게 빗는다. 그러는 동안 아내가 아침 식사를 준비한다.

현우의 집은 기와집이다. 넓은 마루를 사이에 두고, 안채와 아래채가 옆으로 긴 한글 자음 기역 자 모양이다. 여름에 시원하고, 겨울엔 따스하다.

아버지가 벼락 맞은 오동나무로 대문을 만들 때, 가장 반대한 사람은 어머니였다. '그건 관으로 쓰는 나무 아니에요?' 아버지는 어머니 말엔 코대답도 하지 않았다. 가끔 비가 오고 으스스한 날이면 대문에서 누가 부르는 소리가 난다고 어머니는 말씀하셨다. 아버지가 돌아가시고 어머니는 대문을 바꾸고 싶어 하셨지만, 오동나무 대문을 대신할 당신 마음에 드는 대문이 없었다.

세월이 흘러 다른 집은 다 옻칠한 대문이나 강철로 된 대문으로 교체해도 현우네 대문은 그대로다. 그만큼 단단하다. 단단한 만큼 바깥세상과의 사이도 단단하게 가로막고 있다.

'입춘에 이렇게 날씨가 좋으니, 좋은 일이 있으려나?'

현우의 입이 벌어진다. 사람 사는 일이 다 거기서 거기라지만, 세월이 흐르고 보면 이랬으면, 혹은 저랬으면 하는 일이 있게 마련이다. 그저 올해는 불미스러운 일없이 성황제를 잘 치르는 것이 소망이다. 다행히 그가 제주를 맡고부터 몇 년은 평온하게 지나갔다. 현우는 대문을 활짝 열었다.

불그스름한 햇살이 동쪽 산등성이에 팔을 살짝 걸친다. 싸리 빗자루를 치켜들고 산등성이 허리를 실실 긁는다. 산이 웃는다.

'그럼. 그래야지! 복이 들어와야지.'

4. 우수(雨水)

양력 2월 19일경. 음력 1월 중.
눈이 비로 변하고 얼음이 녹아 물이 된다.
대동강 물이 풀리고 물고기가 올라오며,
기러기는 다시 추운 지방을 찾아 떠난다.

사흘 밤낮으로 눈이 내린다.

치악산 북쪽 중턱에 고즈넉하게 자리 잡은 절집 마당을 눈삽으로 이리저리 밀치고 있던 송백스님이 털모자 속으로 손을 넣어 까칠한 머리통을 벅벅 긁는다.

"스님, 애먼 머리는 왜 그래요?" 아궁이에 불을 지피던 공양주 보살 연실이 그 꼴을 보고는 깔깔댄다.

"머리가 근지러워요. 차라리 그냥 눈을 맞는 게 낫겠네."

"눈도, 눈도, 어째 이리 올까. 절집에 들어오고 올해 같은 눈은 첨이다."

연실은 언제 웃었냐 싶게 땅이 꺼질 듯이 한숨을 쉰다. 밤새도록 눈이 와서 무릎까지 빠질 정도다. 눈이 많이 오면 한

동안 사람이 뜸하다. 가끔 겨울 산행을 즐기는 등산객들이 절에 들러 공양하고, 잘 먹었다며 시주를 하고 갔다. 겨울 동안 큰스님은 바깥출입을 거의 하지 못하셨다. 요즘 들어 부쩍 기력이 없으시다.

'우수가 낼모렌데 봄이 오려면 아직 멀었네. 우째 매화가 전혀 필 생각을 않을까?'

부지깽이로 불을 헤집으며 연실이 중얼거리자, 옆에서 장작을 쌓던 영천댁 남편 김 씨가 눈을 게슴츠레 뜨고 그녀를 삐딱하게 쳐다보았다.

"와? 봄 오면 니 또 죽는다고 지랄할라꼬? 니는 봄만 오면 미쳐가꼬 지랄하대!"

"이 아저씨가 생사람 잡네! 내가 언제 그랬어요?" 연실이 눈을 희번덕거리며 김 씨를 쏘아본다.

"하이고, 니 지금 입에 침이라도 발랐나. 사람이 그라만 몬쓴데이. 고마 진득하이 있어라. 인자는 니가 죽는다 캐도 시님이 말릴 수가 없는 기라."

김 씨의 마지막 말에 연실은 찔끔하더니 그만 풀이 죽었다. 작년 봄에 연실은 살기 싫다고, 약을 먹는다느니 목을 맨다느니 한바탕 난리를 쳤다. 그 바람에 송백스님이 허리를 삐꺽했다. 침도 맞으러 가고, 물리치료도 했지만, 소용이 없었다. 요즘도 날씨가 궂으면 스님은 힘들어했다.

"사람이 누울 곳을 보고 다리를 뻗으라꼬, 작은 시님이 저래가 중질 오래 하것나. 멀쩡한 시님 골병 들이 놓고 봄이니 머니, 또 지랄이가?"

김 씨가 부엌을 나가자 연실은 불을 멍청하게 보다가 앞치마로 눈물을 훔친다.

'내가 그러고 싶어 그러나? 잠잠하다가도 봄만 오면 울화가 치밀어올라 미쳐나가니 그러지.'

부엌 밖에서 연실이 하는 양을 넌지시 보고 있던 김 씨가 혀를 차면서 장화를 고쳐 신고 마당으로 나선다.

"아재요. 조심해서 내려가이소."

절에서 공부하는 순철이가 방문을 연다.

"오야. 근데 순철이 니는 공부는 하는 기가? 마는 기가?"

"걱정하지 마이소. 요번에는 딱 붙을 깁니더."

순철이 행정고시를 치기 위해 공부하러 절에 들어온 지도 벌써 4년이 훌쩍 넘었다. 작년에는 2차에서 아깝게 떨어졌다. 한동안 공부도 하지 않고, 적잖이 실망한 것 같더니 다시 마음을 다잡는 중이다. 이런저런 광경을 보던 홍진수가 혼자 픽 웃더니 산 쪽으로 고개를 돌리고는 눈 오는 치악산을 하염없이 바라보았다.

다음 날 아침, 연사흘을 내리퍼붓던 눈이 딱 그쳤다. 갑자기 헬리콥터 소리가 절집을 울린다. 송백과 순철이 마당의 눈을 쓸고 있다가 하늘을 쳐다보았다.

"이 무슨 소린가?"

큰 스님이 위채에서 방문을 열었다.

"예, 스님, 무슨 사고가 난 모양입니다."

큰스님은 요즘 부쩍 기침이 심하시다. 봄이 오면 큰 병원에 모시고 갈 작정이다. 송백은 큰스님을 걱정스레 바라보았다. 그때, 마루에 놓인 전화기가 시끄럽게 울리기 시작했다.

"여보세요?" 어느새 순철이 냉큼 뛰어와 받는다.

"하이고, 클났네. 사람이 많이 다쳤습니꺼? 아, 예. 알겠습니더. 준비하고 있겠습니더." 전화를 끊은 순철이 등산용 신발과 아이젠을 챙긴다.

"오늘 새벽에 서울에서 온 등산객 몇 명이 산에 올라갔는데, 그중 한 명이 다쳤다카네예. 어디 바위틈에 다리가 낀 모양입니더. 저 병풍바위 뒤쪽 어디라는데, 산에 올라갈 수 있으면 같이 좀 가자고 합니더."

그들이 웅성거리고 있을 때, 김 씨가 절집 마당으로 들어섰다.

"사고 소식 들었제?"

"예, 근데 머가 우찌 됐습니꺼?"

"나도 자세히는 모른다. 오전에 관리소장이 눈이 와서 위험하다고 그렇게 말했는데도 기어코 올라가서 이래 사고를 치네."

잠시 후, 한 무리의 사람들이 체인을 감은 구급차로 눈길을 헤치고 절집으로 올라왔다. 치악산 아래의 마을 소방서에 근무하는 장 소장과 세 명의 119 대원들이다.

그들은 절집의 개 진돌이를 앞세우고 앞서거니 뒤서거니 병풍바위 쪽으로 올라갔다.

"이렇게 눈이 많이 온 날에 산에는 왜 올라가는지 몰라. 사람들 생고생시키네." 연실이 삐죽대었다.

그들이 올라간 산 쪽에서 호각소리가 삑! 하고 길게 울렸다. 그러자 다른 쪽에서 또 삑! 하고 대답하는 소리가 들린다. 홍진수는 그 소리에 고개를 이리저리 돌리다가 헬리콥터가 투다닥거리며 긴 줄을 매달고 산 밑으로 내려가는 것을 보았다. 사람을 구하지 못했나? 빈 줄로 내려가네.

송백스님과 순철이 쓸다 만 마당을 홍진수는 눈삽으로 깨끗하게 밀어놓았다. 햇빛이 나면 금방 녹을 것인데 아직 뿌연 구름이 하늘에 가득하다.

점심때가 훨씬 지나서야 멀리 산 쪽에서 개 짖는 소리가 희미하게 들려왔다. '진돌이가 오는가 봐?' 연실이 마루를 닦고 있다가 고개를 들었다. 송백과 홍진수도 반가운 마음에 소리가 들리는 산 쪽을 쳐다보았다. 진돌이가 헐떡거리며 혀를 길게 빼물고 앞서 뛰어오고, 조금 후 순철이 나타났다.

"헬리콥터는 왜 돌아갔어?"

송백의 말에 순철이 손사래를 친다.

"아이구! 헬리콥터가 별로 필요가 없었습니더. 우리가 먼저 발견했습니더."

"다친 사람은 괜찮아?"

연실이 순철에게 물을 한 잔 건네며 묻는다.

"다행히 다리만 조금 삐고 괜찮습니더. 만약에 저녁에 그랬으면 얼어 죽었을 깁니더."

구급대원들이 들것을 힘들게 들고 천천히 마당으로 내려오고 있었다. 다친 사람은 중년의 남자였다. 뒤따라 한 무리의 사람들이 절 마당으로 와자하고 들어섰다. 그들은 눈이 너무 많이 왔다느니, 산이 위험했다느니 하면서 시끄럽게 떠들어댔다.

"거, 참! 조용히 좀 합시다. 그렇게 올라가지 말라 했으믄, 말을 들으면 좋지 않소? 다친 사람을 고생스럽게 데리고 내려왔으면 고맙다는 인사를 먼저 해야지."

장 소장이 핀잔을 주자 그들은 얼굴이 벌게졌다.

"어이, 이 계장, 어서 병원으로 옮기게. 오래 있으면 큰일 나."

장 소장의 말이 끝나자, 대원들과 환자는 구급차로 떠나고,

등산객들도 모두 내려갔다. 송백은 남은 사람들과 장 소장을 방으로 들였다. 연실이 시래기 된장을 데워서 얼른 늦은 점심을 차렸다.

　일 년에 한 번은 꼭 사고가 난다. 준비를 철저하게 한 사람도 겨울 산은 힘들다. 절집엔 비상시의 상황을 대비해 간단한 응급치료를 할 수 있게 의약품을 준비해 놓았다. 사고가 나면 소방서에서 119구급차가 출동하고, 위급한 환자는 병원으로 빨리 옮긴다.

　장 소장 일행이 식사를 마치고 떠나자, 절집은 다시 적막하게 가라앉았다. 깊은 산 어디쯤에서 눈을 못 이긴 나뭇가지가 툭! 우지끈! 하고 부러지는 소리가 이따금 들릴 뿐이다.

　새벽예불 북이 울린다.
　절집의 북이 울리기 시작하면, 숲의 온갖 짐승들이 모두 깨어난다. 나무들은 새들이 쉬어갈 수 있도록 바람이 불 때마다 툭툭 어깨를 털어낸다. 눈이 많이 오면 날짐승이나 들짐승이나 다 먹이가 부족하다. 절집 식구들은 푸성귀나 쌀알 같은 것들을 가끔 숲에다 뿌려두기도 하고, 마당 구석에 놔두기도 한다. 그러면 용케 알고 다들 와서 먹는다.
　노루나 고라니가 깊은 눈 속에서 빠져나오지 못하고 허우적거리기도 한다. 눈이 많이 오는 날에는 다들 숲으로 가서 한 번씩 훑어본다. 평소엔 사람이 나타나면 홀라당 도망가던 짐승들도 눈 속에 빠지면 지들을 구해주는 줄 알고 가만히 기다린다.

 인간 만사 다 잊어버리고 마음을 비우리라 다짐한 연실이지만, 꼭두새벽에 일어나는 것이 죽을 지경이다. 그래도 악착같이 눈을 비비고 일어나 맑은 샘물을 불전에 올린다. 전에는 새벽 예불 시간에 법당에 앉아 기도도 했었지만, 지금은 가마솥에 밥을 안치고는 따뜻한 아궁이 앞에 쪼그리고 앉아서 존다. 이렇게 자는 잠이 그렇게 맛있을 수가 없다. 꿀잠이다.

 홍진수는 법당에 앉아 눈을 감고 그저 염불에 귀를 열어두고 있다. 염불을 들으면서도, 절을 하면서도, 생각은 죽은 아이에게로 날아간다. 아들이 죽던 날, 사실상 그의 결혼 생활도 함께 끝났다. 그의 아내는 그 후부터 잘 웃지 않았다.

 아이는 열 살이 되던 해에 급성폐렴으로 죽었다. 아이가 밤새도록 열이 오르고 기침할 때, 그들 부부는 각각의 회사 직원들과 회식을 했다. 아내는 동료들과 노래방에서 목이 터지라 노래를 부르고 있었고, 그는 낙하산으로 새로 들어온 과장을 욕하며 밤새도록 술을 마셨다.

 새벽녘에 그들이 집으로 돌아왔을 때, 아이는 이미 혼수상태였다. 그러나 그들은 아이가 아픈 줄 몰랐다. 늦은 아침이 되어서야 의식이 없는 아이를 발견하고, 응급실로 뛰어갔을 때는 이미 회생이 힘든 상태였다.

아침 공양을 마치고 멍하게 있던 진수는 결심한 듯 전화기를 집어 들었다. 신호가 길게 가고, 여보세요? 하는 아내의 목소리가 들린다. 그는 갑자기 목이 멘다.

"나야."

"눈이 많이 왔는데, 괜찮아요?"

"응, 여긴 괜찮아. 집은 어때?"

그들은 성황림 뒤쪽 산자락에서 민박집을 한다. 어쩌다 손님이 오면 진수는 슬그머니 빠져나가 회관에 가서 바둑을 두었다.

"겨울이라 손님이 없어요. 조용한 편이에요."

"저기……."

"네. 말해요."

"아니야. 그만 끊지."

두 달 전에 잠깐 집에 들렀다가 소문을 들었다. 아내가 바람이 났다는 것이다. 그날 저녁 그가 안으려고 하자 아내는 거절했다. 이야기를 전해준 사람은 용식 어머니 미단이었다.

현우는 '그런 소문 믿을 거 없다. 맘에 두지 마라' 했지만, 이상하게도 그런 말은 귓구멍에 쏙 들어오기 마련이다.

"그런께 사나가 만날 산에 가 있으이 우째 여편네가 바람이 안 날 거요잉."

 미단은 어쩐지 고소하다는 표정으로 홍진수를 빤히 쳐다보았다.

 불면의 밤이 계속되었다. 그들이 함께 산 세월이 희미하게 떠오른다. 오랜 연애 기간에 지쳐 결혼하지 않을 거면 헤어지자던 아내다. 아이를 잃고 진수가 회사를 그만두자 과감하게 시골로 내려가자고 아내는 말했었다. 항상 자신보다 앞장서 모든 일을 처리했던 아내다. 그러나 아내의 끊임없는 욕망을 만족시키기가 쉽지만은 않았다.

 아내는 갖고 싶은 것이 많았고, 하고 싶은 일이 많은 사람이었다. 아내 역시 무기력한 자신과 사는 것이 퍽 힘들었을 것이다. 이런 의미 없는 결혼은 내가 먼저 끝을 내주는 것이 좋겠다. 그는 이마를 찌푸렸다.

 눈이 잠시 그친 사이, 현우가 김 씨와 함께 절집으로 올라왔다.

 "길이 괜찮았어요?"

 송백이 쌀자루를 받는다. 현우의 어머니는 한 달에 한 번씩 쌀을 시주한다. 송백은 현우보다 서너 살 아래다. 어머니와 함께 절에 오면 늘 봤던 사이고, 초등학교도 함께 다녔지만 어쩐지 둘은 데면데면한 편이다. 어린 현우의 눈에 까까머리를 한 동자 송백은 무섭게 보였다.

　송백은 갓난아기일 때 절에 들어와서 큰스님이 키웠다. 현우는 키가 크고 얼굴이 잘생긴 송백을 볼 때마다 스님이 되기엔 어렵겠다고 생각했다. 요즘 같은 세상엔 조용히 살고 싶어도 사람들이 가만히 놔두질 않는다. 절에 온 신도들이 잘생긴 스님과 사진을 찍겠다고 소란을 피우고, 전화번호를 알려 달라고 성화를 댄다니 송백도 무척 난감할 것이다. 어쩌다 현우가 절에 있을 때 그런 일이 생기면, 송백은 복잡미묘한 표정을 지으며 재빨리 절 뒤쪽 암자로 올라갔다.

　어머니는 송백의 인물에 대해서는 별말씀이 없었지만, 제아무리 나이가 들어도 잘생긴 사람은 결국 주위의 시선을 끌게 마련이다.

　"체인 감고 올라왔습니다. 봄이 오면 자갈을 좀 깔든지, 아스팔트를 해야겠어요."

　"아스팔트 해놓으면 사람들이 차로 너무 들락거리니 그것도 문제지요."

　"시님도, 참. 사람들이 마이 들락거리야 절 살림이 핀다 아입니꺼."

　김 씨가 얼른 송백이 든 쌀을 뺏으며 끼어든다.

　"마, 시님은 허리도 션찮은데, 무거운 거 들지 마소."

송백이 민망한 듯 씩 웃었다.

김 씨가 쌀 포대를 대웅전에 가져다 놓자, 현우는 쌀을 한 그릇 가득 퍼서 먼저 부처님 앞에 놓았다. 어머니가 마련한 기침에 좋다는 달임 약을 큰스님께 전해주고 나오니, 진수가 툇마루에 앉아있다가 벌떡 일어섰다.

"아저씨 오셨어요?"

"응, 자네. 몸은 좀 어때?"

현우도 홍 씨 부인의 바람 이야긴 들었다.

"예, 이제 괜찮아요. 저, 저의 집은."

"응, 아직 추워서 손님이 뜸하나 보던데. 궁금하면 이 길로 나 따라 잠깐 내려갔다 오지?"

"아, 아닙니다. 저는 나중에."

"그래? 차 있을 때 함께 가면 좋을 텐데."

현우가 조심스레 자동차를 몰고 내려간 후, 진수는 '함께 갈 걸 그랬나?' 하고 금세 후회가 되었다.

김 씨가 진돌이의 앞발을 잡고 눈 위를 걸어 다니며 덩실덩실 춤을 춘다.

"진돌아, 세상에서 니 팔자가 젤인기라. 나는 니가 참말로 부럽데이. 내가 담번에 새로 태어나믄 꼭 진돗개로 태어나게 해 달라고 빌기다."

부엌에서 그 꼴을 보던 연실이 콧방귀를 끼며 웃었다.

"어머 아저씨도 참 웃긴다. 빈다고 지 맘대로 다시 태어날 것 같으면, 난 돈 많은 부잣집 딸로 태어날 거예요. 뭣하러 가난하게 태어나서 죽으라고 고생하겠어요. 이제 돈 없이 힘들게 사는 거 딱 질색이에요."

"하이고, 연실아. 니가 심보를 그래 쓰이 복을 까불어 묵는 기다. 절집에 공양주로 수양하고 있으믄 마음을 곱게 써야지. 돈, 돈 카다 보면 더 돈이 안 벌리는 기다."

진돌이가 안간힘을 쓰더니 김 씨의 손을 팽개치고, 팽! 하고 동백나무 밑으로 달아난다.

"연실아, 니 아나? 돈은 발이 네 개데이. 니가 두 발로 쫓아 가믄, 돈은 저 진돌이맨치로 네 발로 막 달아나뿐다. 알것나?"

"돈이 발이 네 개라구요? 그런 말은 나고 첨 들었어요. 호호호."

연실은 바가지로 입을 가리고 몸을 배배 튼다. 김 씨는 한심한 듯 그 꼴을 보더니 혀를 끌끌 찼다.

하늘은 여전히 눈을 밴 채로 흐리다.

한쪽을 죽 가르면 함박눈이 왁자하고 쏟아질 기세다.

5. 경칩(驚蟄)

양력 3월 6일경. 음력 2월. 겨울잠을 자던 동물들이 깨어난다. 보리 싹의 성장을 보고 그해 농사의 풍흉을 가늠했다. 빈대를 잡기 위해 흙담을 쌓거나, 물에 재를 타서 그릇에 담아두기도 하였다.

한 무리의 사냥꾼들이 마을로 들어서더니 주위가 부산해졌다. 봄이 시작되기 전에 한바탕 사냥이 벌어질 모양이다. 멧돼지들이 먹을 것을 구하기 위해 민가를 습격하는 일이 종종 생기고 있었다. 산자락 밑에 사는 최 씨 할머니가 멧돼지에게 쫓겨 종일을 광에 갇혀 있다가 구출되기도 했다. 그 사건 이후 최 씨 할머니는 심장이 졸려 도저히 살 수 없다고 시내에 사는 아들네로 갔다.

사냥 패거리를 이끌고 온 사람은 현우 친구인 덕철이다. 덕철은 이 마을에서 태어났지만, 중학교를 졸업하고는 할아버지와 함께 마을을 떠났다. 어릴 적부터 덕철은 사냥을 잘했다. 몸이 민첩해서 사냥에 나가면 할아버지 못지않게 잘 잡았다. 물론 그의 할아버지는 이 일대에서는 알아주는 사냥꾼이셨다. 오래전에 백두산에서 호랑이를 잡았다는 소문이 있을 정도다. 현우는 친구들과 덕철이네 사랑방에 모여 할아버지가 사냥한 이야기를 들으면서 놀았다. 어머니는 물론 질색하셨다. 살생하면 흉한 끝을 본다는 것이다. 그래서 그런지 덕철의 부모님은 일찍 세상을 떠나셨다.

덕철은 할아버지와 둘이 살았다. 할아버지는 덕철을 큰 사냥꾼으로만 키울 생각이었는지 고등학교에는 보내지 않았다. 소문엔 마을을 떠난 후, 치악산 깊은 골짜기로 들어가 산막을 짓고 살았다 한다. 그런 덕철이 다시 이 마을에 나타난 것은 이십 년 전쯤이다.

처음에 현우는 낯선 사람이 자기를 찾아서 의아하게 생각했으나, 이마에 난 흉터를 발견하고 곧 그를 알아보았다. 어릴 적에 덕철은 학교에서 매일 아이들을 모아놓고 토끼며, 꿩 잡은 자랑을 했다. 그러던 어느 날, 한쪽 구석에 말없이 앉아서 듣고 있던 송백이 주머니에서 돌을 꺼내더니 갑자기 덕철을 향해 휙! 던졌다.

"토끼가 얼마나 아팠을지 너도 아파 봐!"

돌은 덕철의 이마에 정통으로 맞았다. 그땐 면에 보건소가 없었다. 선생님이 얼른 소독하고 지혈을 했다. 아이들이 덕철을 집으로 데려가자 할아버지는 이마를 대충 닦은 후, 약초를 찧어서 상처에 발라주셨다. 지금은 주름처럼 보이긴 하지만, 아직도 선명하게 흉터가 있다.

송백은 절에서 자란 탓인지 어릴 때도 점잖고 어른스러웠다. 소문에 의하면 어떤 유명한 정치인의 사생아라고 했다. 그러나 마을 사람들은 그가 절에서 살고 있으니 당연히 스님이라고 생각한다. 게다가 송백의 염불하는 소리를 한 번이라도 들은 사람들은, 누가 어떤 소리로 송백을 헐뜯어도 믿지 않았다. 제아무리 유명한 스님이 와서 염불해도, 송백스님은 절대로 이기지 못한다고 큰소리쳤다.

낭랑하고도 처연한 송백의 염불하는 소리는, 지은 죄를 스스로 다 뱉어내고 속이 끓어 넘치면서 펑펑 울게 만든다. 속세에서 지껄여 대는 사생아고, 나발이고 하나도 중요하지 않다는 생각이 절로 들게 되는 것이다.

젊을 때 송백은 부침이 많았는지 오대산 암자에서 공부하다가, 팔공산 염불암에도 갔다가, 설악산에 있는 봉정암에서도 공부했다. 어머니는 가끔 큰스님과 함께 송백을 만나고 오셨다. 현우는 한창 피가 끓어오를 때, 송백이 욕망을 어떻게 해소하는지에 대해 궁금했지만, 구태여 물어보지는 않았다. 청춘 시절을 떠돌아다니던 송백은 나이 오십이 넘어서야 큰스님이 계시는 치악산 절집으로 돌아왔다.

큰스님 말씀으론 아무리 잘생겨도 사람 나이 오십이면 값을 감한다고 하셨다. 그런데도 송백에 대한 이런저런 구설이 많았다. 영화배우가 되려다 못 되었다느니, 승복을 벗었다가 다시 입었다느니 등의 터무니없는 소문이었다. 그러나 그렇게 의심하던 사람도 막상 송백스님을 마주하고 이야기 몇 마디를 나눠보면, 그런 소문 따위 다 헛짓거리라는 것을 깨닫게 된다. 스님이 아닐 수가 없는 송백이다. 그만큼 청량하다. 그만큼 쓸쓸하다. 그만큼 담백하다. 그만큼 아름답다.

송백에 비하면 사냥꾼인 덕철은 눈꼬리가 밑으로 축 처져 오히려 순둥이처럼 보인다. 그러나 덕철에게 한번 찍히면 그 날로 끝이다. 그는 끈질기다. 악착같이 엉겨붙어 결국엔 항복을 받아내고야 만다. 가령 돈을 빌리고 언제까지 갚는다고 했으면 다시 빌리더라도 그 날짜를 지켜야 한다. 사정이 딱하면 차라리 못 갚을지도 모른다고 하는 게 낫다. 덕철은 그런 친구에게는 그냥 준다. 거짓말을 하거나, 신의를 저버리면 덕철은 참지 않는다. 설령 자신의 의견이 옳다고 해도, 사람들은 덕철 앞에서 그저 입을 꾹 다물고 아무런 말도 하지 않는 것이 상책이라고 구시렁거렸다.

송백과 덕철이 싸우고 있을 때, 현우는 그 자리를 슬그머니 빠져나와 집으로 도망쳤다. 나중에 친구들이 그를 겁쟁이라고 놀렸다. 그는 아무 말도 하지 못했다. 그 싸움 후, 덕철은 송백과 오히려 친해졌고, 현우와는 데면데면해졌다. 현우는 두 사람 중 누구 편을 들어야 할지 결정할 수가 없었다.

 현우는 어릴 적부터 아무것도 스스로 결정해 보지 못했다. 그는 마을에서 가장 잘사는 집의 자식이었고, 집안에서는 죽은 형을 대신하는 유일한 아들이었다. 아버지와 죽은 형의 그늘이 너무 커서 정작 현우 자신이 할 수 있는 일은 아무것도 없었다. 어른이 된 후에도 그는 어떤 상황이 벌어지면, 자리를 피하는 것으로 결정을 유보했다. 처음엔 수군거리던 사람들도 나중엔 그에게서 시원한 대답을 들을 것이라는 생각 자체를 아예 버리게 되었다. 덕분에 그는 우유부단하고 비겁하다는 평판과 신중하면서도 점잖다는 평판을 동시에 얻게 되었다.

 일전에 왔을 때, 사냥은 그만둔다고 하더니 그게 마음대로 안 되는 모양이다. 현우는 이장과 의논하여 사냥꾼들에게 홍 씨네 민박집을 빌려주었다. 봄에는 민박 손님이 귀하다. 사냥꾼들이 한번 들이닥치면, 쏠쏠하게 벌이가 되기 때문에 민박하는 집은 다들 기대를 한다. 홍 씨네 민박은 개울에서는 좀 떨어져 있어 여름에는 인기가 없지만, 산에서는 제일 가깝다. 마을 뒤쪽이라 혹시 모를 오발 사고에 대비하기도 쉽다. 이장이 몇 번이나 뒷산엔 입산을 금지하라는 방송을 하더니 홍 씨 집 쪽으로는 개미 새끼 한 마리 얼씬하지 않았다.

 맥주를 한 상자 사 들고 회관에 들여놓은 덕철은 현우의 집에 와서 어머니께 절을 올렸다. 그의 할아버지는 두 해 전에 돌아가셨다고 한다. 덕철의 할아버지가 백 살 하고도 오 년을 더 사셨다는 말을 듣고 현우와 어머니는 깜짝 놀랐다. 거의 산속에서만 계셨는데, 머리가 다시 까맣게 나고, 종일 약초를 채집하러 이 골짜기 저 골짜기 날아다녔다고 한다. 참 대단하신 양반이다.
 덕철은 자신의 팔자가 세다고 늘 말했었다. 사냥하면 이상하게도 꼭 새끼 밴 동물이 잡혔다. 토끼를 잡아도 새끼를 밴 암놈이었고, 멧돼지도 마찬가지였다. 할아버지는 그런 그에게 동물에 대한 예의와 눈썰미가 없다고 했다. 그러나 덕철은 잡는 게 우선이었다. '그럼, 사냥하면서 토끼에게 토끼님! 이제부터 당신을 잡겠습니다. 하고 잡나?' 덕철이 하는 말이다. 현우는 지금까지 그가 잡은 동물이 거의 천 마리에 육박할 것으로 짐작하고 있다. 어머니가 덕철의 눈을 보고 무섭다고 한 말은 농담이 아니다. 그도 가끔 덕철을 보면 오싹할 때가 있다.
 한번은 사냥개 한 마리가 주인의 손을 물고 난리를 쳤다.

외국에서 들여온 상당히 비싼 사냥개였는데, 누구도 말릴 수 없을 정도로 난폭하게 굴었다. 주인도 어쩔 줄 몰라서 당황하던 그때였다. 가만히 보고 있던 덕철이 잽싸게 개의 뒷덜미를 낚아채더니 낫으로 목을 그어 버렸다.
 순식간의 일이었다.
 피가 사방으로 낭자하게 튀었다. 개 주인은 뭐라고 하고 싶었으나 덕철의 눈을 보고는 한마디도 하지 못했다. 나중에 사냥이 끝나고 덕철은, 개 값에 버금가는 큰 멧돼지 한 마리를 주인에게 주었다. 그 이후에 사냥꾼들은 덕철 앞에서는 어지간한 일이 있어도 다툼을 하지 않았다. 평소에는 말이 없고 점잖지만, 사냥에 나서면 덕철은 무섭게 변했다.
 이번에 함께 온 사냥꾼들은 송과 박을 제외하고는 새로운 사람들이다. 덕철이 수차례의 경고를 했음에도 불구하고, 러시아산 사냥개 라이카를 데리고 온 정 사장은 현우가 보기에도 좀 덜떨어진 인간 같다. 그는 가끔 마을에 나타나 한 번씩 휘젓고 다닌다. 돈은 아버지에게 물려받아 많은데, 써야 할 때, 안 써도 될 때를 구분하지 못한다. 마을에 선산이 있는 정 사장은 벌초하러 올 때도 일부러 사냥개를 데리고 와, 마을을 어슬렁거렸다. 요번 사냥에도 억지로 끼어서 따라왔다.
 사냥에는 풍산개가 좋다고 송이 몇 번이나 충고했지만, 정 사장은 외국에서 들여온 개라면 무조건 좋다고 생각하는 모양이다. 일전의 독일산 셰퍼드도 모습은 멋졌지만, 사냥은 별로였다. 요번엔 또 라이카를 모시고 왔다. 모시고 왔다는 표현이 딱 맞을 만큼 비싼 개다. 비싸다고 다 사냥을 잘하는 건 아니다.

예민해진 귀를 쫑긋 세우며 누렁이 수리가 덕철의 무릎에 코를 비빈다. 수리는 새로운 개가 나타나면 일단 경계를 하다가 별 볼 일 없다고 생각하면 코를 주인 무릎에 비비적거린다. 헤이, 형씨! 저 새로운 놈 별거 아냐. 내가 나아. 하는 것 같다. 수리가 몸을 길게 늘이며 다리를 쭉 편다. 준비 동작이다. 늘 사냥에 나서기 전 하는 수리의 행동이다.

수리를 처음 본 사람은 그 덩치에 일단 놀란다. 벌떡 일어서서 두 발을 사람의 어깨에 척! 올리면 아무리 담력이 센 사람도 오줌을 지린다. 보통 큰 개들은 민첩성이 좀 떨어지는데 수리는 사냥에 천부적인 소질을 가졌다. 사냥감을 발견하면 놓치지 않고, 한번 물면 끝장을 본다. 꼭 주인인 덕철과 닮았다. 사람들은 수리의 근성에 혀를 내두르면서도 탐을 낸다. 현우는 덕철이 데리고 온 사냥개 중에서 이 수리가 제일 마음에 든다.

수리는 평범한 누렁이다. 몇 달 전만 해도 손바닥에 올릴 정도로 몸집이 작았는데 지금은 덩치가 엄청나게 커졌다. 강아지일 때 한두 번 본 기억밖에 없는데도 현우를 알아보는 것 같다.

"수리가 날 기억하나 본데?"

"그럼, 수리가 얼마나 똑똑한데. 비리한 놈은 아는 척도 안 해."

"그래? 사냥은 잘하나?"

현우가 무심코 묻자 덕철은 그를 데리고 구석으로 갔다.

"그런 말, 개 듣는 데서 하지 마. 다 알아듣는다고. 수리는 사냥개 중에서는 최고야. 우리나라 누렁이가 사냥개로서는 최고인데 아무도 인정하지 않지. 하지만 사냥꾼들은 다 알아. 지금은 몇 놈 안 남았어. 시골 사람들이 복날에 다 잡아먹었어."

"그래?"

"응. 어미가 풍산개고, 아비는 누렁이야. 잡종인데, 괜찮은 놈이야."

현우는 수리를 흘금거리고 쳐다보았다. 수리는 그들을 바라보며 '내 흉보고 있지? 다 안다구!' 하는 표정으로 킁! 하고 콧방귀를 뀌었다.

정 사장에게 사냥은 그저 재미있는 놀이에 불과하다. 그는 자동차와 총에 많은 돈을 투자하고, 그걸 주변 사람들에게 으스대는 것을 낙으로 삼고 있다. 오늘도 어김없이 새로운 차를 몰고 나타나 주변을 빙빙 돌아다녔다. 짐작에 신고하지 않은 총도 여러 자루 있을 거다. 요즘은 철저하게 신고를 하고 사냥을 나와야 한다. 성가시긴 해도 사고를 막기 위해서는 꼭 필요하다.

정 사장은 사람들만 있으면 한참을 떠들어댄다. 그런 정 사장을 미동도 없이 바라보는 이 패거리들도 만만치 않다. 그들은 정 사장에게 무관심하다. 그럴수록 정 사장은 핏대를 세우며 더 허풍을 떤다. 현우는 그런 정 사장이 때론 안쓰럽기까지 하다. 그러다가 어떤 때는 뒤통수를 한 방 갈기고 싶을 정도로 밉살스럽다.

정 사장이 데리고 온 라이카의 코끝에 송이 손등을 갖다 댄다. 그는 라이카의 눈을 들여다보고 정 사장을 흘깃 쳐다본 다음 한마디 툭 던졌다. "애가 좀 지쳤는데." 송이 지쳤다면 지친 거다. 그는 개 박사다. 정 사장이 개의 몸 상태를 알 리가 없다. 그는 돈 자랑하는 걸 인생의 최고로 치는 졸부니까. 개가 지치건 말건 그에게는 아무 상관이 없다. 개는 그저 장식품에 불과하다. 동물의 생명 따위 아랑곳하지 않는 위인이다. 아마 러시아에서 온 지 얼마 되지도 않은 개를 끌고 나온 게 분명하다.

정 사장을 제외한 다른 패거리들은 그냥 오래된 걸 좋아한다. 그들은 십여 년째 같은 자동차를 타고 다니고, 같은 총을 가지고 있다. 개들은 몇 번 바뀌었다. 늙은 개들은 후각이 예민하지 않다. 설령 후각이 남아있다 하더라도 행동이 한 박자 느리다. 혹시라도 사냥에서 덩치가 큰 멧돼지를 만나면 개가 당할 수도 있으므로, 될 수 있으면 늙은 개들은 사냥에 데리고 가지 않는다.

패거리 중에 부동산으로 재미를 본 성 선생이 몇 년 전에 봉화에다 창고를 크게 지었다. 그 창고 안에는 각종 동물의 박제가 전시되어 있다. 현우는 박제를 좋아하지 않지만, 취향이 모두 같지는 않으니까. 사슴 박제를 한 번 본 사람들은 탐을 내기도 하는 모양이다. 그 박제창고를 사냥에 나서기엔 늙어버린 개들이 지키고 있다. 늙었지만 험상궂은 개들의 모습은 도둑들을 두렵게 한다.

현우는 천천히 그들을 돌아보았다.

오래전부터 사냥꾼인 사람들이다. 평소엔 약초와 버섯을 따서 생계를 유지하지만, 야생 동물들이 극성을 떠는 시기가 되면, 시에서 연락이 간다.

사냥만 오십 년 된 덕철과 송과 박은 눈빛이 매섭다. 그들이 잡은 야생 동물이 얼마나 되는지는 헤아릴 수 없다. 날카롭게 눈을 번득일 때는 뱀처럼 무섭다. 예전엔 뱀도 잡았지만, 요즘은 환경이니, 멸종이니 해서 뱀은 포획금지다. 독사는 똬리를 틀고 고개를 빳빳이 들고 있다가 공격하는데 그들이 지나가면 스르르 몸을 풀고 숲으로 숨어버린다.

도시가 커지면 산은 사라지기 마련이다. 개발이 가속화되고 나무는 베어진다. 산에서 온갖 뿌리를 캐 먹고 살던 야생 동물들은 도시로 내려온다. 사람들은 어찌나 부지런한지 손바닥만 한 땅이 있어도 후벼댄다. 호박을 심고, 고추를 심고, 감자를 심는다. 그러고는 둘레를 고압선으로 감는다. 멧돼지들은 떼로 몰려다니는데 고압선은 귀신같이 건드리지 않는다. 오히려 사람들이 감전되는 사고가 자주 일어나서 주인을 난감하게 만든다.

사람들은 임도를 내면서 칡넝쿨이 다시 길을 덮지 못하도록 치명적인 제초제를 뿌린다. 칡뿌리를 먹는 야생 동물들은 점점 아래쪽으로 내려온다. 사람들은 산을 야금야금 깎으면서 위쪽으로 올라간다. 그 둘이 만나는 곳은 난장판이 된다.

멧돼지들은 고구마밭도 헤집는다. 고구마도 상품 가치가 없도록 딱 한 입만 먹는다. 코를 들이밀고 킁킁거리며 외딴곳에 있는 무덤도 그냥 두지 않는다. 한밤중에 멧돼지가 휩쓸고 간 밭은 태풍이 지나간 것처럼 폐허가 된다.

야생 멧돼지가 머리가 나쁘다고 하는 사람들은 뭘 모르는 거다. 대가리가 너무 좋다. 그들은 우두머리를 필두로 조를

짜서 움직인다. 선두에 서는 놈은 젊은 놈이다. 무리 중에서 혈기가 왕성한 젊은 놈을 앞세우고 대장은 뒤에서 움직인다. 그 대장 멧돼지의 이름은 '번개'다.

'번개!'

사냥꾼들이 그렇게 부르고 있다. 그 번개를 잡기 위해, 송은 몇 년째 치악산 속에 움막을 짓고 살고 있다. 산줄기가 원주와 횡성, 제천에 걸쳐 넓게 퍼져있는 치악산은 사람이 들어가지 못할 정도로 울창한 숲과 수많은 야생 짐승들이 사는 곳이다. 멧돼지는 말할 것도 없고, 토끼나 고라니, 노루도 산다. 지리산에만 있다는 곰이 치악산 깊은 곳에도 살지 않을까 그들끼리는 가끔 이야기한다. 그렇게 사냥을 많이 다녔어도 그들 역시 길을 잃을 때가 있다.

몇 해 전, 현우도 함께 간 사냥에서 송이 아끼던 사냥개 기리가 번개에게 당했다. 거처를 치악산으로 정하고 송이 본격적으로 사냥을 할 때다. 마을 노인들이 정말 무서운 놈이 있다고 해도 그는 믿지 않았다. 해마다 그놈에게 당한 사람이 있어서 요즘은 약초도 캐지 않는다고 했었다. 그는 자신의 사냥 경력과 기리를 믿었다. 또 그에게는 총도 있었으니까.

기리가 으르렁거리면서 낮게 숨을 고를 때, 그는 기리의 긴

장을 감지했다. 보통은 오줌을 찔끔 싸면서 긴장을 푸는 녀석이 그날은 오줌을 많이 쌌다. 그는 대수롭지 않게 생각했다. 차라리 기리가 센 놈하고 붙어서 그 기량을 뽐냈으면 하고 내심 바랐다. 정 사장이 데리고 온 셰퍼드 때문이다. 그놈이 어찌나 기리를 견제하던지 송은 성질이 나 있던 참이었다. 그때, 말렸어야 했다. 송은 지금도 그때를 생각하면 가슴이 콱 막히면서 눈물이 찔끔 난다. 그 일 이후로 송은 개를 더 이상 키우지 않고 있다.

  기리가 멧돼지를 추격하고 곧 그도 뒤따라 뛰었다. 이윽고 기리가 벼락바위 쪽으로 방향을 바꾸었을 때, 뒤를 숨차게 쫓아가던 그는 깜짝 놀랐다. 키 낮은 산죽(山竹) 군락 위로 시커먼 바위가 보였다. 그런데 그 바위가 뛰어가고 있었다. 게다가 그 속도가 엄청나게 빨랐다. 지금까지 수많은 멧돼지를 봤지만 그렇게 덩치가 큰 놈은 처음 보았다. 달리기에 자신 있는 송도 헥헥거리며 그놈을 쫓아가고 있었고, 뒤의 무리는 따라가기도 힘들 지경이었다. 그날 만약 송 혼자였다면 그놈은 돌아서서 틀림없이 공격했을 것이다. 함께 간 패들과 개들이 떼를 지어 추격하고 있었다. 그놈도 그걸 알고 있었다.

  절벽에 다다른 순간, 그는 홉! 하고 숨을 멈추었다. 송은 눈앞의 광경을 믿을 수가 없었다. 다른 사람들도 송의 이야기를 믿지 못했다. 그러나 송이 기리를 두고 거짓말할 리가 없는 것이다.

"그 달려가던 놈이 갑자기 다리를 앞뒤로 좍 펴더라고. 산죽 위로 냅다 뛰데! 난 그게 무슨 행동인지 도통 짐작이 안 가는 거라. 가만히 보니 이놈이 아 글쎄! 미끄럼을 타더라니까!"

송은 멍청하게 그 광경을 바라보고만 있었다. 멧돼지가 대가리가 나쁘다던 놈들 다 나와! 오! 저럴 수는 없어. 송은 오히려 감탄하면서 그 모습을 바라보았다. 순간 그는 소리를 질렀다.

"…… 기리!!"

기리가 산죽 위를 엉거주춤 미끄러지고 있었다. 뒤쫓아 가던 속도를 멈출 수가 없었던 게다. 다급하게 그는 기리를 계속 불렀지만 이미 소름 끼치는 비명이 들린 뒤였다.

그는 얼른 절벽을 돌아서 낙엽에 미끄러지며 뛰듯이 내려갔다. 기리가 절벽 아래 널브러져 있었다. 그는 절벽 옆의 낭떠러지 쪽을 쳐다보았다. 산죽이 밑으로 쏠리면서 피가 범벅이 되어 있었다. 그놈도 배와 다리에 상처를 입었을 것이다. 시멘트에 쓸린 것처럼 말이다. 그런데도 여기서 기다렸다. 기리가 뒤따라오기를. 기리가 산죽을 미끄러져 내려오는 순간, 그놈이 날카로운 이빨로 그은 것이다.

송은 갑자기 머리카락이 쭈뼛하면서 무언가 자신을 노려보는 눈동자를 느꼈다. 그는 총을 허공에다 냅다 한 발 당겼다.

나뭇잎 스치는 소리도 들리지 않았다. 그는 그놈이 자신을 비웃으며 유유히 사라진 것을 알 수 있었다.

송은 기리를 보았다. 기리는 날카로운 칼에 베인 듯 배가 갈라져 있었다. 내장이 밖으로 다 쏟아졌다. 다행히 고통은 순간적이었을 것이다. 다른 사냥개들이 미친 듯 주위를 돌아보며 냄새를 맡았지만 이미 늦었다. 뒤따라온 현우와 덕철도 그 광경을 보고는 아무 말도 하지 않았다. 보통 놈이 아니다.

"하, 기리가 당했네. 기리도 이제 늙었나 보다." 정 사장이 깐족거리자 송이 싸늘한 눈으로 돌아보았다. 정 사장은 입을 딱 다물었다. 사실 정 사장이 아니었으면 이런 사고는 일어나지도 않았다. 그날, 정 사장이 데리고 온 셰퍼드가 기리의 진을 다 빼버린 걸 현우는 알고 있었다.

우리나라 누렁이는 사냥에 나서면 절대로 자기들끼리 싸움은 하지 않는다. 진돗개나 아메리칸핏불, 셰퍼드는 서열 다툼을 벌인다. 사냥은 뒷전이다. 한창 싸울 땐 아무도 못 말린다.

기리는 사냥에 나서면 따를 개가 없을 정도로 민첩하고 용감한 개였다. 송의 낙심은 이만저만이 아닐 것이다. 그의 표정은 늘 같다. 무슨 생각을 하는지 알 수가 없다. 가끔 만났어도 현우는 그가 흥분하는 것을 한 번도 본 적이 없었다.

멧돼지는 눈이 마주치면 노려본다. 눈싸움에서 자신이 이

길 수 있는지를 가늠한다. 사냥꾼이 눈을 돌리거나 뒤돌아서면 공격한다. 뒷다리를 차면서 달려온다. 그 속도는 시속 2백 킬로에 육박한다. 총을 겨누고 있다가 미간을 쏘지 않으면 사냥꾼이 당한다. 총 쏠 타이밍을 놓치는 순간 즉사다. 큰 바위가 굴러와서 피해야지 하는 마지막 순간에는 이미 늦다. 멧돼지는 자신의 이빨이 상대의 몸에 닿으려는 순간, 주둥이를 살짝 돌린 후 위로 죽 긋는다. 날카로운 이빨은 잘 벼린 칼이다. 배는 깨끗하게 베어지며 내장이 쏟아진다.

  송은 기리의 내장을 밀어 넣었다.
  점퍼를 벗어서 기리를 단단히 묶어 어깨에 올렸다. 절벽을 돌아서 임도로 다 올라갈 때까지 그는 한마디도 하지 않았다. 현우는 낭떠러지 위를 쳐다보았다. 위에서 아래까지 산죽의 초록색 이파리에 피가 묻은 것처럼 거무죽죽하다. 그놈이 정말 미끄럼을 탄 모양이다. 뒤따라 미끄러지는 기리를 절벽 밑에서 기다렸고, 음흉한 눈으로 대가리를 치켜들고 고개를 살짝 외로 꼬며 배를 그어버린 것이다.
  기리의 피가 송의 옷을 적셨다. 비릿한 냄새가 진동했다. 문득 하늘을 바라보는 송의 눈에 눈물이 흘깃 비쳤다.

"그놈은 그 후에 나타났어?"

현우와 덕철은 홍 씨네 민박 평상에 앉아 막걸리를 마시고 있었다. 덕철이 그놈? 하듯이 현우를 쳐다본다.

"거, 번개라는 놈 말이야."

"아니, 한 번도 못 봤어."

송은 마당에서 묵묵히 담배를 피우고, 정 사장은 마을에서 선산을 관리해 주는 함박네에 가고 없다. 홍 씨 부인이 핼금거리며 그들 옆을 왔다 갔다 한다. 덕철이 그 꼴을 보더니 한마디 던졌다.

"홍 씨는 산에서 아직 안 내려왔어?"

"응, 지난달에 내가 절에 갔다가 같이 내려오자고 해도 거절하던데? 사람이 영 매가리가 없어."

"저 여편네, 바람 난 거 아니야? 꼴을 보니 심상치 않은데. 홍 씨가 부실한가?"

"사람이 약하긴 하지. 그래도 설마 남편이 절에 있는데 그러기야 할라고."

"절에 있으믄 여자가 바람을 못 피우나? 온 동네 사내들이 득시글거리는데."

"온 동네 사내들이라야 다 비리비리한 영감밖에 없는데 뭘."

둘은 히히거리고 웃었다.

"허기사, 이제 다 늙어서 밤일이나 제대로 치르겠어?"

갑자기 민박 입구에서 부산스러운 소리가 들리더니 정 사장이 후다닥 그들에게로 뛰어왔다.

"아저씨!"

"제가 노루를 잡았어요."

"뭐?"

"제가 노루를 잡았다니까요. 한 방에 잡았어요."

순간 현우는 하늘이 노래졌다.

"아니, 왜 노루를 잡아? 노루는 못 잡게 되어 있는데."

"네?"

"이 사람아, 노루는 못 잡게 되어 있다고."

"그래요? 왜요?"

"보호관리 동물이야! 이거 큰일 났네."

현우와 덕철은 얼른 일어나 밖으로 나갔다.

정 사장의 라이카가 자랑스러운 듯이 서 있고 그 앞에 노루가 널브러져 있었다. 그런데 배가 불룩한 노루였다. 덕철은 이상한 표정을 지었다. 덕철이 정 사장 멱살을 그러쥐었다.

"니 눈엔 새끼 밴 것도 안 보이냐? 이 개새끼야?"

정 사장은 숨이 막히는지 얼굴이 빨갛게 되었다. 현우도 말리고 싶은 생각이 전혀 들지 않았다. 하필 새끼 밴 노루라니. 섬뜩한 기분이 들면서 등골이 서늘해졌다. '이거 큰일 났네. 올해 뭐 안 좋은 일이 생기려고?' 초봄부터 이런 일이 생기니 낭패가 아닐 수 없다.

결국, 사냥은 취소되었다.

현우도 찝찝했지만, 덕철 패들도 마음이 안 좋은지 사냥은 하지 않는 게 좋겠다고 결정했다.

그들이 떠나간 마을에 철 늦은 눈이 엄청나게 퍼붓고 있었다.

6. 춘분(春分)

**양력 3월 21일경. 음력 2월.
낮과 밤의 시간이 같아진다.
흙을 일구고 씨 뿌릴 준비를 한다.
꽃샘추위가 찾아온다.**

 우수가 지나고 개구리가 튀어나오는 경칩도 지났다. 절집 마당의 매화는 지고 있다. 두꺼운 얼음이 물러졌다. 졸졸졸 물 흐르는 소리가 들린다. 눈 녹은 양지쪽 낙엽을 비집고 금색의 복수초가 안간힘을 쓰며 올라오고, 노루귀는 솜털이 보송하게 피었다. 음력 이월에 장독 깨진다는 소리가 있을 정도로 가끔은 매서운 칼바람이 마을을 온통 헤집어놓았다.

 십 년 전만 해도 이 마을엔 제비가 많았다. 언제부터인가 제비는 이 마을보다 아래쪽에 있는 면사무소 근처 중국집이나, 슈퍼마켓 지붕 밑에 집을 짓기 시작했다. 예전엔 제비가 봄을 알리고, 아침에 일어나면 지지배배 소리가 시끄럽기까지 했는데 농약과 제초제를 사용하고부터는 순식간에 사라졌다.

언젠가 마을 사람들과 임진각을 지나 비무장지대에 있는 콩이 유명한 마을에 놀러 갔더니 그곳 식당 처마 밑에 제비집이 엄청 많았다. 현우는 새끼 제비들이 아가리를 딱 벌리고 어미를 기다리는 모습을 보자 너무 반가워서 사진을 대구 찍었다. 이젠 제비도 유기농 벌레를 먹는 시대가 되었다.

본격적으로 농사철이 시작되기 전에 마을에서는 관광버스를 전세 내어 동해 쪽으로 회 먹으러 간다고 야단법석이다. 아침부터 이장이 쿵작거리는 유행가를 틀어놓고, 방송으로 뭐라고 외쳐대고 있다. 현우가 집 앞을 쓸고 있을 때, 동배와 영심이가 한껏 모양을 내고는 지나가다가 잠시 섰다.
"아저씨는 안 가남요?"
"어딜?"
"동해로 말여요. 오늘 관광 가는 날이쥬."
"잘 놀다 오시게."
"늬예."
동배가 길게 대답하자 영심이 까르륵 웃어댄다. 둘이서 시시덕거리며 걸어가는 뒤통수에 대고 현우는 잠깐 눈을 부라린다. 둘이 참 잘 만났다.
영심이는 시내에서 다방을 했다는데 어느새 동배 집까지

쳐들어왔다. 들어온 돌이 박힌 돌 빼낸다고 본처인 정순을 문간방으로 몰아내고, 영심은 안방에 들어앉았다. 동배는 별명처럼 똥배짱이다. 정순이 자기보다 더 많이 배웠다고 맨날 재미없다더니 영심이와는 죽이 잘 맞는 모양이다.

현우는 눈을 들어 산을 바라보았다. 어쩐지 눈발이 날리듯이 산꼭대기가 희끄무레하다. 설마, 또 눈이 오려구? 고추씨도 하우스 안에다 심어야 하는데. 멍하니 서 있는데 마을 사람들을 태운 버스가 쌩! 하고 지나간다. 버스에서 나오는 음악 소리가 도로를 쾅쾅 울린다.

"아범도 놀러 가고 싶소?"

요즘 들어 부쩍 수척해지신 어머니다.

"아니요. 놀러는 무슨……."

"가지 마소. 오늘 장 담그는 날이요."

"장요? 작년에 담갔잖아요."

"아범은 작년에 밥 먹고, 올해는 안 먹나?"

아내와 했던 모든 집안일을 이제는 현우와 하고 싶어 하는 어머니다. 현우의 큰아들네는 어머니 손수 장을 퍼 주신다. 사 먹으면 된다고 극구 사양해도 어머니는 바리바리 넣어준다. 사 먹는 된장이 얼마나 비싼데. 할머니 비싸도 맛있고, 된장 많이 먹지도 않아요. 큰 며느리는 시할머니 말에도 꼬박꼬박 대꾸한다. 아들놈은 지 마누라가 하는 말이면 무조건 오케이다. 저런 놈을 그렇게 정성 들여 키웠나 싶어도 지들끼리 잘 살면 그만이다 싶어 꾹 참는다.

딸 소희는 된장을 달라고 해도 안 주신다. 소희가 '왜 오빠만 주고 저는 안 주세요?' 하면 '여자는 친정에서 장을 얻어먹으면 못 산다. 니가 담가 먹어라.' 하신다. 소희는 어릴 때부터 차별을 받아 서러움이 많은 애다.

둘째 놈은 고등학교만 졸업하고는 자동차 정비 기술을 배우더니 시내의 작은 정비공장에 취직했다. 공부는 형이 그만큼 했으니 되었고, 제 갈 길 제가 알아서 갈 터이니 걱정하지 말라고 했다. 그런 둘째 놈을 어머니는 더 좋아하신다. 아내도 둘째에게는 늘 관대하다.

어머니는 손자들을 위해서는 고기반찬을 준비하고, 소희에게는 '김치와 된장만 있으면 되지! 기집애가 반찬 타령은?' 하면서 구박하셨다. 어머니가 그럴 때마다 현우와 아내는 딸을 다독거렸다. 아내는 늘 어머니가 딸이 없어서 여자의 심정을 몰라요! 하고 하소연했다.

해마다 음력 이월이면 현우네는 장을 담근다.

장독을 깨끗하게 씻고, 짚에 불을 붙여 한 번 더 소독한다. 메주와 물의 비율은 어머니가 알아서 하신다. 현우는 아무리

봐도 잘 모르겠다. 다만 달걀이 오백 원 동전 크기로 뜨면 되었다고 하니 그런가 싶다. 어머니가 돌아가시고 나면 누가 장을 담글까. 소금을 풀다가 공연히 콧등이 시큰해졌다.

아내는 10년 전에 유방암 판정을 받았다. 수술을 하고 5년만 지나면 괜찮다고 하더니 7년 만에 자궁으로 전이되었다. 또 수술하고, 이번엔 갑상선으로 왔다. 처음엔 운동도 열심히 하더니 재발하고부터는 의욕을 잃어 차츰 누워서 보내는 시간이 많아졌다. 누워만 있다 보니 잠깐 일어나서 밥 먹는 것도 힘에 부치는 모양이다.

긍정적이고 명랑하던 아내는 암이 재발하고부터는 사사건건 불만이 많아졌다. 특히 큰아들에 대한 야속함이 극도에 달해서 생전 뭐라고 안 하던 사람이 요즘은 전화를 걸어 불효막심한 놈이라고 소리를 지른다. '내가 널 어떻게 키웠는데 이 나쁜 놈아! 지 마누라 꽁무니만 따라다니고. 내가 너 낳고 좋다고 춤을 춘 걸 생각하면 후회막심이다! 이 나쁜 놈아!' 그래 놓고는 잠시 후에 또 전화를 걸어 울음을 터뜨린다. 큰놈은 그러거나 말거나 '네, 어머니. 주무세요'만 앵무새처럼 지껄인다. 귀찮은 거다. 오랜만에 집에 와도 뭐가 그리 바쁜지 하룻밤도 안 자고 휙! 떠나 버린다.

항아리가 있는 뒷마당 쪽의 문을 열고 아내는 장 담그는 모습을 보고 있다.

"어머니, 음력 이월이 아직 안 지났어요?"

"그래, 안즉 며칠 남았다. 이월 가기 전에 해치워야지."

"오늘이 말날이에요?"

장은 말날에 담가야 벌레도 꼬이지 않고, 달면서 빛깔도 좋다고 한다. 될 수 있으면 털이 있는 짐승의 날은 피한다. 늘 어머니와 장을 담그던 아내는 방사선치료에 지쳐서인지 어머니보다 더 말랐다.

"그래도 춥다. 어여 문 닫아라."

현우가 결혼하지 않겠다고 버틸 때, 돈은 없어도 건강한 게 최고라며 자신 있게 아내와의 결혼을 밀어붙였던 어머니다. 그 며느리가 당신보다 먼저 가리라고 설마 짐작이나 했을까? 아내가 문을 닫자 어머니는 휴! 하고 한숨을 내쉬었다. 그 한숨이 장독으로 들어가 올해 장맛은 필시 짤 것이다.

김 씨가 절집 마당에서 장작을 패다가 목에 걸었던 수건으로 땀을 닦는다. 순철이 방문을 열었다. 외려 바깥 공기가 더 따스하다.

"아재요. 인자 봄이 왔네예."

"그래, 봄이 오기는 올란갑다. 바람이 훈훈하니 마음도 살랑하고, 또 누구는 머리에 꽃 꽂고 지랄하겠구만은. 참말로 큰일이다."

그 소리에 물가에서 메주를 씻고 있던 연실이 눈을 흘긴다.

"가만히 있는 사람에게 왜 또 시비를 거실까? 안 그래도 맘이 울적한데."

"울적? 니 바람났나? 그러이 요새 이장이 니한테 마음이 있는지 자꾸 물어 쌓더만은."

이장 송 씨는 혼자 산다. 한 번씩 절에 오면 연실이 있는 부엌에 들어가서 나오질 않는다.

"아이, 미쳤나 봐. 그놈의 영감쟁이는 늙어서 주책이야. 정말."

"와, 송 씨 사람도 좋고, 솜씨도 좋고. 니 그 집에 가믄 팔자 피는 기다. 그라고 송 씨가 머가 영감이고? 인제 겨우 오십 넘었는데, 요새 나이 오십이면 청춘이다. 백 살까지 사는 노인이 수두룩 빽빽하다. 오동나무집 할매 봐라. 낼모레면 백 살 되실 기다."

"송 씨 정도면 괘안타. 얼굴도 흰죽 사발 개 핥아 논 거 맨치로 히멀거이 잘 생겼제, 이장을 지금 몇 년째 하는데. 돈도 지법 있을 기다."

김 씨가 도끼를 내려놓고 윗옷을 벗었다.

"어쨌든 나는 싫어요! 내 나이 겨우 서른 지났는데 이 나이에 송장 칠 일 있어요? 영감 맡아서 수발하게."

"에헤이! 야가 철없는 소리 하네. 세상에 나오는 거는 순서가 있지만도 가는 거는 순서가 없는 기라. 사람 일은 알 수 없데이. 니가 먼저 갈지, 송 씨가 먼저 갈지 그거는 아무도 모르는 기다. 한 살이라도 덜 묵었을 때, 니 델꼬 갈라는 사람 있을 때 못 이기는 척하고 가야지, 더 나이 들면 인자는 같이 살자 카는 놈도 없다."

장작을 함께 옮기던 송백이 그 말을 듣자 입꼬리를 당기며 씩 웃었다.

"처사님. 보살님에게는 용식이라는 총각이 있습니다."

"누구요? 용식이요? 아, 그 미단 할매 아들 용식이 말입니꺼? 걸마 아가 쫌 모지라는 아 아입니꺼?"

"그런 소리 마세요! 얼마나 착한데."

연실이 발끈한다.

"하이고! 오야 알것다. 걸마가 나이는 많아도 총각은 총각이제. 홀애비보담은 얼어 죽어도 총각이 낫다 그 말이제?"

홍진수는 그들이 주고받는 말을 듣다가 봄이 오면 아내랑 완전히 정리해야겠다고 마음을 먹었다. 김 씨 말처럼 아내가 한 살이라도 더 젊을 때, 새로운 인생을 찾게 해야지 싶은 것이다.

"날씨가 이래 좋은데 방구석에서 뭐 하능교? 나와서 장작이라도 좀 옮기 주소."

김 씨의 말에 진수는 생각을 멈추고 마당으로 나섰다.

대웅전 추녀 끝으로 고드름이 햇살에 녹아 한 방울씩 똑똑 떨어지고 있다. 어릴 적에 어머니와 한겨울에 서울에서 시골로 이사하던 생각이 난다. 그때 고드름을 처음 보았다. 진수의 나이 열 살이었다. 사업이 망하고, 아버지는 자살로 생을 마감했다. 빚은 안 갚아도 되었지만, 진수와 어머니는 더 이상 서울에서 살 수가 없게 되었다. 진수는 시골이 좋았다. 시골 애들은 짓궂은 장난은 쳐도 때리지는 않았다. 서울에서 살던 때와 같은 낭만의 시절은 갔다. 어머니는 일해야 했으며, 먹고살기 위해 밭에 나가 무도 뽑아야 했다. 지금 생각해 보면, 그때가 오히려 서울에서 살 때보다 더 좋았다. 학교에서 돌아와 혼자 밥을 먹지 않아도 되었으며, 엄마! 하고 부르면 언제나 왜? 하는 어머니의 대답이 들려왔던 때였다.

어머니가 재혼하지 않았다면 더 행복했을까? 그건 알 수가 없겠지. 젊은 나이의 어머니가 혼자 산다는 건 어려운 일이었을 거야. 진수는 이해했다. 그가 고등학교 3학년이 되던 해였다. 어머니와 진수는 서울로 다시 돌아왔다.

새아버지는 좋은 사람이었다. 진수는 그들과 함께 살지 않았다. 가끔 어머니가 그에게 전화해 안부를 물었고, 그는 아주 잘 지내고 있으니 걱정하지 말라고 했다. 진수는 대학교에 입학했고, 새아버지가 진수의 첫 학기 등록금을 내주었다. 군대 갔을 때 외에는 과외와 아르바이트로 눈코 뜰 새 없이 바쁘게 살았다. 어머니와는 연락도 뜸하게 되었다.

그는 어머니가 그렇게 빨리 돌아가실 줄은 몰랐다. 결혼한다고 전화했을 때, 어머니는 병원에 있었다. 난소암이었는데, 발견했을 때는 이미 늦었다고 했다. 진수는 어머니의 일생이 가엾어서 울었다.

장례 때는 진수도 새아버지의 아들과 함께 상주가 되어 손님을 맞이했다. 어색하고 이상했지만, 나름 책임을 다한 것같이 홀가분했다. 진수와 그들은 빨리 이 모든 일이 마무리되고 일상으로 돌아가기를 바랐다. 장례가 끝나고 악수하고 그들은 헤어졌다. 어머니가 재혼하면서 맺었던 새로운 관계는 그렇게 마무리가 되었다.

그 후, 그는 어머니를 까맣게 잊어버렸다. 산소에도 딱 한 번밖에 가지 않았다. 자식은 아무짝에도 쓸모가 없다. 부모가 자식을 생각하는 백 분의 일도 자식은 부모를 생각하지 않는다.

장작을 부엌으로 다 들여놓은 후 그들은 점심 공양을 했다. 한동안 장작 걱정은 하지 않아도 되어 연실은 입이 찢어졌다. 다들 커피를 마시면서 쉬고 있는데, 순철이 방으로 후다닥 들어가더니 주섬주섬 짐을 챙기기 시작했다.

"순철이, 자네 어디 가나?"

진수의 물음에 순철이 심각한 표정으로 쳐다본다.

"예, 지 인자 1차 시험 쳐야 됩니더. 날짜가 다 되었습니더."

"그래, 언젠데?"

"요번 주말입니더. 내일 내려갈라 했더니만은, 오늘 대구 집에 갔다가 하루 쉬고 시험 쳐야겠습니더."

순철의 말에 김 씨와 연실이 방 앞으로 모여들었다.

"순철아. 너 이제 시험 치러 가면 절에 안 올 거야?"

"아입니더. 1차 치고, 붙으면 또 와서 2차 공부 해야지예. 걱정 마이소. 내 쉽게 여기 안 떠납니더." 연실이 그 말에 안심이 된 듯 방긋이 웃었다.

"보소! 공양주보살. 순철이가 그라마 맨날 여서 이래 썩어야 되나. 야도 앞길이 구만린데, 얼른 합격해서 지 갈 길로 가야지."

"그래도 쪼매 섭섭타. 순철아. 요번 시험은 마 한 방에 딱 해치워 뿌라. 알았제?"

김 씨가 순철이 싸 놓은 가방을 마루로 끄집어내었다. 그걸 보던 진수는 방으로 들어가서 책갈피에 넣어 둔 만 원짜리 3장을 꺼냈다.

"순철이 이거 얼마 안 되지만 차비에 보태게."

순철이 펄쩍 띈다.

"하이고, 안 됩니더. 아저씨가 돈이 어데 있다고 이라십니꺼. 괜찮습니더. 놔 두이소."

"아니야. 내 주고 싶어서 그러네. 받어."

김 씨가 옆에 있다가 순철을 쿡 찌르며 눈짓을 한다.

"고만 받아라. 니 생각해서 안 그라나."

"아이고, 그라마 잘 쓰겠습니더. 이거 미안해서 우짭니꺼."

"시험을 잘 치면 되지. 꼭 합격해."

진수가 순철의 어깨를 두드려주었다.

순철이 큰스님 방에 올라가 인사를 하고 나오자 연실이 주먹밥을 만들어 들고 나왔다.

"그라마, 지 다녀오겠습니더. 갔다 올 동안 잘 계시이소."

순철이 털모자를 벗고 인사를 하자, 연실의 눈에 눈물이 살짝 맺힌다. 진수도 왠지 코끝이 시큰해졌다.

"나도 이 길로 고마 집에 간다. 내일 올게요."

김 씨가 소릴 질렀다.

송백은 합장하며 착잡한 표정으로 그들을 바라보았다. 진수는 따라가려는 진돌이의 목을 덥석 껴안았다. 평소에는 그를 피하던 진돌이가 웬일인지 얌전하게 있다. 눈을 들어 병풍바위 쪽을 바라보니 어느새 하늘이 어스름해지고 있었다.

그날 밤, 진수는 몰래 절에서 나왔다.

아무도 그가 나오는 줄 몰랐다. 연실은 용식이 가져다준 잡지를 뒤적이며 자는 둥 마는 둥 하고 있었다.

작은 손전등으로 눈이 녹지 않은 비탈길을 조심해서 내려온 그는 가게에 들러 소주를 두 병 샀다. 면에서 4km 정도 되는 길을 걸어서 집에 도착했을 때는, 이미 밤 열한 시가 넘었다. 집 앞에서 그는 잠시 망설였다. 안방의 불이 켜져 있다. 민박으로 쓰는 다른 방들은 깜깜하다. 그는 마당 옆으로 돌아갔다. 나무틀이 비틀어져 어긋난 안방 창문에서 불빛이 희미하게 새어 나온다. 아내는 평소에도 늦은 시간까지 잠을 못 이루고 뒤척였다. 바람이 차다. 그는 후드드 떨며 창문 아래 쪼그리고 앉았다.

그때였다. 어떤 남자가 마당으로 쑥 들어섰다.

남자는 잠시 주위를 살피더니 곧 아내의 방으로 들어갔다. 두런거리는 소리가 들린다. 아내의 웃음소리가 설핏 흘러나온다. 아내의 웃음소리를 들어본 게 언제였던가? 결혼하고 아이가 어릴 땐 자주 웃었는데. 아이가 잘못되고는 둘 사이가 영 서먹해졌다. 그러나 연애했던 긴 세월이 있었던지라 아이는 또 가지면 되지 생각했었다. 아이는 생기지 않았다.

그는 안방 앞으로 갔다. 사내의 얼굴이라도 한번 보자. 아니, 보면 뭐 해? 큰스님 말씀이 갑자기 떠올랐다. 절에 살면서 뭘 했나? 마음을 닦아야지. 그깟 바람이 뭐 대수라고. 용서해 줘라. 니가 능력이 안 되니 하는 수 없지 않아? 별생각이 다 든다.

그의 눈에 마루에 놓인 누런 봉투가 보인다. 그는 무심코 봉투를 집어 들었다. 겉봉을 보니 관공서에서 쓰는 서류봉투다. 안을 들여다보니 지로용지가 가득 들어있다. 순간 그는 이장 송 씨가 생각났다.

그럼 그 송 씨가 연실을 보러 온 게 아니고 나를 보러 왔나? 진수는 얼굴이 벌겋게 달아올랐다. 송 씨가 올 때마다 툇마루에 힘없이 앉아 있던 자신이 생각났기 때문이었.

아내의 상대가 이장이라니!

송 씨의 다부진 어깨와 사람 좋은 웃음이 떠오른다. 그때 거친 숨소리가 방 안에서 들린다. 아내의 신음이 그의 귀를 파고든다. 아내는 몸이 참 예쁘다. 연애할 때, 아내는 진수가 피곤하다고 하면 토라졌다. 결혼 후에는 아무리 피곤해도 꼭 관계하고 나서야 잠이 들었다.

뛰어들어 송 씨의 멱살을 잡고 난장판을 칠까? 지금 와서 무슨 소용이 있나? 다 헛짓거리다. 허무하고, 허무하고, 또 허무하다. 저 처절한 몸부림을 보라! 욕망을 갈구하는 치열한 삶의 몸짓을 보라! 이젠 놔줘라. 그래! 벌써 그랬어야 했다. 그들의 찬란했던 젊음은 끝이다. 오랫동안 그들을 옭아매었던 아이에 대한 죄책감도 끝이다. 방황했던 날들도, 남아있는 삶의 무게도, 이제 등에서 내려놓자.
그는 힘없이 돌아섰다.

진수는 천천히 걸었다.
멀리 어둠 속에 성황림이 보인다. 갑자기 모든 세상사가 다 우스워졌다. 그는 큰소리로 웃었다. 눈에서는 눈물이 나왔다.
차가운 바람이 불어 몸이 오싹하다. 검은 하늘에서 싸락눈이 흩날렸다. 쌀가루 같은 눈을 바라보던 진수는, 어머니의 우울한 눈과 언제나 그를 쓸쓸하게 바라보던 모습을 생각해 내었다. 그때 손이라도 한번 잡아드릴 걸 그랬다. 죄스러운 마음이 가슴을 후려친다. 그는 꺽꺽거리고 울었다.
이윽고 진수는 성황림 대문 앞에 섰다. 캄캄한 어둠 속에서 음울한 기운을 내뿜으며, 오래된 숲이 그를 노려보고 있다.

'신들이 사는 숲의 잔치, 성황제에 놀러 오세요'

담장에 걸려 있는 현수막이 바람에 펄럭인다.
신이 있나요?
진수는 어둠을 향해 소리를 질렀다. 절규하듯 부르짖는 진수의 소리는 숲을 울린다.

신이 어디 있어요? 아무도 없어! 아무도 없다구요!

대문 앞에 쪼그리고 앉은 그는 소주를 병째 나발 불기 시작했다. 눈은 함박눈으로 변해 온 사방에 흩날렸다.
숲은 더 어두워지고 어둠 속에서 작은 새 한 마리가 천천히 날아와 진수의 어깨에 가만히 앉았다.

7. 청명(淸明)

양력 4월 6일경. 음력 3월.
봄이 되어 삼라만상이 맑고 밝다.
나무를 심기에 적당한 시기이다.
대부분 한식과 겹친다. 농사를
준비하고 못자리판을 만든다.

　현우와 이장 송 씨는 아침 일찍 성황림으로 향했다. 성황제를 대비해서 금줄을 치기 위해서다. 밤새 온 눈이 나뭇가지 위에 소복하다. 봄눈은 주로 습설(濕雪)이라 무겁다. 오래된 나무의 삭은 가지들은 물먹은 눈의 무게를 견디지 못하고 툭툭 부러진다. 도로는 제설차가 한바탕 쓸고 지나갔는지 시큼하면서도 질척하다. 성황림의 긴 담장을 돌아 대문 앞에 온 그들은 깜짝 놀랐다. 사람이 쓰러져 있었던 것이다.
　"아니, 이게 누구야?"
　"홍 씨 같은데요?"
　성황림 뒤쪽에 있는 홍 씨네 민박은 버스에서 내리면 한참 걸어 들어가야 한다.

"홍 씨는 절에 있잖아."

"김 씨 아저씨 말로는 어제도 절에 있다던데, 이게 무슨 일일까요?"

"그러게 말이야."

"이봐, 홍 씨, 일어나 봐. 여기서 이러구 있음 어떡해?"

홍 씨를 일으켜 세우려던 이장의 얼굴이 하얗게 질린다.

"현우 아저씨, 홍 씨가 죽었나 봐요."

"뭐?"

"몸이 뻣뻣해요. 이거 어떡허지요?"

"그럴 리가 있나, 어디 봐."

해마다 성황제를 앞두고는 행여 마을에 초상이라도 나면 어쩌나 싶어, 병중에 있는 노인들에게도 한 달만 더 버텨 주십사 하던 현우다. 일전에 정 사장이 새끼 밴 노루를 잡은 후로는 늘 불안했었다. 될 수 있으면 궂은일 없이 잘 치르려고 했는데. 현우는 참담한 심정으로 구급차를 불렀다. 봄이 왔다고 철없이 굴다가는 얼어 죽기 딱 좋은 날씨다. 여기는 도시보다 기온이 훨씬 낮다. 작년엔 오월에도 눈발이 날렸다.

진수가 실려 간 뒤, 현우는 대문 앞에 나뒹굴고 있는 빈 소주병 두 개를 발견했다.

'참 이상한 일이다. 집을 지척에 두고 어찌 여기서 소주를 두 병이나 마셨을까?'

그가 아는 진수는 술을 잘 마시지 못하는 사람이었다. 회관에 와서도 바둑이나 장기를 두면서 조용히 웃기만 하던 사람이었다.

홍진수가 이사 온 지는 오 년 정도 되었다.

그들은 유 씨가 살던 집을 사서 민박을 했다. 홍 씨는 늘 힘이 없고 어디가 아픈지 병색이 완연했다. 지나다 보면 멍청하게 평상에 앉아 있는 때가 많았다. 처음엔 착실하게 집을 이리저리 고치고 적응하는가 싶더니 얼마 지나지 않아서는 그저 힘없이 담배만 피웠다. 현우는 담배 좀 줄이라고 잔소리를 했지만, 그럴 때마다 그는 빙긋이 웃을 뿐이었다.

그들이 이사 오고 이 년쯤 지나 홍 씨가 요양차 절에 들어갔다. 얼마 후, 그 부인이 바람이 났다는 소문이 났다. 시골엔 소문이 엄청나게 빨리 퍼진다. 민박에 들락거리던 어떤 놈이라는데, 마을 사람들 아무도 그가 누구인지를 정확하게 몰랐다. 어떤 사람은 마을에 사는 놈이라고 했고, 어떤 사람은 시내에 있는 놈이라고 했다. 또 어떤 사람은 오다가다 흘러온 등산객이라고 했는데 그 말이 가장 신빙성이 있었다. 민박집엔 항상 많은 사람이 들락거리기 때문이었다. 어쨌든 홍 씨는 절에서 안 내려왔고, 소문은 점점 커져만 갔다.

이장이 전해 온 홍 씨의 사인은 심장마비였다.

의사 말로는 술을 먹고 기온이 내려가자 저체온 쇼크가 왔다는 것이다. 홍 씨가 성황림 대문 앞에서 죽었다는 소문이 퍼지자 마을 사람들은 불안에 휩싸였다. 어쨌든 객사가 아닌가? 지금까지 성황제를 지내지 못했을 때는 전쟁이 나던 해뿐이어서 마을 사람들은 둘만 모여도 쑥덕거렸다. 현우는 회관에 가서도 모르는 척 바둑을 두었지만, 그 역시 찜찜한 생각을 안 할 수가 없다.

"죽는 데는 순서가 없다더니 그 말이 딱 맞네."

"그러이 노루는 함부로 잡으믄 안 된다이."

"그 노루 할배도 잘 먹지 않았수?"

동배가 빈정대자 말을 꺼낸 개울 건너에 사는 조 영감이 머쓱한 표정을 짓는다.

"내는 좀 밖에 안 묵었다니."

"좀이든, 많이든 울 동네 사람은 다 묵었을 거로."

"그게 새끼 밴 노루라서리, 쪼매 찜찜하긴 했서."

모두 심란한 표정으로 한마디씩 던진다. 가뜩이나 유 씨네 산소 옆에서 잡은 것도 찜찜한데 새끼까지 배고 있었으니 현우도 영 심사가 편치 않았다. 처음엔 면에 신고해야 한다던 마을 사람들도 정 씨가 어떻게 구워삶았는지 어느새 노루를 손질하고 있었다. 현우가 덕철과 뒷일을 의논하고 있던 사이에 벌어진 일이다. 정 씨가 마을 노인들에게 담뱃값이라도 후하게 주었나 보다, 그는 짐작했다.

'그런 일은 소문나면 우리 마을 흉이요, 온 동네 우사(憂事)제!'

동배와 조 영감이 구시렁거렸다. 조 영감은 돈이 궁해서인지 누가 막걸리값이라도 조금 주면 금방 헤헤거렸다.

유 씨가 친일파로 찍혀 마을을 떠난 후로 그 산소는 돌봐 주는 사람이 아무도 없었다. 어쩌다 현우가 어머니의 성화에 못 이겨 벌초를 해 주었는데, 아무리 생각해도 노루를 잡은 곳이 그 산소라는 것이 영 마음에 걸린다. 그날 덕철에게 혼이 난 정 사장은 근래엔 마을에 통 나타나지 않고 있었다.

성황제는 일단 취소하자는 쪽으로 의견이 모였다.

며칠이 지난 후, 이장이 마을 사람들을 불러 모았다.

"성황제가 취소되어서 정말 송구스럽습니다. 하지만 궂은 일이 생기면 치르질 못하니 어쩔 도리가 없습니다. 오늘 밤 회관에 다 모여서 식사나 하시면서 아쉬운 마음을 달래면 좋겠습니다. 내년엔 아무 일 없이 꼭 성황제를 열 수 있도록 빌어야지요."

그날 밤, 마을 사람들이 술에 취해, 노래에 취해 정신이 없을 때, 이장 송 씨가 몰래 마을을 떠났다. 함께 간 여자는 다름 아닌 홍진수 부인이었다.

송 씨와 홍 씨 부인이 잰걸음으로 성황림 앞을 지날 때, 송 씨는 낮게 키득거리는 소리를 들었다. 오래된 소문 같은 전설이 생각나 불안한 마음에 잠시 주춤했지만, 도망가는 일이 더 급했으므로 식은땀을 삐질거리며 뒤도 안 돌아보고 뛰어 달아났다. 그들이 마을 입구에 세워둔 송 씨의 자동차에 올라탔을 때, 달이 휘영청 떠올랐다.

보름달이었다.

그들이 도망가고 이틀이 지나서 마을은 발칵 뒤집혔다. 홍 씨 부인이 그동안 마을에 사는 노인들과 아낙들에게 이자 넉넉하게 준다고 빌려 간 돈이 무려 1억 원이 훌쩍 넘었고, 송 씨가 갖고 간 공금만 해도 삼천만 원이 넘었다.

과부들은 자식들이 주는 용돈이며, 노령연금을 다 모아서 털어 넣었고, 혼자 사는 영감들은 살랑거리며 가끔 들여다보는 홍 씨 부인이 이뻐서 한입에 넣어주었다. 다 니가 먼저 빌려주었니, 내가 먼저 빌려주었니, 너 때문에 같이 빌려주었다, 주거니 받거니 회관에서 난리가 나고, 그들은 대책회의에 들어갔다.

마을 사람들은 성황림 앞에서 홍 씨가 죽은 일이 안 좋은 일이 아니고, 온 마을 사람들이 사기를 당한 이 일이 그 안 좋은 일이야! 했다. 마누라가 바람이 났는데도 절에만 있었던 홍 씨는 죽고 난 후에도 욕을 진탕 먹었다.

사람이 겉만 보고 모른다고 해도 얌전하게 생긴 홍 씨 부인은 두고두고 이야깃거리가 되었다. 그동안 마을 일에 무심했던 사람들도 송 씨가 갖고 간 돈이 삼천만 원이 넘는다고 밝혀지자, 앞다투어 송 씨 욕을 해댔다.

"참, 사람 속은 모른다더니 내 참! 송 씨가 그럴 줄 정말 꿈에도 몰랐네. 어찌 사람이 그럴 수가 있남?"

회관에서 바둑을 두던 조 영감이 송 씨 이야기를 꺼내자, 다른 쪽에서 장기를 두던 동배가 잽싸게 한마디 거들었다.

"그러게, 진즉 한번 까뒤집어야 했는디, 전부 할 말 없쥬? 지가 송 씨 수상타고 몇 번 야그했지 않아요?"

"아, 그만둬! 지금 와서 그런 소리가 무슨 소용 있어?"

현우는 깐족거리는 동배가 더 밉살스럽다.

"소용은 없어도 욕이라도 해야 이 썩을 놈이 귀라도 근지러울 거 아녀요?"

"송 씨도 먼 사연이 있것지."

조 영감이 혀를 차며 중얼거린다. 현우도 왠지 송 씨가 가엾다.

"하나 있던 아들놈이 교통사고로 죽어뿌리고, 마누라는 나가서리 소식도 없지, 그러이 무슨 낙이 있겄나. 살아 있는 것이 용체."

조 영감의 말에 화투로 운세를 보고 있던 병칠이 돌아보지도 않고 비죽거렸다.

"근디 그런 낙도 없는 놈이 홍 씨 마누라하고는 우째 정분이 났다요?"

그 말에 동배가 실실 웃으며 병칠이 턱밑에 바짝 다가앉았다.

"병칠아, 홍 씨 마누라 니한테도 살랑거리미 왔다나?"

"무…무슨 소리가?"

"니 돈 얼매 빌려줬나? 그 홍 씨 마누라한테 말이다."

동배가 던진 말에 회관에 있던 모든 사람의 귀가 쫑긋해졌다.

"나는 돈 안 줬어."

"그럼 뭘 줬냐?"

"어허, 그만해라!"

보다 못한 현우가 소리를 질렀다. 평소엔 병칠이고, 동배고 다 그놈이 그놈이지만 이럴 때 보면 동배가 더 밉살스럽다.

"거, 언젠가 송 씨 아들 죽었을 때 있잖여? 내 보니께니 송 씨 마누란 밸로 울지도 않두만."

조 영감은 초상이 나면 꼭 누가 울더라, 안 울더라, 누구는 돌아앉아 부의금을 세더라며 뒷말을 했다.

"그래도 어민데, 가슴이 찢어졌것지요."

심드렁하게 누워서 천장의 무늬를 헤아리고 있던 함박네 남편 최 씨가 한마디 툭 던진다. 얼마 전까지 시내에 딴 살림을 차렸다더니 요즘은 집에 돌아와 있다. 눈동자가 풀려 흐릿한 것이 멍청하게 보인다.

"아, 그거야 지 새끼가 아닝게 그렇치."

"엥? 아니 그러면 죽은 창수가 지 소생이 아녀?"

"아니랍디다. 여기 올 때, 송 씨랑 눈 맞아서 도망 왔다던데?"

한쪽에서 소주잔을 기울이던 노인들이 한마디씩 거든다. 여기저기서 송 씨는 도마 위에 오른 생선이다. 송 씨의 속사정은 현우도 금시초문이다.

"그려? 아이고 참! 사람은 알 수가 없네."

"아니, 그렇다고 푼푼이 모은 마을 돈을 갖고 튀어? 에라이! 썩을 종자."

동배가 욕을 한바탕하자 갑자기 왁자하게 웃음보가 터진다. 마을에서 합동 부역을 해도 한 번을 나오지 않고, 돈을 내래도 생전 낸 적이 없는 동배다. 그런데도 마을에 무슨 일만 있으면, 제일 먼저 달려와 한바탕 북새를 친다.

"하이고! 천하의 강똥배가 이래 촌구석 회관에서 장기나 두고 있으이 이기 우짠 일이고? 어이!"

현우는 동배를 흘겨보다가 김 씨의 말에 웃고 말았다.

어머니는 홍 씨 부인의 이야기를 듣자, '여자가 혼자 살림을 꾸리는 게 쉬운 일은 아니다.' 하고 딱 한마디 하셨다. 어머니도 아버지가 없는 근 삼십여 년의 집안 살림을 혼자 꾸렸다. 지금까지 버티고 온 것은 모두 어머니 덕분이다. 현우는 재산이나 돈에 대해서는 별로 관심이 없다. 아버지가 갑자기 뇌출혈로 쓰러졌을 때, 현우는 당황해서 갈팡질팡했지만, 어머니는 담대하게 모든 일을 처리하셨다. 마을 사람들은 역시 큰살림한 사람은 다르다고 혀를 내둘렀다.

 혹시 홍 씨 부인에게 돈을 빌려주지 않았나 싶어 눈치를 보니 어머니는 무심한 표정이다. 홍 씨 부인이 이따금 집에 와서 어머니 비위를 맞추기는 했던 모양이다. 아내는 아주 질색이었다. 가끔 산거리에 있는 찔레네 식당에 가는 것도 싫어하는 아내다. 홍 씨 부인 내숭 뜨는 양이 보통이 아니라고 일전에도 지나가는 말로 저러다 사고 치지! 하더니 그 말이 딱 맞았다.

 "내가 그랬죠? 그 여자 내숭 떠는 게 보통이 아니라니까요."

 "아, 그만 해요. 우리만 돈 안 떼였으면 되었지 뭘!"

 "당신은 그게 문제예요. 마을 사람들이 다 돈을 떼였는데 우리만 안 떼였으니 인제 다들 뭐라고들 수군댈 거 같아요? 당신이랑 그 여자가 틀림없이 무슨 관계가 있다 이런다니까요?"

 "어허! 이 사람이? 별소리를 다 하네."

 "내 말이 맞을 거예요. 어디 두고 봐요!"

아니나 다를까, 트랙터를 쓸까 해서 회관에 갔더니 동배가 한마디 툭 던진다.

"형님, 형님은 송 씨 어디 있는지 알쥬?"

"내가 그걸 어떻게 알아?"

"형님은 돈을 안 떼였으니 말이요."

"나는 돈이 없어서 안 떼였다. 그러는 니는 빌려줄 돈이 많아서 좋것다."

"아니, 안 떼였으면 그만이지, 왜 화는 내슈?"

사람 성질을 한껏 돋우고는 동배는 휙 가버린다. 둘레둘레 서 있던 치들도 무슨 말을 들을까 싶었던지 귀를 쫑긋거리다가 현우 인상을 보고는 헛기침을 하더니 실실 내뺀다. 좁은 마을에 이 무슨 난리인지 모르겠다. 옛날엔 어려운 일이 있으면 서로 나서서 도와주었는데 갑자기 이런 일이 생기니 전부 쌍심지를 돋우며 날을 세운다. 농사가 코앞인데 슬금슬금 눈치를 보며 일은 뒷전이다.

돈 떼인 아낙들은 남편에게는 맹세코 빌려준 일 없다고 말해 놓고 속으로는 끙끙 앓았다. 얌전한 고양이 부뚜막에 먼저 올라간다고, 홍 씨 부인과 바람이 난 놈이 이장이었다니, 마을 사람들은 옛말 그른 말 하나도 없다고 입을 모았다. 그도 그럴 것이 이장이 무슨 서류를 들고 집집이 들락거리는 것이야 다반사니 말이다.

"햐, 송 씨 그거 보통 아니네?"

"거 홀애비가 바람나는 게 뭐 대수라고."

"그래도 홍 씨가 눈을 시퍼렇게 뜨고 살아 있었는데 말이요."

"홍 씨야 절에 들어가 반스님이었는데 뭘."

"그래도 그 여편네 새초롬하게 입 빼물고 있두만은 헛."

"왜? 니캉 안 나서 아섭나?"

"떽!"

"하하하"

돈 떼인 치들은 속은 쓰려도 속절없이 세월이 가니, 떼먹고 도망갈 정도면 어지간해서 그랬겠냐고 그 마음이 조금 누그러졌다. 인생사 다 거기서 거기다.

몸이 재바르고, 우스개도 잘하던 송 씨가 없으니 왠시 마을이 쓸쓸하다. 게다가 지나가다 들르면 커피를 끓여주며 콧소리로 홍홍거리던 홍 씨 부인도 은근히 그립다. 홍 씨 이야긴 아무도 하지 않았다. 홍진수는 처음부터 이 마을에 없었던 사람 같았다.

햇볕이 따스해지자 봄바람이 솔솔 불어오고, 개울 옆으로 개나리가 폭포처럼 쏟아졌다. 현우는 가끔 홍 씨네 민박집에 들러서 낡은 지붕을 쳐다보았다. 퇴락한 담장 곁으로 키가 큰 은행나무가 서 있다.

가을이 되면 노란 은행잎이 깔린 마당을 사뿐히 밟으며 '아, 은행잎이 너무 아름다워요' 하며 생긋 웃던 홍 씨 부인이 떠오른다.

어느 날 저녁인가?

지나치던 길에 보았던 그 미소가 현우의 마음에 오래도록 남았다.

8. 곡우(穀雨)

양력 4월 20일경. 음력 3월.
봄비가 내리고 작물에 싹이 트고
농사가 시작된다. 곡우물을 먹으러
깊은 산과 명산을 찾는다.

고로쇠나무마다 하얀 호스가 달려 있다.

몸속의 진을 자식들에게 다 빨리는 어미처럼 나무들이 안개 속에서 우두커니 서 있다. 얼마나 좋은 물을 마시고, 얼마나 오래 살려고 이 지경을 만드는지, 현우는 봄이 오면 늘 마음이 좋지 못하다. 병상에 누워 링거를 줄줄이 꽂은 환자들이다. 고로쇠나무들아, 미안하다. 현우는 나무를 어루만진다.

"거, 누구요? 왜 남의 물통을 건드리는 거요?"

어떤 남자가 달려오더니 현우의 팔을 확 밀친다.

"아니, 그러는 당신은 누구요? 왜 남의 산에 있는 고로쇠나무 물을 빼는 거요?"

"어? 이 산이 당신 거요?"

"그래요. 내 겁니다. 당신 누구요?"

남자는 얼굴이 벌게지더니 물통의 줄을 급히 뺀다.

"아, 나는 저 시내에 살고."

"그런데?"

"몸이 안 좋고, 또 병이 나서, 이 물을 먹으면."

"당신 몸이 안 좋고, 병이 났으면 병원에 가야지, 거, 왜 남의 나무 피를 다 말리는 거요?"

"아이구, 죄송하게 되었습니다. 그럼 이만."

그러더니 물통을 들고는 뒤뚱거리면서 산을 굴러 내려간다. 그 뒤에다 대고 현우는 소리를 지른다.

"거, 잠깐 기다리슈, 내 파출소에다 전화 좀 해볼 테니."

해마다 이맘때가 되면 일어나는 일이다. 저렇게 고로쇠 물을 빼 가는 사람 중 대부분은 장사하는 사람들이다. 고로쇠 물이 돈이 된다는 소문이 나고부터 장사꾼들이 어찌나 설쳐 대는지, 한 번씩 이렇게 산에 올라와 보지 않으면 안 된다.

어떤 때는 나무 둥치에 칼자국도 나 있다. 그런 나무는 결국 죽는다. 물을 뺀다고 올라와서는 담배를 피우다 불을 내는 사람도 있다. 인간의 욕심에 자연은 병들고 있다. 언젠가는 자연이 보복할 거란 생각에 현우는 두렵다.

현우네 선산엔 고로쇠나무가 많다. 아버지 생전에 현우와 함께 심은 나무들이다. 당시엔 고로쇠나무에서 물이 나오는 줄도 몰랐다. 그저 아버지가 심자고 하니 심었을 뿐이다. 어쩌다 나무에 귀를 대보면 쏴아쏴아! 하는 물소리가 들려 신기하게 생각하기는 했었다.

어린아이 키 반 정도 되던 가지를 심었는데 어느새 이렇게 크고 둥치가 굵어졌다. '고생했다. 피까지 빼 주면서 인간의 욕심을 채워주다니 내가 정말 미안하구나. 나무야 너무너무 미안하다.' 나무에 꽂혀 있던 줄을 빼면서 현우는 중얼거렸다.

윗마을에 사는 전명구 내외는 칠 년 전에 이 마을로 흘러들었다. 그들은 오다가다 만난 사이라고 했다. 전명구는 스쿠터에 짐수레를 달고 종일 고물을 수거한다. 고물은 마을 입구의 작은 공터에다 모아둔다. 한 달에 한 번씩 트럭이 와서 가져가는데, 어떤 땐 삼만 원도 받고, 철근이 있는 날엔 십만 원도 받는다.

전명구는 대머리지만 얼굴은 반들반들한 것이 주름이 하나도 없다. 눈은 옆으로 길게 찢어지고 입술은 얇아서 입을 앙! 하고 다물면 차갑게 보인다. 사람을 쳐다볼 때는 혀로 얇은 입술을 살살 핥는 버릇이 있다. 평소에 부인이 마을회관에 와서 우리 서방 밤일이 끝내준다고 하도 떠들어대서 온 마을 사람들은 전명구가 보기보다 힘이 좋구나! 했다.

동배는 전명구만 보면 대머리가 밝힌다더니 하면서 반질반질한 머리를 손으로 실실 만진다. 그러다 어느 날부터인가 부인이 이 사람 저 사람 붙잡고 하소연을 해대서 그가 바람이 났다는 걸 알게 되었다.

 전명구의 부인이 면사무소 앞에 있는 은조식당의 주인 추자와 머리가 터지도록 싸우는 일이 잦아진 얼마 후, 전명구는 집에서 쫓겨났다. 그가 스쿠터를 타고 발발거리며 마을을 지나가면 다들 한마디씩 건넨다.

 "어이! 전 씨, 오늘 고물 마이 주웠나?"

 "오늘은 헛방이다. 마. 막걸리나 한잔하러 가자."

 "어디로?"

 "어디기는 은조식당이제."

 "거는 누가 있는데?"

 "거, 인물 좋은 아줌씨가 있다이."

 그러고는 눈을 가늘게 뜨고 헤헤거렸다.

 현우가 밭에 가려고 장화를 신고 나서는데 전명구가 슬며시 마당으로 들어선다.

 "아재요. 집에 못 쓰는 솥뚜껑 없능교?"

 "없는데?"

"내가 전에 보니 개집 옆에 녹슨 가마솥 있더만요."

"개집 옆에? 아, 그렇구나."

한동안 키우던 복길이가 저세상 가고 난 후 뒤란에 던져둔 개집이다. 복길이는 누가 현우네 집 앞에 버리고 간 개다. 현우가 개를 좋아해서 키우긴 했지만, 막상 치다꺼리는 아내가 다 했다. 복길이가 차에 치여 죽고 난 뒤, 다른 개는 절대로 못 키운다고 아내는 현우에게 각서를 쓰자고 했다. 개든 사람이든 키우는 데는 마음이 가니 정이 무서운 법이다.

"에헤헤 고맙심더. 내 오늘 그걸로 한잔할기구마. 낭중에 은조로 오소."

허락도 하지 않았는데, 전명구는 다짜고짜 개집 옆으로 가더니 가마솥을 들고는 이리저리 살펴본다. 버려신 가마솥은 녹이 퍼렇게 슬었다. 저 처량한 가마솥은 오래전에 장날에 가서 무겁게 사 들고 온 것이다. 처음엔 거창한 용도로 물도 끓이고, 닭도 고아야지 하면서 장만했었다. 그러나 불을 때는 것도 불편하고, 한번 사용하고 나면 깨끗하게 닦기가 무척 힘들었다.

무쇠는 기름을 먹여 닦고, 달궈서 길을 잘 들여야 하는데 크고 무거우니 힘에 부쳐서 팽개쳤다. 스테인리스로 만든 곰솥을 사용하고부터는 개집 옆에다 처박아두고 가마솥이 있다는 사실조차 잊어버렸다.

전명구가 희희낙락 가마솥을 싣고 떠나자, 이번에는 전명구 부인이 현우 앞에 나타났다.

"아저씨, 우리 남편 여기 왔었지요?"

전명구 부인은 말투가 애교스럽다. 예전에 식당을 했다고 하더니, 어쩌다 국수를 삶아 낼 때면, 손이 빠르고 솜씨도 그럴듯하다.

"아, 방금 가마솥 싣고 갔는데?"

"그래요?"

남편이 집을 나가니 허전한 게지, 현우는 넘겨짚는다.

"거, 어지간하면 집으로 불러들이지? 밖으로 돌면 뭐 좋을 게 있나?"

"아저씨도. 제가 쫓아냈나요? 지가 나갔지."

뭔가 하소연하고 싶어 쳐다보는 전 씨 부인을 모른 체하고 현우는 재빨리 밭으로 간다. 붙잡혀 말을 듣기 시작하면 한나절이다.

현우는 아내의 안부를 물으면서 시작하는 그들의 넋두리가 싫다. 아내는 아직 잘 견디고 있다. 오늘내일하는 노인 백 살 간다고, 아내도 숨이 곧 넘어갈 것 같다가 밤을 넘기면 괜찮아졌다. 그렇다고 사람들에게 일일이 '내 아내는 아직 죽지 않았어요. 제발 그만 물어보세요' 할 수도 없지 않은가?

현우는 어머니보다 아내가 먼저 갈 줄은 꿈에도 생각하지 못했다. 아무리 가는 건 순서가 없다고 해도 어머니보다 아내는 한참 나이가 적다. 요즘은 어머니가 죽음에 관한 이야길 아무렇지도 않게 불쑥 꺼내서 아내 보기에 민망스럽기도 하다. 당신은 연세가 많아 자연스럽겠지만, 아픈 아내는 죽음이 두려울 것이다.

암은 수술도 괴롭지만, 그 후의 방사선치료가 사람을 완전 녹초로 만든다. 아내는 방사선치료를 받지 않겠다고 고집을 피웠지만, 딸에게 졌다. 소희는 치료받지 않으면, 다시는 엄마를 보지 않을 거라고 울고불고 난리를 쳤다.

지쳐 있는 아내에게 현우는 아무것도 해 줄 수가 없어 미안한 마음이다. 아무리 연민이라는 보자기로 싸안아도 옆으로 삐져나오는 두려움을 어찌 감당하랴. 어쩌면 아내도 알고 있을 것이다. 현우의 마음 저 깊이 자리한 죽음에 관한 공포를 말이다. 그것은 이 세상 모든 살아 있는 것들에 대한 무서움이다.

죽음을 앞둔 것들에 대한 진저리 나는 허무다.

전명구는 녹작지근한 몸을 은조식당 구석의 푹신한 소파에

눕다시피 하고서는 연변에서 온 추자를 바라본다. 추자는 거대한 엉덩이를 흔들며 전명구의 눈을 어지럽히고 있다.
"어이, 추자. 여기 좀 앉제?"
"지금 바쁩니다."
추자는 쌩하니 거들떠보지도 않고 손님이 다 먹고 간 식탁을 닦는다.
"바쁜 줄 알제. 그래도 내 할 말이 있으이 말이다. 앉으면 내가 좋은 거 주께."
"좋은 거 일 없습네다."
추자는 연변에서 나온 지 10년은 족히 넘었다. 고향에 있는 남편과 아이를 데리고 와야 하는데, 이상하게 자꾸 미뤄졌다. 돈을 좀 모으면 고향 사람이 빌려 달라고 해서 떼였다. 신기하게도 돈이 좀 모이면 돈 냄새를 맡고 누군가가 나타났다.
비자는 벌써 만료되었다. 도시에서는 겁이 나서 못 있고 시골구석으로 찾아다니면서 세월이 자꾸 흘러갔다. 알음을 통해 들은 이야기로는 남편도 한국에 들어왔다는데 도무지 찾을 수가 없다. 이젠 아이 얼굴도 희미하고 남편 얼굴은 더더욱 잘 생각이 나지 않았다. 영심이 경영하던 다방의 주방에서 일하고 틈틈이 모은 돈으로 면사무소 앞에 있던 무허가 빈집에 식당을 내었다.
추자는 몸도 뚱뚱하고, 얼굴도 이쁜 편이 아닌데 남자들이

꽃에 모이는 벌처럼 달려들었다. 남자들도 꼭 비리비리한 치들이다. 어쩌다 허우대 멀쩡해 보이는 놈이 있어 몸 보시라도 하고 정붙여 살라치면, 꼭 그런 놈은 무일푼 날건달에 사람까지 때렸다.

추자는 남자라는 족속은 넌덜머리가 난다고 영심에게 하소연했지만, 늘 옆구리 한구석은 허전했다. 전명구는 추자에게 '죽으면 썩어질 몸, 내나 주지'라는 소리만 맨날 해대고, 정작 돈은 한 번도 준 적이 없다. 짠돌이로 소문난 전명구다. 마누라가 몇 번 와서 추자의 머리채를 휘어잡은 뒤로 그녀는 그를 보면 모르는 체했다.

전명구는 늘 식당에 오면 큰 소리로 추자를 불러 안주도 없이 막걸리를 시키는데, 오늘은 어쩐 일인지 한쪽 구석에서 소주만 한 병 달래서는 조용히 먹고 있다. 추자는 얌전한 그를 흘깃 쳐다보았다.

'집을 나왔다더니 이제 막살할라나? 저 집 여편네도 여간이 아이야. 서방을 아주 못살게 군다니.'

추자는 어쩐지 측은해져서 치우던 식탁에 남아있던 김치를 다독거려서는 전명구 앞에 놓았다.

"어이, 추자. 나 소주 한 병 더 주소."

전명구가 추자의 손을 덥석 잡는다. 추자는 뿌리치지 않고 잠시 내버려두었다.

"아이, 소주를 한 병 다 마셨는데 또요?"

"괜찮아. 나 오늘 돈 많아. 일루 앉아 보소."

추자는 엉거주춤 궁뎅이를 들이밀었다. 어느새 전명구가 한쪽 손을 추자의 엉덩이 위에 갖다 대고서는 눈을 게슴츠레 뜨고 입을 헤 벌린다.

"식당 문 닫으면 안 되나?"

"식당을 왜 닫습니까? 시간이 얼매 되지도 아이했는데."

"거, 손님도 없는데 뭣 하러 늦게까지 여노? 마, 내캉 가자!"

"가다니요? 어딜 가자하요?"

"어디 먼 데 가서 살자. 내가 추자 니 밥 굶기겠나?"

"무슨 소립니까? 멀쩡한 마누라를 놔두고서리."

"마누라는 무신! 개벽다구다. 잔소리나 해대고. 내 인자 마누라캉 안 살기다."

전명구는 소주를 연거푸 마시더니 항상 들고 다니는 배낭을 더듬거려 돈을 한 뭉치 꺼냈다. 제법 많아 보인다. 추자는 눈이 휘둥그레졌다.

"좋제? 돈 보이 눈이 확 돌아가뿌제?"

전명구가 돈다발을 들고 흔들어 보인다.

"추자, 내캉 살자. 내 이 돈 다 주꾸마."

그가 가방을 추자에게 열어 보인다. 그 배낭 속에 돈이 가득 들어있다.

"이, 이 무신 돈입니까?"

추자는 돈을 보다가, 전명구 얼굴을 보다가 얼른 식당 출입문을 보았다. 점심시간이 지나서인지 다행히 아무도 들어오는 이가 없다.

"내 문 좀 닫고 올 거이니 좀만 기다립시다."

"그래! 빨리 문 닫고 오소."

나중은 모르겠다. 될 대로 되라는 심사다. 드디어 오늘 집을 넘겼다. 일주일 전에 계약금을 받았다. 서울에 사는 사람이라 일이 수월하게 진행되었다. 마누라 몰래 집문서를 빼느라 전명구는 종일을 참새가 방앗간 드나들 듯 마을을 들락거렸다. 집 근처에 숨어있다가 마누라가 회관으로 가는 걸 보고 잽싸게 뛰어 들어가 훔쳐내었다.

'내를 쫓아냈다고 지 집인 줄 알면 큰 착각이데이. 내가 지 캉 살면서 얼매나 애를 묵었는데. 어데 내를 깔본단 말이고? 양귀비 뒷다리라도 니캉은 더 이상은 몬산다!'

추자가 돌아오자 전명구는 앞뒤 볼 것도 없이 바지를 내린다.

"아이, 여서 할라고요?"

"그럼 바쁜데 어디 들어가노?"

전명구는 과연 바람둥이다. 추자의 덩치 큰 몸이 한순간에 함락되었다. 전명구에게 한번 걸리면 여간해서는 빠져나오기 힘들다고 조심하라던 영심이 말이 딱 맞았다.

"내는 우짭니까? 인자 우짭네까?"

추자의 칭얼거리는 소리에 전명구는 더욱 힘을 낸다.

"우짜기는 인자는 내 거지. 내가 오늘 소주를 마이 마시가 그렇지, 술을 안 마시면 추자 니는 벌시로 죽었다."

전명구가 소파에 추자를 눕히고 막바지 힘을 낸다. 오후의 햇빛이 창문 틈으로 스며들었다. 순간! 전명구의 얼굴이 갑자기 일그러지더니, 추자의 가슴에 입을 벌리고 팍 엎어졌다. 추자는 가만히 있었다. 전명구의 몸에 미동이 없다. 추자는 전명구를 슬며시 떠다밀었다. 그 바람에 전명구는 바닥으로 픽 나자빠졌다.

"옴마야. 이 무신 일입네까?"

추자는 한동안 정신을 못 차리고 벌벌 떨었다. 그녀는 그의 코에 손가락을 갖다 댔다. 콧김이 없다. 그의 가슴에 귀를 대보았다. 역시 아무 소리도 없다. 추자는 옷을 입었다. 다음에 전명구에게 팬티를 입히고, 바지를 억지로 끼어 입혔다. 축 늘어진 전명구의 몸이 너무 무겁다. 그래도 추자는 사력을 다해 그를 방에다 눕혔다.

밤이 되자 추자는 동배 집에 전화를 걸었다. 다행히 영심이가 전화를 받았다. 추자가 비자니 돈 문제로 고민할 때 영심이 많이 도와주었다. 이 마을로 들어오게 된 것도 영심이가 오라고 해서였다.

"내가 급히 일이 생겨서 어딜 가야 한다이."

"어딜? 무슨 일이 났남?"

"응, 일이 좀 생깄어."

"언제 올라고?"

"모르지. 가 봐야 안다. 인제 여긴 못 올지도 몰라."

"아니, 그게 무슨…."

"잘 있어라이!"

추자는 얼른 전화를 끊어버린다.

추자에게는 아무것도 없다. 그녀를 증명할 만한 것은 연변에서 들어올 때, 가지고 온 여권이 있을 뿐이다. 그것도 기한이 만료되었다. 추자는 전명구의 배낭을 들여다보았다. 돈다발이 수북이 들어있다. 그녀는 자신의 기방에다 돈을 마구 쑤셔 넣었다. 그리고 모자를 쓰고, 불법체류자 신고 기간에 쓰던 안경을 썼다.

추자는 전명구의 얼굴을 들여다보았다. 의외로 전명구의 얼굴은 편안해 보인다.

'황천길도 우째 보면 기분이 엄청이 좋을 때 갔으이 마, 행복할 겁네다. 너무 섭섭해 말고 편히 갑세!'

추자는 식당 밖으로 나와 주위를 살폈다.

푸르스름한 밤이 사방에 스멀거린다. 재빨리 문을 잠그고 열쇠는 가방 속에 아무렇게나 던져 넣었다. 그녀가 걸어서 마을을 벗어나자, 마침 시내에서 들어왔다가 빈 차로 나가는 택시가 지나간다. 그녀는 얼른 택시에 올랐다. 터미널로 가자고 하고는 추자는 차창으로 반사된 자신의 얼굴을 물끄러미 바라보았다.

 그 유리창에 정처 없이 떠도는 낯선 여자가 울고 있었다.

제2장

자주꽃 피면 자주감자

9. 입하(立夏)

양력 5월 5일경. 음력 4월.
농작물이 자라기 시작하며,
해충과 잡초가 많아져 농가는 바빠진다.

시내엔 벌써 고추니 호박이니 온갖 모종들이 종묘상에 빼곡히 나왔다. 땅을 가진 사람들은 땅에, 아파트에 사는 사람들은 주말농장에, 갖가지 모종을 심는다. 마당이 없는 사람들은 화분에다 고추를 심고, 가지를 심고, 지붕으로 호박이 올라갈 수 있게 지지대를 설치해 준다.

봄이 오면 모종이 불티나게 팔린다. 아파트 화단 옆 조그만 모퉁이에도 고추를 심고, 화분마다 상추가 자라고 있다. 약을 안 치고, 직접 길러서 먹는 재미에 사람들의 취미가 바뀌고 있다.

마트에 가도 유기농 코너의 과일이나 채소가 꽤 비싸게 팔린다. 그러나 시골에 살아보면 유기농이란 것이 얼마나 어려운지 알게 된다. 농약을 치지 않으면 고추도 그렇고, 배추나 여러 가지 채소의 모양도 제대로 갖추어지기가 무척 어렵다.

마을의 몇몇 집이 유기농에 도전했다가 근래에 접었다. 윗마을의 귀농한 젊은 부부가 유기농에 성공하여 돈을 꽤 많이 벌었다고 한다. 그러나 유기농의 기준이 워낙 까다롭다는 소문이 나서, 젊은 농부들을 제외하고는 새롭게 도전하려는 농가는 드물다.

전명구의 주검은 일주일 정도 지나서 동배에게 발견되었다. 하루에도 열두 번씩 보이던 그가 보이지 않고, 식당도 닫은 지 며칠이 지났다.

전에도 일이 있으면 출입문에 쪽지를 써 놓고, 며칠씩 추자가 문을 닫은 적이 있었다. 이번엔 쪽지도 없이 문이 닫혀 있어서 사람들은 곧 열리겠거니 생각했다. 근처에서 매일 밥을 먹으러 오던 면사무소 직원들과 농협 직원들이 지나가면서 문을 한 번씩 흔들어 보곤 했다. 오며 가며 막걸리 한 잔씩 하던 노인들이 제일 아쉬워했다.

마을에서는 추자와 전명구 둘이 틀림없이 도망갔다는 소문이 났다. 동배는 어차피 허가도 없는 식당이니 영심이나 하라고 할까? 하고 식당 문을 뜯었다가 혼비백산하며 나자빠졌다.

동배의 신고로 경찰이 오고, 미심쩍은 부분이 없진 않았으나 심장마비로 결론이 내려졌다. 추자가 없어져서 이상하게 생각하는 사람도 있었지만, 본래 여기 사람이 아니어서 어디로 또 떠났거니 했다.

전명구의 부인은 울고불고 난리를 쳤다. 그러다 장례를 치르려고 통장이 있는 문갑을 열어보고는, 집문서가 없어진 것을 드디어 알게 되었다.

부동산 사무실에서 이미 서울에 사는 사람에게 집이 팔렸고, 전명구가 현금으로 잔금을 받은 사실을 들은 부인은 추자를 경찰에 신고했다. 추자의 넓적한 얼굴이 온 동네에 나붙고, 추자는 수배자가 되었다. 전명구 부인은 장례를 치른 후에 회관이고, 길거리고 사람만 보이면 하소연을 했다.

"어디서 굴러먹던 년인지도 모르는 그런 년을 좋다고 미친 영감탱이가. 아이구 내 팔자야. 어문 서방 죽고, 집 뺏기고. 아이구, 내가 못 살어!"

영심이 식당을 하려고 준비하던 차에, 집이 넘어간 전명구 부인은 아예 식당에 눌러앉기에 이르렀다. 영심은 처음엔 맞장구도 쳐 주고, 얼굴이 벌게지도록 엄포도 놓곤 했으나 나중엔 지쳐서 그냥 내버려두었다.

지치기는 전명구 부인도 마찬가지다. 만사가 심드렁하다. 어쩌다 추자 비슷한 사람을 봤다는 연락이 와서 가보면 생판 다른 사람이기 일쑤였다. 영심이 워낙 솜씨가 있고, 예전에 밥집을 했던 전명구 부인의 손맛도 있어서 그런지 식당엔 점점 손님이 많아졌다.

"어이, 명구네. 김치 좀 내주소."

영심은 손님이 많으면 은근히 전명구 부인을 부려먹었다. 영심이 명구네라고 부르기 시작하자 온 마을 사람들도 다 그렇게 불렀다. 그녀 자신도 그 이름이 싫지는 않은 눈치다. 살아 있을 땐 악을 쓰며 싸웠지만, 막상 사람이 가고 나니 그런 것도 그립다.

"내가 뭐 이 집 일하는 사람인가?"

"그러지 말고, 막걸리도 한 병 내주고."

그러면 마지못해 막걸리를 가져와 오히려 손님 사발에 부어주기까지 했다. 동배는 그런 꼴이 웃기면서도 명구네를 보면 어쩐지 마음 한구석이 짠했다. '추자 그년 복도 많다. 돈이 얼마야? 모르긴 몰라도 오천은 넘을 거다.' 급하게 매도하는 바람에 생각보다 돈을 적게 받았다는 부동산 김 영감의 말을 듣긴 했지만, 동배는 추자가 가지고 간 전명구의 돈이 눈앞에서 왔다 갔다 한다. 이럴 줄 알았으면 진즉 추자년을 꼬셔놓을 건데.

동배는 속이 쓰리다.

봄 가뭄이 좀 길다 싶더니 오랜만에 비가 부슬부슬 내리는 토요일 오후다. 홍 씨 장례 치를 때 절에서 내려와 마을회관에서 함께 음식을 장만했던 연실이 식당에 들어섰다.

"소주 한 병 주세요!"

"너는 절에 있는 년이 술을 먹으면 쓰냐?"

영심이 소주 한 병과, 갓 버무린 열무김치를 한 접시 가져와서는 탁자에 놓았다.

"어? 여기 있던 추자 언니는 어디 갔어요?"

"귀신 씨나락 까먹는 소리 하고 자빠졌네. 야! 추자 간 지가 원젠디 지금 와서 그런 소릴 허냐?"

"가다니요? 어딜요?"

"어디서 전명구 돈으로 배 뚜드리미 잘 살고 있을거구만."

"어머, 제가 한참 안 내려왔더니 마을에 무슨 일이 있었나 봐요?"

"있어도 많은 일이 있었제. 사람 산다는 게 거시기한 것잉께."

"홍 씨 아저씨가 그렇게 돌아가시고 난 후에는 스님들도 제가 마을에 내려오는 거 별로 안 좋아해요."

"사람 목심이 워디 마음대로 될랑가?"

"그러게요."

연실이 소주 한 잔을 막 비우고 나자 전명구 부인이 식당으로 들어선다.

"명구네. 연실이 알제?"

"응, 절에 있는 공양주 아니야?"

"그렇제. 서루 인사 혀. 연실이가 한참 아래여."

연실이 명구네를 힐끔 보더니 고개를 까딱한다.

"한잔하실래요?"

"그럴까? 비도 부슬거리고 오는데."

명구네는 주방으로 가더니 이것저것 집어넣어 전을 부쳐서는 뒤집개로 찢어서 탁자에 놓았다. 고소한 전 냄새가 나자 연실은 콧구멍을 벌렁거리며 젓가락도 팽개치고 손으로 얼른 집는다.

"앗 뜨거!"

"야야, 니는 절에서 굶다가 왔냐? 천천히 먹어. 너 혼자 다 묵어부러."

"절에서 이런 오징어는 구경도 못 해요."

연실이 허겁지겁 먹는 걸 보던 명구네는 다시 오징어를 듬뿍 넣어 전을 부쳐 연실 앞에 놓았다. 미친 듯이 전을 집어먹는 연실을 보니 명구네는 어쩐지 짠하다.

비는 내리고 신선한 공기가 사방에 가득하다.

면사무소 마당의 살구나무가 봄비에 젖고 있다. 연분홍색 살구꽃이 빗방울에 찰방거린다. 벚꽃과는 달리 살구꽃은 한 잎 한 잎 인물이 영글다. 자세히 보지 않으면 벚꽃이나, 살구꽃이나, 자두꽃이나 다 비슷비슷하다. 세 여자는 비 내리는 도로를 내다보면서 각기 상념에 잠겼다.

"사람이 산다는 게 말여? 진짜 허벌나게 괴로운겨!"

"영심인 그래도 똥배짱이 떡하니 버티고 있는데 뭐가 걱정이야? 걱정은 내가 걱정이지. 서방 죽고, 돈도 없고, 앞길이 막막해."

명구네는 입을 삐죽거리더니 갑자기 눈물을 쏟는다.

"어찌 보면 연실이 니 팔자가 젤이다. 연실아. 니는 고만 절에서 머리를 확 깎아 불고 시님이나 해라잉."

"나도 그러고는 싶은데 스님이 머리를 안 밀어줘요."

"왜?"

"제 팔자가 스님 될 팔자가 아니라는데요?"

"그래? 근데, 이쪽은 절에 있은 지 오래되었지 않어?"

정 갈 데가 없으면 나도 공양주로나 들어갈까? 명구네는 연실을 보며 그런 생각이 든다. 밥은 얻어먹겠지.

"이제 햇수로 3년 다 되어가요."

빗줄기가 점차 굵어지고 있다. 애써 핀 꽃들 다 떨어지겠다. 봄꽃은 사흘을 못 가네. 명구네는 한숨을 푹 쉬며 젊은 연실을 바라보았다.

"연실아! 니 인자 용식이 애 고만 태우고 시집이나 가라이."

"그럴까요? 봄만 오면 지겨워요."

"용식이라니, 거 미단할매 아들?"

"그려. 용식이가 야 한티 목심 건지 오래되었어."

명구네가 보기에 용식인 약간 모자란다. 그래도 연실이 앞에서는 입을 다물었다. 아들 용식이 장가보내는 걸 일생의 업으로 삼는 미단할매다. 괜히 입 잘못 놀렸다간 경을 친다. 살면서 입 잘못 놀렸다가 안 좋은 꼴 당한 사람들을 숱하게 봤다. 자신도 마찬가지다. 전명구가 지랄을 해도 좀 참을 것인데, 하는 생각이 죽고 난 후에 연신 드는 것이다.

"안 그래도 김 씨가 절에만 갔다 오면, 니가 바람 들었다고 잔소리 해쌓더라."

연실이 살짝 웃는다. 웃는 모습이 청승맞다.

"참, 그 고시 공부하던 학상은 합격했다미?"

"예, 1차 합격하고 2차 공부는 서울에서 한다고 벌써 떠났어요."

"그 절집이 자리는 맹당인가배. 판사도 나오고, 검사도 나오고. 그 학상도 판사가 되남?"

"그 시험이 아니고, 무슨 국가 공무원인가 봐요. 자세히는 몰라도 고시는 고시라네요. 그러면 뭐 해요? 다 떠나고 나면 그뿐이죠. 어려울 적 생각나는 사람 몇이나 되겠어요? 인간이 다 그래요."

"야가 절에 있음시롱 도사가 다 되얏네. 땡중 도 터진 소리 작작 혀! 사람마다 달러. 아무리 세상이 변했다고 혀도 어려

블 적 생각을 잊어불면 안 되지. 암만!"

영심이 핏대를 세운다.

추자가 전명구의 돈을 다 가지고 날랐다는 것만이 섭섭한 것은 아니다. 지랑 함께했던 세월이 있는데 여즉 소식 한 자 없는 것이 못내 섭섭하다. 지가 어려불 때, 나가 여권이고, 비자고 다 신경 써줬는데, 망할 년! 연실이 년도 똑같다. 데리고 있을 때는 언니언니 하믄서 엄청이 잘하더니 요새는 언제 그랬냐는 듯 데면데면하게 굴어서 얄미롭다.

"동생 정도면 돈을 크게 벌 텐데, 술집 차리면 말야."

명구네가 연실이 얼굴을 요모조모 뜯어보며 말했다. 연실은 웃으면서 손사래를 친다.

"연실인 내가 시내에서 다방 할 때, 몇 달 데불고 있었제."

"그래?"

"그란께, 저년이 한 군데 오래 있지를 못혀. 근디 우짠 일이래? 절이 니 심사에 맞는갑다잉. 이번엔 좀 오래 있어부네."

"네. 그런데 사실 절에 있어도 지겨워요. 나오면 또 들어가고 싶고. 저도 제 마음을 잘 모르겠다니까요."

"시님들 중질 할라만 정신을 똑바로 챙겨야 쓰것다. 니도 도화살이 끼어서리. 호호호"

영심이 명구네를 툭 건드리며 눈짓을 한다. 명구네도 킬킬거렸다.

연실이 처음 절에 온 것도 이즈음이다. 용식이 빚을 해결해 주지 않았으면 아직도 어느 촌구석 다방을 굴러다니고 있을지 모른다.

영심이 운영하는 다방에서 일할 때다. 점집을 하는 산신도사네에서 주문 전화가 오면 애들이 서로 가려고 난리를 쳤다. 왜냐하면, 도사가 커피만 마시고는 손금을 봐 주기 때문이었다. 공장이나 부동산 사무실로 배달하면 남자들이 어찌나 집적대는지 일하는 애들의 허벅지가 남아나지 않을 정도였다. 어떤 영감은 가슴까지 주물렀다. 그런 영감이 걸리는 날엔 돌아와서는 전부 '씨팔!' 하면서 욕으로 잔치를 했다.

그날은 연실의 차례라 그녀는 은근히 자신의 손금을 도사가 봐주리라 기대가 되었다. 아니나 다를까 커피를 다 마신 도사가 연실의 손을 잡고는 한참 들여다보더니, "야, 넌 과부 되겠다." 하며 손을 탁 놓았다.

"네? 저 아직 결혼도 안 했는데요?"

"그러니까, 너 결혼하고 금방 서방이 죽을 팔자야."

"그래요? 그럼 결혼을 안 하면 되겠네요."

연실은 생각지도 않은 결혼 이야기가 나오자 픽 웃었다. 15살에 집을 나와 지금까지 다방으로, 술집으로 헤맨 처지다. 아버지가 노름에 빠져 있는 돈, 없는 돈 다 날렸다. 지지리 못 살던 집이었지만, 엄마가 살아 있을 땐 나름대로 괜찮았다. 어느 날 엄마가 새벽에 일하러 나가다가 교통사고로 죽었다. 합의금마저 노름판에서 다 날리던 날, 아버지는 술을 진탕 마시고 와서 연실을 때렸다. 하나 있는 오빠는 돈 벌러 간다고 집을 나갔고, 소식도 없었다.

연실이 집을 나오던 날, 아버지는 또 술에 취해 연실을 한참이나 두들겨 팼다. 아버지가 깊이 잠이 들자, 연실은 가방에 아무렇게나 옷을 집어넣고 대문을 나섰다. 두 번 다시는 이 집에 돌아오지 않으리라! 연실은 이를 악물었다.

"그게 마음대로 되냐? 넌 도화살이 있어서 어쩔 수 없다."

"그게 뭔데요?"

"남자가 환장하지. 근데 살을 맞아서 죽는다고."

"너는 그냥 스님이 되든지, 몸 보시를 많이 해서 업을 닦든지 하는 게 낫겠다."

도사는 갑자기 일어서더니 초에 불을 켰다.

"아, 이제 나도 여길 떠야겠다. 널 보고 이렇게 몸이 동하니 말이야. 신이 노하겠다."

연실을 밀어내듯이 내보내고 도사는 문을 쾅! 닫았다.

그로부터 얼마 지나지 않아 연실은 용식을 만났다. 용식이 다방에 왔다가 연실을 보고는 눈이 뒤집힌 것이다. 연실은 몸만 배배 꼬고는 용식이가 지한테 혹한 것을 모르는 척했다. 어쩐지 바보 같기도 한 용식이지만 이때까지 보던 사내들과는 달리 심성이 착해 보였다. 잘 보이고 싶은 마음에 일부러 치마도 길게 입었다. 며칠을 계속 다방에 오던 용식에게 연실은 드디어 빚 이야길 꺼냈다.

 빚 때문에 아무 곳에도 갈 수 없고, 다른 사내들에게 배달을 가지 않을 수가 없다는 연실의 말을 듣고 용식은 알았다고 했다. 삼 일 뒤, 용식은 연실의 빚을 다 갚았다. 연실은 빚이 없다는 사실을 믿을 수가 없었다. 갚아도, 갚아도 끝이 없던 빚이다. 이리저리 다니면서 진 빚이 삼천만 원 가까이 되었다. 돈은 버는데 손에는 남아나지 않았다. 그러면서 이 촌구석까지 흘러왔다. 만약 용식이 빚을 청산해 주지 않았으면, 이제는 어디 섬으로라도 가야 할 처지였다.

 용식이 결혼하자고 졸랐지만 산신도사의 말이 내심 걸렸다. 아무리 점쟁이 말 믿을 수 없다고 해도 일단 들은 이상 영 무시할 수는 없다. 연실은 우선 건강을 회복하고 나서 결혼은 나중에 생각해 보자고 용식을 구워삶았다. 그래도 돈값은 해야겠다 싶어서 다방에서 나오던 날 근처의 여관으로 용식을 끌고 갔다. 수줍게 고개를 빼물고 있던 연실은 못 이기는 척하고 용식이 하자는 대로 두었다.

 용식은 여자는 처음이었던지 무지하게 용만 쓰다가 끝내고 말았다. 연실은 별로 마음에 두지도 않았다. 그동안 겪은 남자가 한 다스는 넘는다. 개중에는 별 희한한 놈도 많아서 용식이 정도는 이상한 축에 끼지도 못했다.

용식은 그 밤 내도록 연실이 가슴만 주물럭거렸다. 그녀 생각엔 아무래도 용식이 좀 모자라는 게 아닌가 싶다. 그래도 그 순진한 마음이 지금까지의 사내들과는 달리 연실의 눈에는 좋게 보였다.

얼마 후에 연실은 절에 들어갔다. 마침 절에서 공양주 구한다는 소식을 들었다. 처음 연실이 절에 와서 인사를 했을 때, 큰 스님이 연실이 얼굴을 빤히 보시더니, '자네는 절집에서 공양주로 평생 있으믄 되것네.' 하셨다. 연실은 대답하지 않았다. 오래 있고 싶지만, 한곳에 머물지 못하는 자신의 성격을 누구보다 잘 알고 있기 때문이었다.

용식은 절에 자주 들러 장작도 패고, 잡지도 갖다주었다. 연실은 마음을 굳게 먹고 용식을 쌀쌀맞게 대했다. 그러다가 며칠만 용식이 안 오면 섭섭한 생각이 들어 연실은 지 머리통을 몇 번 쥐어박았다.

"야는 절에 있어도 맨날 남자가 꼬잉께."

"언니도 만만찮아요."

"하이구, 내야 본처가 눈을 시퍼렇게 뜨고 있응게, 무슨 영화가 있을란가?"

명구네는 영심이 대단하다고 생각한다. 동배 처가 버티고 있는 집에 밀고 들어간 영심의 배짱이 부럽기도 하다. 동배 처인 정순의 이야기는 이 마을에서 별로 큰 이야깃거리는 못 된다. 워낙 조용하고 쌀쌀맞은 정순이라 사람들도 내심 정이 안 가는 모양이다.

세 여자가 이런 이야기 저런 이야기로 수다를 떨고 있을 때, 문이 열리더니 동배가 용식을 데리고 들어섰다.

"오메? 호랑이도 지 말허면 온다더니 딱 그 말이 맞네."

"내 욕했냐?"

"우라질! 이쁜 서방 욕을 뭐땜시 한다요. 오빠?"

영심이 코맹맹이 소리를 하며 동배를 얼싸안는다. 그 바람에 탁자에 있던 소주병이 떨어져서 박살이 났다. 연실이 치우려고 손을 들이밀자, 용식이 어느새 달려와 연실을 밀쳤다.

"놔둬. 내가 치울 거야."

연실은 부끄러운 듯이 몸을 틀며 바닥을 쓸고 있는 용식을 물끄러미 바라보았다.

"요새 왜 절에 안 와요?"

"응, 나 쪼매 바빴어. 내일 갈려고 했는데."

영심이 동배에게 용식을 데리고 식당으로 오라고 전화를 한 것이 삼십 분 전이다. 영심은 인생 별거 없는데 그저 여자는 남자 그늘에 살아야 하며, 젊디젊은 연실이 더 늦기 전에 시집을 가야 한다고 생각한다. 예전에 연실이 '시집가면 과부 될 팔자라더라' 하는 소릴 들었으나 곧 잊어버렸다. 요즘 같은 세상에 점쟁이 말 믿을 거 없다. 그럼 점쟁이 지들은 왜 맨날 그러구 산다냐? 했었다.

영심은 동배와 명구네에게 눈짓으로 신호를 보냈다.

그들이 빠져나오는 줄도 모르고 연실과 용식은 주거니 받거니 술을 마시고 있다. 비가 그친 밤에 달이 두둥실 떠올라 마을을 환하게 비추었다.

휘적거리고 돌아오는 영심과 동배의 긴 그림자를 밟으며 명구네가 홀쩍거리며 따라간다. 오늘 밤은 마을회관에서 자야겠다. 이런 날은 더더욱 전명구가 그립다.

그런 명구네의 마음을 아는지 모르는지 영심은 동배의 팔짱을 다부지게 끼며 바싹 앵겨 붙었다.

10. 소만(小滿)

양력 5월 21일경. 음력 4월.
햇볕이 충만하고 만물이 자라서
가득 찬다는 뜻으로
초여름 모내기가 시작된다.

　얼굴이 넓적하고 빗물이 콧구멍으로 들어가게 생긴 미단은 칠십이 두어 해 정도 지났다. 고생을 많이 해서 그런지 얼굴에는 주름이 자글자글하다. 어쩌다 남들이 할머니라고 부르면 화를 벌컥 내면서 콧구멍을 한껏 벌렁거렸다. 열여덟 꽃 같은 나이에 전라도 함평에서 이 마을로 와서 여태 살았다. 남편은 미단보다 한참 나이가 많았다. 어릴 때 못 먹고 자란 미단은 밥은 맘껏 먹여준다는 말만 믿고 강원도 두메산골로 시집왔다.

　부지런한 남편은 심성은 착한데 술을 많이 먹었다. 어느 날 남편이 술 먹고 오토바이 타고 가다가 개울에 엎어져 죽었다. 그런데 개울물이 발목 근처도 오지 않게 얕았다. 미단은 어디 가서 서방 죽은 이야기도 마음 놓고 못 한다고 막걸리만 한 잔 걸치면 하소연했다.

'염병할 서방이 월남 가서는 멀쩡하니 살아 돌아왔는디, 난데없이 그노무 오도바이는 뭐땀시 타서는 황천길로 간다요? 어디 뒈질 때가 없어 접시물에 코 박고 죽나 말이요!'

마을 사람들은 헛기침하면서 슬쩍 웃었다. 남편이 살아 있을 때, 미단이 잠시도 쉬지 않고 들들 볶았던 걸 아는 사람은 다 안다. 그렇게 무골호인이던 미단의 남편도 쉴 새 없는 잔소리에는 지쳤는지, 하루는 술을 진탕 마시고 와서 미단을 마구 두들겨 팼다.

처음에 미단이 남편에게 죽도록 맞고 눈이 시퍼렇게 멍들었을 때, 마을 사람들은 왠지 고소한 마음이 들었다. 워낙 미단이 드센 탓도 있지만, 지금까지 당하고 산 남편이 불쌍하게 생각되었기 때문이다. 하지만 그 때리는 빈도가 늘어나자 나중에는 마을 사람들도 미단의 남편과는 절대로 술을 마시지 말자고 무언의 약속을 할 지경이 되었다.

'그래도 죽고 나니 서방이 그리운 갑세, 잉, 할매?' 하고 영심이 비죽거리면, '아나, 이년아, 그렇게 아니고, 밉어서 그란다. 옘병! 할 일은 산더민디.' 하고는 미단은 밭머리에 앉아 담배를 뻑뻑 빨았다.

미단의 아들인 용식은 덩치는 산만큼 크고 얼굴은 멀쩡하게 생겼는데, 마흔이 다 되도록 결혼을 못 했다. 말을 시켜보면 앞뒤가 안 맞아 사람들이 조금 모자란다고 짐작한다. 그래도 힘은 장사라 어릴 때부터 쌀 한 가마니는 거뜬히 들어 올렸다. 부친이 저세상 간 후, 미단과 둘이서 온갖 잡일은 다 했다. 모자(母子)는 남의 집 일하고 받은 품으로 야산자락을 야금야금 사기 시작하더니 나중엔 제법 많은 땅을 가진 알부자가 되었다.

고추가 주력 작물인 이 마을엔 거의 다 고추 농사를 짓는다. 예전엔 고추밭 김매기에 시달리던 사람들도 요즘은 다 비닐로 둑을 만들어 모종한다. 일은 좀 수월하나 검은 비닐이 밭고랑 따라 죽 늘어서 있는 모습이 보기에 좋지만은 않다. 고추를 다 따고 나면 부지런한 이들은 비닐을 재빨리 걷어 비닐 모으는 곳에 갖다 놓지만, 노인들이 많은 터라 봄이 되어도 검은 비닐이 밭둑마다 흙바람에 이리저리 휘날린다.

어떤 것들은 소나무 꼭대기에도 걸쳐져 있고, 전봇대 끝에도 매달려 있다. 한밤중에 언뜻 보면 귀신처럼 보이기도 해서 사람들이 깜짝깜짝 놀란다. 일손이 부족하니 비닐을 씌우지 않을 수도 없고, 환경을 생각하면 안 써야 하고, 이래저래 진퇴양난이다. 이장이 돌아다니며 잔소리를 하지만, 겨울이 다 지나가도 비닐을 제대로 걷는 사람이 없다.

노인들은 환경이나 세상일에는 별 관심이 없다. 그저 내 몸 하나 건사하기 바쁘다. 죽을 날 받아 놓았다고 입버릇처럼 이야기하지만, 막상 몸이 아프면 병원부터 달려간다. 장날이 되면 노인들은 버스 안에서 병원에 돈 갖다주러 가는 날이라고 우스갯소리를 한다. 시내로 가는 첫 버스는 그래서 항상 시끄럽다. 어쩌다 첫차를 타는 날에는 맨 뒷좌석으로 가야 시내까지 앉아서 갈 수 있다.

왜 노인들은 꼭 아침 첫차를 탈까? 왜 젊은이나 학생들이 학교와 직장에 가는 출근 시간에 딱 맞춰서 버스를 탈까? 노인을 보고 벌떡 일어서서 자리를 양보한 학생은, 지 몸무게보다 더 무거운 가방을 메고는 서서 졸고 있다. 학생이 양보한 자리에 앉고도 고맙다 소리 하나 없는 노인도 밉살맞다.

현우는 어쩌다 서울에 갈 일이 있어 첫차를 타면 일부러 맨 뒷자리 구석에 앉는다. 학생들이 부담을 느끼지 않게 운전기사 바로 뒷자리에 앉기도 한다. 노인만 피곤한 게 아니고, 젊은이들도 피곤한 세상이다.

누군들 지치지 않고 세상을 살아갈 수 있나? 그래도 노인들은 자기 몸이 우선이다. 누가 시내의 어느 한의원이 좋더라 하면, 우르르 그곳으로 몰려간다. 가서는 모두 함께 침을 맞고, 침대에 죽 누워서 물리치료를 받는다. 어디 병원만 그러하랴? 미장원도 그렇다. 어느 날 보면 모든 할머니의 머리가 똑같이 뽀글거린다. 똑같은 파마를 하고, 같은 버스를 타고 마을로 돌아온다. 어떤 때는 누가 누군지 한참 헷갈린다. 멀리서 보면 노인들은 다 똑같다.

미단네 고추는 이 근방에서 실하기로 소문이 났다. 크기도 크기지만, 붉은 색깔이 다른 집의 고추와는 비교도 안 되게 강렬한 빨강이다. 거기에다 건조기에 말리지 않고 순전히 햇볕에만 말리니 미단네 집 근처에만 가도 매운 냄새가 진동하고, 비닐하우스가 불을 켠 것처럼 환하다. 모종할 때는 힘들어도 단오 즈음 천 평 밭에 고추를 심어 놓으면 부자는 눈 아래로 보인다.

용식은 착한 아들이다. 엄니 말이라면 팥으로 메주를 쑨다 해도 믿는다. 미단은 용식이 얼른 장가를 가서 손주를 하나 안겨 주면 소원이 없겠다 싶다. 그런데 사람 마음이 참 간사해서 장가를 얼른 갔으면 싶다가도, 다른 한편으로는 어미에게로 향하는 아들놈 마음이 어문 년에게 쏠릴까 적이 걱정되었다.

용식이 안 들어오던 그 밤도 불안한 생각이 꾸역꾸역 들던 참이다. 가끔 술 먹는 날은 미리 '엄니, 나 오늘 자고 들오요'

하던 놈이다. 저녁 무렵 동배가 불러내서는 안 들어오니 무언가 일이 생긴 것이 틀림없다. 얼른 찾아봐야겠다고 나서는데 동배가 마당으로 들어선다.

"우리 아들은?"

"할매. 오늘 용식이 안 들어올 거요. 걱정하지 말고 주무슈."

"엥?"

"아따, 거, 다 늙은 놈 장가보낼 생각은 안 하고. 걱정마슈! 좋은 일 생길 테니."

동배는 미심쩍어하는 미단을 보고는 킬킬거리며 돌아섰다. 본래 동배를 싫어하는 미단은 동배의 등을 향해 주먹을 들다가 동배가 획 돌아보자 얼른 코 푸는 시늉을 한다.

"할매! 중신애비 옷 한 벌 해주는 거 알쥬?"

고추 모종을 하우스에서 들어내어 트럭에다 가득 싣고는 용식이 연실과 함께 밭으로 간다. 용식은 미단이 보고 있는데도 연실일 얼싸안고 좋아서 어쩔 줄을 모른다. '저놈은 에미도 필요 없는겨!' 미단은 은근히 부아가 치밀어 오른다. 결혼 안 했을 때는 몽달귀신 될까 싶어 안달했는데 막상 결혼을 시키고 나니 자신만 끈 떨어진 짚신 꼴이다.

연실은 얼굴이 갸름한 것이 머리는 하나로 얌전히 묶었다.

아무리 볕에 나가 일해도 얼굴이 그을리지 않았다. 조금 벌게 졌다가 다음 날엔 다시 말끔한 얼굴이 된다. 동네 여자들이 연실이는 피부가 좋아서 사랑받겠다고 놀려대는 것도 다 이유가 있어서다.

미단은 그럴수록 연실이 더 얄밉다. 밥 먹는 것도 꼴 보기 싫고, 자신과는 다른 둥글고 서글서글하게 큰 눈도 싫다. 연실이 하는 양을 가만히 보고 있다가 '저년이 틀림없이 어디 술집에서 일하던 년이지?' 하고 용식을 닦달하기도 했다. 나중에 영심이가 하던 다방에서 커피를 배달했다는 소릴 주워듣고는 역시 내 눈은 못 속인다고 길길이 뛰었다. 그래도 용식이 연실이 없으면 죽는다고 난리를 쳐대니 꾹 참을 수밖에 도리가 없다.

용식이 종일 밭에 나가 일하면 연실은 소주를 한 병 들고 밭둑에 앉아서 흰소리나 해대고, 밤에는 방구석에서 뭐가 좋은지 둘이 시시덕거렸다. 혼자 있는 미단은 거들떠보지도 않았다. '엄니는 우리 연실이보담 한참 늙었소잉!' 철없는 아들놈이 이따위 소릴 해대면, 미단은 그날 종일을 거울 앞에 앉아 장날에 사다 둔 마사지 크림으로 사정없이 얼굴을 두들겨 팼다.

'그래, 이 망할 넘아! 니 여편네는 안 늙을 줄 아남? 지 에미가 누구 땜시 요렇코롬 폭삭 늙었는디, 싸가지 없는 넘!'

마을회관에서 용식과 연실의 결혼식이 있던 날은 날씨가 참으로 변덕스러웠다. 연실이 쪽은 손님도 없고, 부모도 없는데 굳이 예식장에서 할 필요가 있겠냐며 미단이 용식을 설득했다. 그 말에 연실도 찬성했다. 그래도 웨딩드레스를 입고 싶었던 연실은 시내에 있는 미장원에서 드레스를 빌려와 예쁘게 차려입었다.

아침나절만 해도 해가 나서 날 잘 잡았다고 좋아했는데, 식이 시작되고 얼마 되지 않아 갑자기 소낙비가 쏟아졌다. 그 바람에 회관 마당에 있던 탁자 위를 비닐로 덮어야 했다. 그러더니 급기야 바람까지 거세게 불어 결국은 회관 안으로 다 옮겨서 식을 끝낼 수밖에 없었다. 비에 젖은 음식은 몽땅 버려야 할 판이고, 손님들도 서둘러 돌아가 버렸다. 연실은 영 기분이 찝찝했다. 예전에 들은 산신도사의 말이 자꾸 생각났다. 꽤 으스스하게 스산한 날이었는데도 땀은 비 오듯이 흘러내렸다.

연실과 용식은 천 평이 넘는 밭에 고추를 모종할 작정이다. 개울물을 받아 놓은 큰 물통에 연결한 호스 끝을 뾰족하게 잘라서 비닐 둑을 퐁퐁 뚫었다. 그러면 물이 피융피융! 나와서 구멍이 젖는다. 거기에 연실은 고추 모종을 집어넣고 흙을 덮었다. 보통은 사람을 너덧이나 사서 해야 하는 큰 작업인데 용식과 연실은 둘이서 했다. 남들을 데리고 일하면 품을 줘야 하지만, 둘이서 오순도순 일도 하고, 놀기도 하는 것이 더 좋다.

"연실이, 거, 막걸리 가져온 거 없어?"

"있어요. 잠깐 기다려요."

둘이서 막걸리를 한잔 마시자 세상의 행복이 그들을 향해 밀려왔다. 연실은 언제까지나 이렇게 살았으면 좋겠다 싶다. 산신도사가 했던 말은 다 거짓말이야. 지금까지 아무 일도 없는데 뭐. 밤이면 용식은 연실을 안고는 몸부림을 쳐댔다. 연실은 미단이 들을까 조심스러웠지만, 용식은 아랑곳없다. 부엌에 가면 따라 나오고, 빨래하고 있으면 뒤에서 안았다. 힘쓸 데라고는 지금까지 농사일이 다였던 용식은 연실을 애지중지하며 아꼈다.

용식은 연실을 데리고 나무 그늘에 세워둔 트럭으로 갔다. 트럭은 얼마 전에 새로 장만한 것으로 네 사람이 탈 수 있다. 장날이면 미단을 태우고 시장에 나가야 하기 때문이다.

고추 모종은 내던지고 둘은 트럭에 누워서 단잠을 잤다. 삼십 분쯤 자고 일어난 용식은 누워있는 연실을 요리조리 쓰다듬었다. 지칠 줄 모르는 용식의 성욕에 연실은 문득 산신도사의 말이 생각나 불안해졌다. 이러다가 정말 이 사람이 죽으면 어떡하나, 싶은 것이다. 그러다가 제풀에 놀라 얼른 침을 '퉤!

튀! 튀!' 세 번 뱉었다. 어릴 적에 엄마가 재수 없는 생각을 하면 얼른 침을 세 번 뱉으라고 가르쳐 주었기 때문이다. 그들이 다시 고추밭으로 들어설 즈음 멀리서 중앙선 기차가 지나가는 소리가 들렸다.

마을에서는 본격적인 농사가 시작되는 철이지만, 산속의 절집은 아직도 으슬으슬하게 춥다. 공양주 연실이 결혼해서 나가는 바람에 졸지에 살림을 맡게 된 송백이 부엌 바닥에 쪼그리고 앉아 불을 피우고 있다.

공양주 보살 구한다고 이리저리 알려놨지만 감감무소식이다. 하긴 이 산골짝에 들어와 스님들 조석으로 밥해대기가 쉬운 일은 아니다. 때마다 부처님 앞에도 공양을 올려야 하고, 관음재일이니, 백중이니, 부처님오신날이니 제례 올릴 일도 만만찮다. 김장하는 날이나, 동짓날 팥죽을 끓일 때는 절집 식구들과 신도들이 모두 함께 모여 일한다. 김장 양도 많고, 팥죽도 많이 끓여야 하기 때문이다. 천도제나 장례 같은 제사가 들어올 때도 사실, 공양주 혼자 하기엔 벅차다.

큰스님이 자리하고 누우신 후로는 주로 죽을 끓이고 있다. 장작은 여전히 김 씨가 마련해 주고 있는데, 요즘은 농사일이 바쁜지 뜸한 편이다. 내일은 오동나무 대문 집에서 쌀이 온다고 연락이 왔다.

현우의 어머니인 황 보살님은 이제 연세가 많아서 절에는 거의 올라오지 못하신다. 어릴 때, 그 보살님이 많이 챙겨주셨다. 송백은 어머니를 떠올리면 황 보살님이 제일 먼저 생각난다.

어머니란 어떤 존재일까?

송백에게는 단어 자체도 생소하다. 한 번도 불러보지 못한 단어다. 어느 날, 중학교 다닐 때, 친구들과 싸우고 코피를 흘리며 터덜거리고 걷고 있을 때, 황 보살님이 눈물까지 글썽거리며 다독거려 준 기억이 난다.

한번은 큰스님이 시장 다녀오라고 준 돈을 가지고 서울까지 갔었다. 인사동이며, 남대문을 한 바퀴 돌고 나니 배가 고파서 중국집에 들어가서는 짜장면을 시켰다. 중국집 주인이 승복을 입은 송백을 보더니 중놈이 짜장면 먹는다고 중얼거렸다. 송백이 울컥해서 대들었고, 급기야 종업원이 신고해서 경찰서에 끌려갔다.

큰스님과 황 보살님이 와서 사정을 설명했지만, 눈이 시퍼렇게 멍든 중국집 주인이 절대로 합의는 못 해준다고 악다구니를 쳤다. 그때, 황 보살님이 중국집 주인을 설득했다. 겨우 합의를 끝낸 주인이 송백을 보고 '내가 저 보살님을 보고 참는다. 이 땡중아!' 했었다. 보살님은 돌아오는 내내 송백의 손을 잡고 타일렀다. 어쨌든 그 이후로 송백의 마음속에는 황보살님이 어머니로 각인되었다.

송백이 불을 보며 이런저런 생각에 잠겨 있을 때, 위채에서 종이 울리는 소리가 희미하게 들렸다. 송백은 후다닥 부엌에서 뛰쳐나왔다. 혹시 불편하면 사용하시라고 얼마 전에 큰스님 옆에 종을 뒀었다.

"스님, 어디 불편하십니까?"

큰스님의 인자한 얼굴을 보니 코끝이 찡하고 눈시울이 뜨거워진다. 아버지처럼 송백의 방패가 되어준 스님이다. 송백이 갓난아기일 때 절에 들어와, 근 반백 년을 함께 살았다. 그동안 참 속도 많이 썩였다. 절에 있기 싫다고 뛰쳐나가길 몇 번이었나. 고등학교도 큰스님 덕분에 겨우겨우 졸업했다. 아이들이 땡중이라고 놀려대면 피가 터지게 싸웠다. 교무실에 불려 가 꾸중을 듣고, 큰스님이 와서야 일이 무마되었다. 고아라 면제라는데도 송백은 기어이 군대를 가야겠다고 난리를 피우기도 했다. 그래도 큰스님은 한 번도 송백에게 화를 낸 적이 없다.

김 씨에게 전화한 후, 송백은 수건을 들고, 대야에 물을 떠서 방으로 들어갔다.

"송백스님, 나를 좀 닦아주오."

"예, 스님."

송백이 눈물을 뚝뚝 흘리자, 큰스님은 손을 그의 머리 위에 얹었다.

"우리 송백스님, 그동안 고생 많이 하셨네. 절집에 들어와 내 비위 맞춘다고."

"아닙니다. 스님. 너무너무 죄송하고 고맙습니다."

송백이 수건을 빨아 큰스님의 손이며 얼굴을 닦자, 큰스님은 편안한 얼굴로 잠시 눈을 감았다. 마당에서 김 씨와 현우의 목소리가 들리고, 다른 사람들의 목소리도 들린다. 잠시 후, 마을에 있는 성당의 염 신부가 방으로 들어섰다.

"스님, 편히 하시려구요?"

"예, 신부님. 잘 계시다가 나중에 봅시다."

평소에 염 신부님과 큰스님은 함께 만나 바둑도 두고 차도 마셨다. 둘은 한동네에서 자란 선후배 사이다. 한동네에서 성직자가 둘이나 나왔으니 그 근처에서는 소문이 자자했다고 한다. 종교적으로는 다른 길이나 어쨌든 진리는 하나라고 믿는 염 신부님과 큰스님이시다. 송백은 처음엔 신부님이 큰스님을 찾자 의아했으나 곧 아무렇지도 않게 되었다.

마을엔 교회도 있는데, 목사님은 가끔 한 번씩만 어울렸다. 싫어하는 신자도 있고 말이 많다는 것이다. 그러면서 전화로는 항상 '땡중 계시오?' 했다. 송백은 내심 못마땅했지만, 세 분이 모여 즐겁게 이야기하는 것을 보면 왠지 이 세상의 모든 평화가 함께 있는 것처럼 편안하게 느껴졌다.

큰스님의 다비식이 있던 날은 아침부터 부슬비가 내리고 있었다. 송백이 절에 있은 이래로 이렇게 많은 신도가 모이긴 처음이다. 불이 활활 타오르자, 모두 입을 모아 "관세음보살 나무아미타불!"을 읊었다.

연실은 용식과 나란히 서서 합장하고, 미단은 현우 옆에 딱 붙어 서 있다. 현우는 엊저녁부터 아내가 심상찮았지만, 어머니를 모시고 다비식에 왔다. 어머니는 큰스님 가시는 길은 꼭 봐야겠다고 끝까지 우기셨다.

현우는 딱히 믿는 종교가 없지만 좋은 말은 새겨들어야 한다는 주의다. 그는 절에도 가고, 성당에도 간다. 아내는 성당에 착실하게 다니는 사람이다. 그렇게 현우더러 세례를 받으라고 했는데, 그는 꿈쩍도 안 했다. '세례는 형식이야. 받아만 놓고 제대로 믿지도 않을 거면 안 받는 게 나아.' 아내가 닦달하면 현우는 그 말만 던져놓고 모른 척했다.

현우는 어머니가 절에 가야 한다면 가고, 아내가 성당에 가자면 묵묵히 따라갔다. 어머니는 현우가 없었으면 대가 끊겼을 것이라 했다. 형이 그렇게 될 줄 몰랐으니 말이다. 현우는 형이 죽었다고 생각했지만, 아버지나 어머니는 어딘가에 분명히 형이 살아 있을 거라고 믿고 있다.

'니 형이 있었으면 이렇게 했을 거다.' 아버지가 그렇게 말씀하실 때마다 현우는 넌더리가 나면서 어디든 도망치고 싶었다.

대를 잇는다는 것이 무엇인가? 자신에게도 아들이 둘 있지만 생각해 보면 아무런 쓰잘머리가 없다. 인간의 유전자가 죽 이어져 세상에 남아있다고 한들 본인이 죽고 없는데 그게 무슨 대수냐? 천국이니, 지옥이니 말들은 많이 하지만 결국 죽고 나면 그만이다. 죽은 사람은 사라지고, 남은 사람들끼리 지지고 볶고 살아가는 게 세상 이치다. 과거를 돌아보고 연연해 보았자 아무 소용이 없다.

큰스님이 안 계시면 이 절도 결국 쇠락의 길로 접어들 것이다. 송백 혼자 이 큰 절을 지탱해 나가기엔 무리다. 평소에도 송백은 늘 먼 곳으로 떠나려는 사람처럼 표정이 쓸쓸해 보였다. 젊은 시절 전국의 암자를 떠돌아다녔고, 만약 큰스님이 편찮으시지 않았다면, 벌써 바랑을 메고 어디론가 훌쩍 떠났을 것이다. 큰 스님이 떠나고, 송백마저 떠나면 누가 이 절집을 꾸려나갈 수 있겠나.

현우는 타오르는 불을 보면서 한숨을 푹 쉬었다.

어머니는 의자에 앉아 합장하고 기도를 올리셨다. 마음을 의지할 사람이 이젠 없다는 것이 어머니께는 두려운 일이 될지도 모르겠다. 그래도 아직 어머니가 계시니 현우는 다행이라고 생각한다.

"저기 동백나무 밑에 전이랑 막걸리 한 잔 갖다줘."

"예?"

"거기 봄에 죽은 홍 씨가 서 있어."

현우는 동백나무 밑에다 전과 막걸리 한 사발을 얼른 가져다 놓고는 정말 홍 씨가 있나 싶어서 유심히 살펴보았다. 그러다 혼자 웃었다. 그 말을 하는 어머니도 이상하지만, 그 말을 믿는 자신도 이상하긴 마찬가지다. 평소엔 말짱하다가 꼭 제사나, 장례식만 되면 한 번씩 사람 기함하는 소리를 하는 어머니다.

해가 지고, 어둑해지면서 사람들이 등을 들고 탑돌이를 하기 시작했다. 큰스님은 절대로 이런 거창한 다비식을 원하진 않았을 것이다. 그렇지만 남은 사람들은 또 나름의 규율이 있다. 죽은 사람이 산 사람들에게 뭐라고 할 수 없으니 산 사람의 법을 따를 수밖에 없다.

어머니와 현우는 밤이 되기 전에 산에서 내려왔다.

많은 사람이 날을 샌다고 절에 남았다. 미단은 용식과 연실을 절에 남겨두고 현우 차를 타고 내려오면서 자꾸만 뒤를 돌아보았다. 잘난 척하며 여기저기 뛰어다니는 연실이가 미단은 눈꼴이 시다.

'흥! 지가 절에 오래 살았다고 아주 난리가 났네, 났어. 나가 용식이 가졌을 때, 시주만 넉넉히 혔어도, 우리 용식이 대갈박이 저렇코롬 나쁘진 않을 턴디.'

용식이 가졌을 때, 큰스님이 탁발하러 마을에 내려왔다가 부처님께 치성 좀 들이시오. 했던 게 기억나서다. 큰스님 말씀처럼 치성을 안 드려서 용식이 놈이 모자라나 싶다.

'묵고살 일이 막막할 땐디, 절에 바칠 쌀이 워디 있간? 팔자가 까짓것이여!'

미단이 중얼거렸다.

마을로 들어서서 미단을 내려주고, 집 가까이 가자 딸 소희가 현우의 차를 향해 막 달려온다. 어제 아무래도 지 엄마가 심상치 않다고 집에 와 있던 참이다. 소희가 현우를 향해 뭐라고 크게 소리쳤다. 갑자기 힘이 빠지면서 운전대를 잡은 손이 덜덜 떨린다.

"아버지, 빨리 오세요. 전화는 왜 안 받으세요?"

다비식 마칠 때까지 전화는 꺼두었다. 어딜 가도 울리는 소리 때문에 스트레스가 이만저만이 아닌 현우다. 큰스님 가시는 날, 아마 아내도 가려나 보다.

　대문 앞에서 잠시 걸음을 멈추고, 어머니가 한숨을 푹 쉬신다. 며느리로 집안이 조금 부족하다 싶었으나, 그런대로 아들을 둘씩이나 낳고 잘 건사했다. 오랜 세월 환자 수발한다고 아들 등골 빠진 걸 생각하면 야속하기도 하지만, 미우니 고우니 해도 삼십여 년 넘게 한 식구로 살았다.

　현우가 뛰어 들어가자, 아내는 미동이 없다. 그래도 아직 숨은 끊어지지 않았다. 소희가 성당의 염 신부를 부르러 간 사이에 현우는 큰아들과 작은아들에게 전화를 걸었다. 어머니는 방으로 들어가셨다. '관세음보살, 관세음보살' 읊는 소리가 자그마하게 들린다.

　현우는 아내의 곁에 우두커니 앉았나.

　이상하게 잠이 쏟아진다. 어머니가 누가 죽으려면 잠귀신이 온다더니 그래서 그런가? 꿈을 꾼다. 꿈에서 아내가 고운 옷을 입고 손을 흔들고 있다. 현우는 화들짝 놀라서 눈을 번쩍 떴다.

　염 신부가 와서 아내의 머리에 손을 얹고 마지막 기도를 한다. 아내는 이마를 찡그리고 있다가, 염 신부의 기도 소리가 나자 어느새 표정이 확 밝아졌다. 정말 신이 있나? 고통스러운 죽음의 문턱에서 누군가 손을 붙잡아 주지 않고서야 일그러져 흉했던 표정이 저렇게 편안하게 변할 수가 있을까?

현우는 염 신부가 나간 후 아내의 바싹 야윈 손을 잡았다. 손톱 끝이 거무스름하다. 곧 그 순간이 올 것이다.

아내는 현우와 결혼하고 친정에는 거의 가지 않았다. 친정 살림이 어려웠던 탓도 있지만, 장인이 손아래 처남만 끔찍이 챙기는 데에도 그 원인이 있었다. 처남을 공부시키면서 처가는 있던 재산을 다 쏟아부었다. 그러나 처남은 부잣집 딸과 결혼하고, 미국으로 떠나서는 거의 소식이 없다.

아들에게 실망한 장인은 매일 술을 마셨다. 이따금 아내는 장모만 만나 용돈을 주었다. 장모를 만나고 온 저녁에 아내는 쿨쩍이며 울었다. 장인 장모는 앞서거니 뒤서거니 1년을 사이에 두고 저세상으로 가셨다. 장모는 장인이 세상을 뜬 후, 거의 누워서 지냈다.

아내는 장모 수발을 들면서 자신이 암에 걸렸다고 확신했다. '우리 집은 내 등골을 빼먹었어요. 난 우리 집안의 희생양이에요!' 서울에 있는 명문대학에 합격했지만, 동생 때문에 학업을 포기한 아내는 처가 이야기만 나오면 애를 끓였다. 그러던 아내가 시어머니 눈치를 보면서 방송대학 국문과에 입학하고 졸업을 했다. 대학을 중퇴한 현우는 아내가 공부를 열심히 하는 것을 보면 이상하게 낯설었다.

"다 늙은 나이에 그렇게 공부해서 뭘 해?"

"그냥 해요. 어떻게 살아야 할지 몰라서요."

"그게 무슨 말이야?"

"글쎄요. 뭐라도 하지 않으면 하루가 너무 무의미해요. 왜 사는지 잘 모르겠어요."

아내가 그런 말을 하면 현우는 속을 들킨 것처럼 찔끔했다. 현우의 어머니는 아내의 공부를 말리진 않았지만, 그렇다고 적극적으로 밀어주지도 않았다. 어머니와 아내는 가끔 닮아 보였다.

현우가 무언가를 선택해야 할 때 망설이고 있으면, 두 사람은 동시에 눈을 동그랗게 뜨고 비난하는 표정으로 그를 쳐다보았다. 집안의 대소사는 물론이고, 아이들의 사소한 일까지도 그는 결정을 잘 내리지 못했다. 그는 자신이 내리는 결정의 결과에 두려움을 느꼈다. 자신의 소유로 된 모든 것에 책임져야 한다는 것이 그에게는 거대한 공포였다.

아내는 아마 자신만의 세계를 가지고 있었을 것이다. 현우는 그러나 알고 싶지 않았고, 그 세상으로 함께 들어가는 것도 싫었다. 사람은 다 홀로 살아가는 것이다. 누군들 자신의 세계에 타인이 들어오는 것을 좋아할 것인가. 현우가 그러했고, 아내도 그러했다. 선택해야 하는 순간에 망설이는 그를 아내는 비난했지만, 한번은 지나가듯이 '하긴, 당신이 어떻게 알겠어요? 신도 아닌데' 하기도 했다.

  예전에 아내는 큰 놈과 진로 문제로 크게 다툰 적이 있다. 큰아들은 서울대에는 들어갔지만, 졸업 후에도 공부를 계속하고 싶은 생각이 없었다. 아내는 아들이 학업을 계속해서 교수가 되길 바랐다. 아내는 아들이 자신의 못다 이룬 꿈을 이루어주리라 내심 기대했고, 큰아들은 그런 아내가 부담스럽다고 했다. 자신의 미래는 자신이 알아서 할 것이니 간섭하지 말라고 아내의 가슴에 대못을 박았다. 졸업하고는 창원에 있는 회사에 취직하더니 사택으로 떠났다.

  둘째 놈은 고등학교만 졸업하고는 정비공장에 취직했다. 현우는 아들들이 그렇게 당당하게 자신들의 미래를 결정하는 것이 외려 존경스럽기까지 했다. 특히 엄마를 벗어나고자 하는 그 마음들이 진정으로 이해가 되었다. 그러나 지금 아내가 숨을 거두려는 순간이 오자, 그는 아들들이 못내 원망스러워졌다.

  어쨌든 어머니가 아닌가!

  어머니는 이 세상이 존재하는 한, 떨어질 수 없는 내 몸의 일부다. 그런 어머니를 벗어난다는 것은 결코 쉬운 일이 아니다.

  그가 아내에 대해 아는 것이라곤 그저 성격이 명랑했고, 시어머니와 종교가 달랐고, 맺고 끊는 것이 확실했다는 정도다. 삼십 년 넘게 함께 살았지만, 막상 헤어질 때가 오자 그는 아내에 대해서 아무것도 아는 것이 없었다.

시내에 사는 둘째가 먼저 오고, 큰아들은 내일 오마고 연락이 왔다.

둘째는 대문을 들어서면서부터 '엄마!' 하면서 눈물 바람이다. 애를 많이 먹인 놈이라 어미에 대해 애틋함이 더하겠지. 막상 아내의 죽음이 눈앞에 있자, 현우는 정신이 아득해졌다.

새벽에 그는 깜빡 잠이 들었다.

무언가 스쳐 지나간 듯 현우는 흠칫 놀라 깨어나 아내의 손을 잡았다. 툭! 하고 힘없이 떨어진다. 조심스레 아내를 흔들어 본다. 움직이지 않는다. 갑자기 오싹하면서 무서움이 와락 덮친다. 시간을 본다. 오전 5시 45분이다.

딸에게 112로 전화하라고 한 후, 현우는 천천히 팔을 뻗어 아내를 안았다.

해가 뜨고 있었다.

11. 망종(芒種)

**양력 6월 6일경. 음력 4, 5월.
논보리나 벼의 씨를 뿌리는 시기.
논에서는 모내기가 한창이므로
농사일이 가장 바쁠 때이다.**

 변덕이 심했던 봄이 지나자 언제 그랬냐는 듯, 햇볕이 뜨거워졌다. 밭에는 온갖 푸성귀들이 쑥쑥 자라났다. 도시에 사는 사람들이 생각하기엔, 시골 사람들은 언제 어디서나 푸성귀는 지천이라 마음껏 먹을 수 있으려니 한다. 그러나 시골 사람들도 자기네 밭에 푸성귀가 없으면, 남의 밭에 있는 벌레 먹은 상추 한 잎도 마음대로 따진 못한다. 밭 주인에게 꼭 허락을 받는다. 온전한 푸성귀는 장에 내다 판다. 열무와 얼갈이배추도 가져가 한 무더기 이천 원도 받고, 삼천 원도 받는다. 다 팔아도 만 원 남짓이다. 그래도 오랜만에 간고등어 한 손 사서, 짭짤하게 밥 한 끼 먹을 수 있다.
 농산물을 추수할 때는 같이 수고한 마을 사람들에게 배추나

무를 나눠주기도 하지만, 도시 사람들이 상상하는 시골의 인심처럼 그렇게 막 퍼 주지는 않는다. 시골 사람들만 후하라는 법은 없다. 먼저 베풀지 않으면 도시나 시골이나 마찬가지다.

예전엔 교통수단이 별로 없어서 유통이 활발하지 않았지만, 요즘은 웬만한 시골집에도 자동차가 한 대씩은 다 있다. 어쩌다 나라에서 무슨 도시를 개발한다고 난리를 치면, 갑자기 졸부(猝富)가 되는 집도 있다. 그런 집은 생전 지 부모를 들여다보지도 않던 자식들이 제일 먼저 달려와 외제 차부터 뽑는다. 그러고 차는 가져가고 노인들은 여전히 낡은 집에 남아 버스를 타고 다닌다.

장날이 오면, 도시 근처에서 재배한 온갖 채소들이 다 몰려든다. 개중엔 장날만 따라다니는 장사치도 있다. 그들은 전국 각지의 장날을 표시해 놓고, 물건들을 떼다 판다. 그래서 단양 장에서도 그 사람을 만나고, 원주 장에서도 만난다. 혹은 봉화 장날에 가도 또 그 장사꾼이 있다.

오래전엔 구하기 힘든 물건들을 서로 바꾸는 물물교환의 의미가 강했지만, 지금은 이쪽 장이나 저쪽 장이나 물건들이 거의 비슷하다. 그래서 사람들은 식품을 살 땐 마트에서 사고, 장날엔 국밥을 먹으러, 눈깔사탕을 사러, 옛날 건빵을 사러, 낫을 사러 가곤 한다. 장터 한쪽에선 만병통치약을 파는 약장수 대신 화장품을 파는 젊은 여자가 있고, 각설이 분장을 하고 신나게 엿을 파는 엿장수가 있다.

 자릿세를 많이 내야 하는 장소는 확실히 장사가 잘된다. 장날이면 어김없이 나타나서 장소를 물색하던 동배는 버스정류장 근처를 점찍었다. 처음엔 먹거리 장사보다는 채소가 낫지 않을까 했지만, 곧 마음을 바꾸어 잔치국수를 팔기로 했다.

 장날에 동배는 가마솥을 걸어놓고, 멸치와 명태 대가리를 넣고 국물을 푹푹 끓여대었다. 구수한 국물 냄새와 함께 영심과 명구네가 면발도 쫄깃한 국수를 삶아내자, 사람들이 와! 하고 몰려들었다.

 그 후, 장날이 되면 동배네 국수를 먹기 위해 줄을 서는 진풍경이 벌어지게 되었다. 하찮게 생각한 국수다. 돈이 안 된다고 장사치들이 외면했던 것을 동배는 용케 잡아내었다. 영심도 심드렁하다가 장사가 제법 되자 명구네와 주거니 받거니, 농담도 하며 신이 났다. 그렇게 동배가 영심과 종일 붙어 있으니, 집에 있는 정순은 과부 아닌 과부 신세가 되었다.

 몇 년 전, 여름이 막 시작하려던 무렵이었다.
 1톤 트럭에 이불 보따리며, 문갑이며, 옷 가방을 싣고 뾰족구두를 신은 영심이 동배의 집으로 들이닥쳤다.
 "아니, 이게 먼 짓이래?"

막상 영심이 밀고 들어오자, 동배의 혼이 반은 나갔다. 트럭 기사에게 안방에다 짐을 부리라고 영심이 손짓을 하자, 동배는 정순에게 미안한 마음은 있었던지, 비굴한 웃음을 지으면서 한쪽으로 물러났다. 정순은 아무 말 없이 안방에 있던 자신의 소지품 몇 개만 챙겨 문간방으로 옮겼다. 사실 말이 소지품이지, 옷가지 하나 변변히 없는 그녀에 비해 영심의 이 삿짐은 호화판이었다.

떠들썩한 소리에 마을 사람들이 하나둘씩 동배네 집으로 몰려들었다. 이삿짐을 보고, 영심이를 보던 사람들이 혀를 끌끌 찼다. 그러자 미단이 참지 못하고 기어이 한마디 던졌다.

"오메! 이거 참말로 사람 환장하것네. 그니께, 굴러온 첩년이 바힌 안방마님 빼는 거 아녀?"

눈을 도도하게 치켜뜨고 마을 사람들을 죽 훑어보던 영심이 그 말을 듣자마자 다짜고짜 미단의 머리채를 확 낚아채었다.

"뭐, 이 년아? 첩년? 니가 본처냐? 니가 뭔데 첩년이여?"

사람들이 미단의 머리카락 사이에 끼어있던, 빨갛게 매니큐어를 한 영심의 손가락을 억지로 빼냈다. 그 바람에 마당으로 철퍼덕 내던져진 영심이 갑자기 악을 쓰고 울기 시작했다.

"나가, 이 촌 골짜기로 억지로 들어온 거 아녀. 우리 오빠가 밥도 제대로 못 얻어먹어서 들어온 겨. 마누라가 있음 뭘 혀! 밥을 제대로 해 주나, 옷을 제대로 입히길 하나. 헌께 남자가 밖으로 돌 수밖에 없다니."

영심의 울부짖는 신세타령이 한참이나 계속되었다. 보다가 지친 마을 사람들이 고개를 절레절레 흔들며 한 사람씩 집으로 돌아간 후, 동배가 영심의 곁에 쭈그리고 앉았다.

"오빠! 나 피곤허요."

"그러게, 울기는 와 울어?"

동배가 손으로 영심의 얼굴을 연신 쓸어대니, 영심이 고개를 모로 꼬고는 흥흥거리며 애교를 떤다. 잠시 후 둘은 언제 그런 난리를 피웠냐는 듯 부둥켜안고 안방으로 들어갔다. 정순은 멀거니 그 꼴을 보고 서 있다가 마당에 이리저리 흩어진 영심의 물건들을 주워서 안방 문 앞에 놓았다.

영심이라고 귀가 없는 건 아니고, 지금까지 정순의 이야길 듣고는 있었지만, 그 서늘한 눈초리엔 기가 질렸다. 영심이 악을 쓰며 바락바락 대들면, 정순은 서늘한 눈으로 가만히 영심을 쳐다보다가 아무 말 없이 문간방으로 들어가 버리곤 했다.

"나가 그 속을 모를 줄 알고. 흥! 좀 배웠다, 이거 아녀. 이거 왜 이래. 나도 알만큼은 안다고! 사나가 젊은 년을 집에 들이면 알아서 나가던지, 언제까정 그 새치름한 입을 빼물고 있을 겨?"

영심이 악을 쓰면, 정순은 읽던 책을 펼쳤다. 공부에 뜻이 있었다고 하나 세월이 흐르고 보니 눈도 나빠지고, 책 읽을 기회도 많지 않았다. 어쩌다 신문이라도 볼라치면, 동배 잔소리에 얼른 치워야 했다.

"여자가 똑똑하면 재미가 한나도 없어."

맨날 동배가 그녀더러 하는 말이었다.

사람들은 영심이 지나가면 첩년이라고 수군거렸지만, 막상 그녀 앞에서는 독한 소리 들을까 싶어서 아무 말도 하지 못했다. 드센 영심에게 욕을 먹어서 좋을 리는 없다. 그에 비해 정순은 예전이나 지금이나 늘 조용한 모습이다.

정순이 여고 1학년 때, 부모가 갑자기 교통사고로 죽었다. 고등학교를 졸업할 때까지 외가에 얹혀살다가 동배와 결혼해서 이 마을에 왔다. 동배가 한창 팔팔하던 젊은 날에 산판에 가서 도끼질할 때, 몇 날 며칠을 집에 안 들어와도 정순은 말이 없었다. 술을 진탕 먹고 집에 돌아와서 행패를 부려도 그녀는 힐긋 쳐다만 보았다. 그러는 그녀가 동배는 늘 어려웠다. 그래도 정순을 때리지는 않았다.

동배도 나름대로 소신(所信)이 있다.

애먼 소리를 해대고, 약을 바짝바짝 올리며 괴롭혀도 손은 대지 않는다는 것이다. 가끔 살림살이를 집어던질 때도 있는데 그때도 절대로 비싼 건 건드리지 않았다. 그런데 어쩐 일인지 정순도, 영심도 태기가 없었다. 정순이 아이를 가지지 못할 때는 여자가 문제가 있다고 떠벌리던 마을 사람들이, 영심도 아이가 없자 동배가 씨가 없나보다 하고 수군거렸다.

정순은 무슨 원대한 희망을 품고 이날까지 살아온 것은 아니다. 그녀는 인생이 자신의 의지대로 되지 않는다는 것을 진즉에 알았다. 어릴 때, 공부를 잘하고, 머리가 좋다는 소리를 듣고 자랐지만, 부모가 죽었을 때, 외할머니 외에는 친가나 외가의 친척 중 누구도 그녀를 책임지려고 하지 않았다. 그때까지 정순의 집에 신세 지지 않은 친척은 없었다. 그러나 부모가 없으니 그 많던 친척들이 일시에 다 사라지는 희한한 풍경이 벌어졌다. 지금까지의 친절과 나눔은 다 소용없는 일이었다.

그때를 생각하면 정순은 지금도 가슴 한구석이 찡하면서 세상에 혼자 있는 것처럼 서글프다. 외할머니가 정순을 쳐다보며 어릴 때 복은 개복이라더니. 아이구! 쯔쯔! 하면, 그녀는 이불을 덮어쓰고 숨죽이며 울었다. 그런 외할머니도 그녀가 고등학교를 졸업하던 해에 세상을 떠났다. 정순의 유산은 이리저리 다 사라졌다.

조그마한 사무실에서 경리를 보던 정순은 집 근처 미군 부대 앞에서 구제품 옷 장사를 하던 옥자의 중매로 동배를 만났다. 동배가 적극적으로 구애를 하고, 외삼촌이 떠다민 이유도 있지만, 정순 자신도 눈칫밥 먹던 외갓집에서 빨리 탈출하고 싶은 생각밖에 없었다.

정순이 결혼을 한 후, 옥자는 미군과 결혼해서 미국으로 떠났다. 가끔 옥자가 편지를 보내서 그녀의 안부를 물으면 그녀는 남몰래 편지를 부여잡고 울었다. 옥자는 미국인 남편과 이혼하고 혼자 아이를 키우며 LA에서 살고 있다. 먼 이국땅에서 고생하는 옥자가 불쌍해서 차라리 한국에 같이 있었으면 하기도 했다. 그러나 옥자는 한국에 나오지 않았다. 오히려 여비만 마련해 미국으로 들어오라고 성화였다. 옥자의 말에 의하면 미국은 아무리 하잘것없는 일을 해도 아무도 무시하지 않는다는 것이다.

정순은 돈이 마련되면, 갑갑한 이 마을을 떠나 미국에나 한번 가볼까? 하고 생각한다. 지금까지 모은 돈이 여비 정도야 되겠지만, 그래도 고생하지 않으려면 더 모아야 한다.

동배와 함께 이 마을로 들어왔을 때, 정순은 자신의 인생에 더 이상의 희망은 없다는 것을 알았다. 그녀가 믿을 건 오로지 돈뿐이었다. 동배가 산판에서 가끔 돈을 가져오면 그녀는 동배 몰래 차곡차곡 은행에 넣었다. 동배가 영심을 끼고 돌아다녀도 사실 그녀는 하나도 슬프지 않았다. 가끔 동배가 집에 들어와서 집적거리면 그녀는 단호하게 거절했다. 생리 중이라든지, 몸이 안 좋다든지 하는 핑계를 대면서 그녀는 동배를 멀리했다.

그녀는 동배의 아이를 낳고 싶지 않았다.

자신의 신세를 생각해도 그렇고, 아이가 이 험난한 세상을 살아갈 생각을 하면 영 마음이 편치 않은 것이다. '낳기만 하면 단가? 책임도 못 지면서.' 그게 정순의 생각이었다.

동배가 산판에 나갈 때는 땅값이 똥값이었다.

산 주인은 당장 나가는 현금 대신에, 딴에는 쓸모없다고 여긴 산 밑의 돌밭을 이리저리 떼어 동배에게 주었다. 그 돌밭이 이천 평이 넘게 되었다. 부자였던 산 주인 김 씨는 선산까지 노름에 잡힌 위인이라, 그즈음엔 돌밭쯤이야! 했었다. 십 년이면 강산도 변한다는 말이 있지만, 그 쓸모없는 돌밭이 동배 인생을 바꿔 놓았다. 갑자기 도로가 뻥 뚫리고 고속도로가 산 중턱을 가로질렀다. 동배가 사는 집은 슬레이트 지붕의 낡은 집이지만, 김 씨에게서 받은 돌산은 가격이 몇 배나 뛰었다. 그야말로 금싸라기 땅이 된 것이다.

동배는 아버지 얼굴을 모른다. 어렸을 때, 어머니가 마을에 들어온 이발사를 따라가고 줄곧 할머니와 함께 살았다. 할머니도 곧 세상을 떠나고 동배는 혼자서 이리저리 마을을 떠돌아다니면서 밥을 얻어먹었다.

마을 사람들은 그를 똥배짱이라고 불렀다. 배짱이 두둑한 탓도 있지만, 눈치가 여간 빠르지 않아서 꼭 식사 시간만 되면 여지없이 나타나 끼어들기 때문이었다. 어쩌다 고기라도 먹을라치면 우선 대문 밖을 살펴보아야 할 정도까지 되었다. 굶고 있는 아이를 내버려둘 만큼 인정머리 없는 마을 사람들이 아니다. 이때까지 동배가 무사히 살아 있는 것도, 어찌 보면 다 마을 사람들이 거둔 덕이다. 그런데도 동배는 한 번도 고맙다는 인사를 한 적이 없다.

동배는 언제나 당당하다.

자신이 이 마을에 살고 있으므로 당연히 마을 사람들이 자신을 먹여 살려야 한다고 큰소리친다.

'내가, 이 강동배가 이래 살 사람이 아임다. 두고 보슈들! 낭중에 나한테 다 고맙다고 절할 건께.'

그런 동배도 현우의 어머니에게는 꼼짝하지 못했다. 동배가 눈에 띄면, 어머니는 조용하게 그러나 단호하게 그를 부른 후, 대야 앞에 앉히고 코를 사정없이 쥐어틀며 누런 콧물을 빼냈다. 비누로 얼굴과 머리를 박박 문질러 깨끗하게 닦아내고는 로션까지 발라 주었다. 다른 사람이 그렇게 했으면 질색하면서 난리를 쳤겠지만, 현우 어머니에게는 천하의 동배도 찍소리 못했다.

동배가 현우네 집에서 자주 밥을 먹게 되면서 어쩌다가 내처 아침까지 자고 가는 일도 있었다. 동배가 살던 집은 움막보다 나을 건 없었는데, 그래도 그는 자신이 살던 집을 무진장 좋아했다. 마을 사람들이 사람이 살 집이 아니라고 허물어 버리던 날, 동배는 주먹으로 눈물을 훔치면서 '씨팔! 남의 집을 부수고 지랄이야!' 하고 소리를 질렀다. 옆에 있던 현우가 머리를 쥐어박았지만, 동배는 아랑곳하지 않고 오히려 바락바락 대들었다.

현우가 동배보다 다섯 살은 더 많지만, 동배는 똥배짱이다. 그는 어른이고, 어린 애고 다 막말로 해댄다. 동배가 마을에 있는 날은 시끌벅적하다. 온 동네가 하루 내도록 부산하다. 그가 휘젓고 간 자리에는 꼭 우는 아이가 있고, 그가 회관에 다녀가면 장기판이 엎어진다. 그래도 현우는 그가 꼭 친동생 같다. 식구는 아무리 말썽을 피워도 밉다가 측은하듯이 동배가 딱 그렇다.

동배는 한동안 산판에도 갔다가, 시내로 나가서 미군 부대 근처를 얼쩡거렸다. 부대에서 나오는 물건들을 가게마다 다니면서 팔기도 하고, 구제품을 떼다가 길거리에서 팔기도 했다. 그러다 결혼했다고 여자를 데리고 마을로 다시 들어왔다. 그녀가 정순이다.

마을 사람들이 처음 정순을 보았을 때, 그들은 그녀가 전혀, 아니 생판 동배와는 어울리지 않는 여자라고 생각했다. 동배는 얼룩무늬 군복에 머리는 장발로 길러서 길거리 노숙자 같은 몰골이고, 정순은 흰 블라우스에 까만 치마를 입어 꼭 여고생 같았다. 그래도 둘이 결혼했다고 하니, 현우 어머니가 방을 한 칸 내어주었다. 현우의 아내는 동배를 무지 싫어해서 이후 동배가 지금 사는 집으로 따로 나갈 때까지 아예 거들떠보지도 않았다.

동배가 시내에서 다방을 하는 영심에게 미쳐서 날마다 설쳐댈 때, 현우의 아내는 가끔 정순을 들여다보곤 했다. 같은 여자로서 측은한 마음이 들어서였는데, 정순은 그 마음을 아는지 모르는지 냉랭한 표정으로 흘깃 쳐다보기만 했다.

'똥배가 바람나게도 생겼어요. 원, 사람이 그렇게 냉정할까. 아휴, 너무 쌀쌀맞어!'

아내가 투덜거리면 현우는 오히려 정순이 가엾어졌다. 사람마다 다 성격이 다른 거다. 겉으로 허허거려도 속으로 곪아터지는 사람이 있고, 어떤 사람은 겉으로는 냉랭하게 굴어도 속마음은 구들장처럼 따뜻한 사람도 있는 것이다.

현우의 그런 마음을 아는지 다른 사람은 몰라도 그가 지나가면 정순은 그나마 흐릿한 미소를 지으며 인사를 했다. 그 정도만 해도 사실 대단한 대접이었다.

12. 하지(夏至)

양력 6월 21일경. 음력 5월.
낮 시간이 1년 중 가장 길고,
햇감자가 나온다.
이 시기가 지날 때까지 비가 오지 않으면
마을마다 기우제를 올렸다.

'자주 꽃 피면 자주감자, 파보나 마나 자주감자, 하얀 꽃 피면 하얀감자 파보나 마나 하얀감자.'

노랫말을 자세히 들어보면 우습기 짝이 없다. 자주 꽃이 피는 감자는 자주감자요, 하얀 꽃이 피면 하얀감자란 말인데, 이 당연한 것을 왜 노래로 지어 부르느냐는 것이다.

현우는 이 노래를 들을 때마다 참 이상한 노래라고 생각했다. 하지가 지나면 온 마을에 감자 캐기가 한창인데 어김없이 밭머리에서 누군가 이 노래를 꼭 불렀다. 현우가 언젠가 어머니께 여쭤보았더니 해방 후 많이 불렀는데, 제아무리 일본이 우리를 핍박하여도 조선감자는 일본감자가 되지 않는다는 뜻이라고 했다. 그런 뜻을 알고 나서 현우는 감자만 보면 이 노래가 생각난다. 그 가락이 단순하지만 어쩐지 가슴이 뭉클하다.

올해도 마을 아낙들이 감자꽃 노래를 한 자락 뽑아 넘기며, 현우네 밭에서 공동으로 감자 캐는 작업을 한다. 감자는 하지 즈음에 나오는 감자가 분이 나고 제일 맛있다.

유월 햇빛이 따갑더니 감자가 제법 튼실하게 알이 굵다. 장마가 시작되면 감자가 썩을 테니 얼른 캐서 농협에 넘겨야 한다. 감자 가격이 좋으려나? 가격을 잘 받으면 대출금도 좀 갚고 손주들 용돈도 줄 텐데. 다들 손을 바삐 놀리면서도 생각은 제각각이다. 감자를 캐고 나면 배추를 모종해야 한다. 잠깐이라도 빈 땅은 그 꼴을 못 보는 것이다.

옥수수는 미국에서 들어온 옥수수를 사료용으로 많이 쓰는데, 토종 옥수수는 크기가 작기도 하고 상품 가치가 없다고 예전엔 농가에서 피했던 작물이다. 요즘은 토종도 품종이 많이 개량되어 맛도 좋고 크기도 괜찮다. 강원도는 옥수수로 여름에 쏠쏠하게 벌이가 되기 때문에, 파종할 때 제법 신경을 써야 한다. 작년엔 뭐가 잘못되었는지 옥수수가 병이 들어서 반은 내버렸다. 까보면 전부 시커멓게 썩어 있었다.

옥수수는 보통 서너 개가 한 대에 달리는데, 맨 위의 것과 두 번째 정도만 상품으로 가치가 있다. 나머지 한두 개 달린 것은 껍질을 벗겨보면, 이가 제대로 박히지 않거나 덜 여물고 씨알이 작다. 그런 건 마을 사람들과 나눠 먹는다.

옥수수 고랑 사이에 들깨를 심어서 여름에 옥수수를 다 따고 나면 빨리 베어버리고 햇빛을 보게 한다. 참깨와는 달리 들깨는 손이 많이 가지 않는다. 콩도 그렇다. 콩은 심을 때 한 구멍에 세 알씩 넣는다. 한 알은 새에게, 한 알은 싹이 나고, 한 알은 행여나 썩을까 봐. 고달파서 그렇지 심어 놓고 싹만 올라오면 돌보지 않아도 잘 자란다. 열매가 작은 것들이 대부분 그렇다. 열매가 큰 것들은 손이 많이 간다. 그러고 보면 세상의 모든 것이 비교적 공평하다.

감자를 크기 별로 골라 상자에 담고 있던 함박네는 택시에서 내리는 찔레네를 발견하고 바닥에 털썩 주저앉았다. 찔레네는 배달할 양이 많을 때는 택시를 이용한다. 음식물을 쏟을 염려도 적고, 따로 사람을 쓸 필요도 없다. 인건비보다 택시비가 싸다.

"하이고, 찔레네가 인자 오네. 막걸리를 딱 한 잔 마셔야 좋것다 싶으이 말여."

"니 엊저녁에 뭐 했디노? 뭐 했는데 아침부터 막걸리 타령이고?"

영천댁이 짐작은 했으나 넌지시 묻는다. 서방이 또 속 썩이는 게다. 함박네 남편은 요번 봄에 시내에다 살림 차렸던 여자를 정리했다. 그러나 몸만 돌아와 있지, 매일 술을 마시고 행패를 부렸다. 죽인다고 낫을 들고 함박네를 쫓아다니기도 여러 번, 마을 사람들이 말려도 보고 지구대에 신고도 해 봤으나 통 소용이 없었다.

"내가 안 죽고 살아 있는 기 용체. 한 번만 더 그러면 나도 생각이 있어."

"무슨 생각?"

"누가 그러던데, 시내에 술 먹는 인간만 집어넣는 병원이 있다는구먼?"

"그래, 나도 들었다."

"돈이 들어서 그렇지, 거기 들어가면 고치기는 하나 벼. 거기다 연락을 해 놨어. 근디 저 인간이 병원에 가려고 해야는데 말여 그게 문제여."

"병원에 가자고 하면 길길이 뛸긴데. 그라마, 현우아재 보고 좀 데려다 달라 해라."

"나도 그런 생각이지. 현우아재 말이면 그래도 들을 겨. 그치?"

"하모."

찔레네가 부려놓은 음식에는 막걸리도 있지만, 금방 삶아 온 국수도 있어 아낙들은 죽 둘러앉아 한 그릇씩 받았다. 배가 고파서인지 씹지도 않았는데 국수가 후르르 목구멍으로 넘어간다. 요즘같이 바쁜 철에는 사람을 구하기도 쉽지 않다. 외국에서 온 노동자들이 있긴 한데, 연락을 해보면 다들 선약이 있다. 젊은 사람들은 대도시로 가고, 밭일은 많은데 노인들만 있으니, 외국에서 온 일꾼들에게 의지하지 않을 수가 없다. 일이 있어 면사무소에 들리면 외국인들이 제법 보인다.

찔레네는 아침에 주문하고 간 현우에게서 벌써 돈을 받았다. 마을 사람들은 마을에 있는 식당에서 파는 밥은 공짜라고 생각하는지, 돈 줄 생각을 하지 않는다. 혹 찔레네가 선심을 써서 그냥 주면 몰라도 처음부터 공짜로 얻어먹으려는 사람은 은근히 얄밉다. 얼마 전에 영심이가 가게를 열고부터는 또 그리로 우르르 몰려간 모양이다. 손님이 좀 줄었다. 그래도 찔레네는 현우만 와 주면 좋겠다고 생각한다.

현우의 부인이 세상을 떠나고 나자, 찔레네는 죽은 사람이 불쌍하면서도 이제는 그가 자유롭게 식당을 드나들 수 있겠다며, 한편으론 마음이 야릇하게 흐뭇하였다. 금방은 못 오겠거니 생각했지만, 한참이 지나도 올 기미가 보이지 않자, 찔레네는 마을 어르신들 대접한다는 핑계로 조만간 현우를 불러내기로 마음먹었다.

현우네 감자밭은 넓기도 하다. 찔레네는 국수 그릇을 치우면서 밭을 둘러본다. 이 밭이 대체 몇 평이야? 마을에서 제일 부자지만, 그 할머니가 깐깐하기로도 유명하다. 며느리를 얼마 전에 먼저 보내고, 굽은 허리로 집 안 구석구석을 쓸고 닦는다는 소문이 날 정도다. 구순이 넘도록 정정한 걸 보면 명이 길기는 긴 할머니다. 그 할머니가 신이 내려 귀신을 본다는 말도 있다. 찔레네는 아직 한 번도 현우의 어머니와 말을 섞어 본 적이 없다. 마을회관에도 잘 나오지 않고, 큰 행사가 있을 때만 가끔 온다고 들었다.

마을에 이사를 오는 사람이면 제일 먼저 인사를 하러 가는 곳이 오동나무 대문집이다. 가장 나이가 많은 어른이기도 하지만 전통적으로 그래왔다. 그것은 긴 겨울이 끝나고 보릿고개가 닥쳤을 때, 굶주린 사람들을 위해 내어놓은 곡식값이기도 하다. 그 시절에 오동나무 대문 집에서 보리쌀 한 됫박 얻어먹지 않은 마을 사람은 거의 없다. 현우의 아버지가 가마니째로 대문 밖에 내어놓으면 마을 사람들이 한 바가지씩 퍼 갔다. 식구가 많은 집은 많이 퍼 가겠거니 하겠지만 그렇지 않았다. 식구가 많거나 적거나 한 바가지만 퍼 갔다. 그래서 죽을 끓이고, 밥을 해서 굶주림을 면했다.

그 시절엔 있는 사람은 당연히 없는 사람들을 위해 베풀었다. 다 함께 살아야 한다는 것이 현우 아버지의 신조(信條)였다. 세상에 부자는 많고 많아도 식량을 마음껏 내어주는 부자는 흔치 않다. 그것이 오동나무 대문 집이 존경을 받는 이유다.

현우의 아버지는 키가 훤칠하게 크고, 풍채가 좋았다. 그러고도 서글서글하기까지 하니, 마을 사람들은 이구동성으로 이 지역에서는 최고로 난 인물이라고 했다. 그러나 아비만 한 자식이 없다고 마을 사람들은 현우에 대해서는 그다지 큰 믿음을 갖고 있지는 않다. 재산이야 현우 어머니가 건사해서 이만큼 한 거다.

마을 사람들은 현우가 어렵다.

현우는 어디 맺힌 구석이 없이 항상 한쪽이 텅 빈 사람처럼 보였다. 무슨 생각을 하는지, 짐작할 수가 없는 것이다. 말이 없는 현우는 어떤 땐 썰렁한 농담을 해 놓고 혼자 빙그레 웃기도 했다. 마을 사람들은 그 아버지도 그러더니 그 짓은 아들도 똑같다고 했다. 그래서 씨도둑질은 못 한다고 수군거렸다.

현우가 서울에서 대학교를 중퇴하고 고향으로 내려왔을 때, 마을 사람들은 온갖 추측을 다 했었다. 사귀던 여자가 자살했다는 소문도 있었고, 데모하다가 고문을 당해서 남자구실을 못 한다는 소문도 있었다. 현우는 집에만 틀어박혀 꼼짝하지 않고 일 년을 보내더니, 갑자기 사우디아라비아의 건설

현장으로 취업해서 떠났다.

'그 집은 돈이 많은 집인데, 우째 하나 있는 아들을 그렇게 멀리 보낼까리?'

다들 의문이었지만, 누구 하나 속 시원하게 대답을 들을 수 없었다. 워낙 그 집 문턱도 높았고, 그즈음엔 모두 먹고살기 바빴다.

현우 아버지는 시내에 사무실을 차려놓고 집에는 잘 들어오지 않았다. 사무실에 들락거리면서 밥술이나 얻어먹은 사람 중에는 나중에 국회의원이 된 사람도 있다. 그래서 현우가 데모한다고 붙잡혀 갔을 때, 쉽게 나올 수 있었다는 소문도 났다.

시내의 요정에 있는 새파랗게 어린 기생을 현우 아버지가 첩으로 들였다고, 온 마을 사람이 다 알고 있었는데도 현우 어머니는 집을 굳건하게 지켰다. 마을 사람들은 한 번도 현우 어머니의 흐트러진 차림이나 우는 모습을 본 적이 없다. 삼 년이 지난 후, 사우디아라비아에서 돌아온 현우가 다시 리비아로 간다고 했을 때, 현우 아버지가 뇌출혈로 쓰러졌다. 결국, 그는 고향에 주저앉았다.

아버지가 꼼짝없이 누워서 수발을 받기 시작한 지 두 달 후에 현우는 어머니가 정해 준 여자와 결혼했다. 그리고 아들 둘에 딸 둘을 낳고 다복하게 살면서 안정을 찾는 듯했다. 그러다 막내딸이 다섯 살 되던 해에, 마을을 가로지르는 개울의 깊은 소(沼)에 빠져 죽었다. 그 후부터 현우는 더욱 심각한 표정이 되어 잘 웃지 않았다.

찔레네가 엉덩이를 살랑거리며 대기하던 택시에 철가방을 싣고 떠나자, 영천댁이 함박네 옆구리를 쿡! 찔렀다.

"자가 현우아재 좋아한다 카디 맞나?"

"그렇다네. 나도 몰러. 소문이 났어. 그치? 용식 엄니?"

"하이고, 지가 좋아한다고 다 될 거 같으믄 내사 열댓 번도 더 새살림 차렸겠네. 현우 씨가 눈 하나 깜짝할 위인이당가? 마누라 간 지 월매나 되었다고."

미단이 입에 거품을 물고 머리를 치켜들었다.

"옴마야, 용식 엄니가 왜 야단이여?"

"함박네도 그러는 거 아니랑께, 나가 눈이 시퍼렇게 살아있는디."

영천댁이 함박네를 보고 눈을 꿈뻑! 하며 고개를 젓는다. 예전부터 미단이 현우를 마음에 두고 있다는 걸 온 마을 사람들이 다 안다. 이제는 드러내놓고 현우 역성을 든다. 그러나 마을 사람들은 아무리 용을 쓰고, 품을 덜어내도 현우에게 미단은 영 어울리지 않는다고 생각한다.

"현우아재가 아줌니 때문에 고생은 마이 했지. 그 수발을 다 하고. 긴 병에 효자 없다고, 우리 영감 같으믄 내를 갖다 버렸을 기야."

"맞어. 우리 영감도 아마 어디 병원에 처넣었을 거야. 그래 놓고, 마음 놓고 기집질하러 다녔겠지. 하이고, 분해라. 생각하니 엄청 분하네."

함박네의 말에 아낙들이 왁자하며 웃었다.

용식이 감자 상자를 나르다가 무슨 영문인지도 모르고 따라 웃었다. 미단은 그런 용식을 보다가 '저거라도 똑똑하믄 어미 맴을 알아줄 텐디. 우째 해서라도 늙은 어미 원을 풀어줄 텐디. 지 마누라만 싸고돌고. 에라이! 이 못난 놈아' 하고 구시렁거렸다.

"근데 저 찔레네는 워디서 왔어?"

"그건 나도 모르제. 뭐 하던 여편네인지 알 수가 있나?"

"딸래미 보믄 서방이 있기는 한가 본데, 지금은 혼자 살제?"

"그럼. 과수댁이라고 소문이 난 걸 보믄 알지."

"우리 마을엔 참 혼자 사는 과수댁이 많어. 우째 남자가 잘 안되는가벼."

"그런 소리 말어. 똥배에게 혼나."

"똥배?"

그러고는 다들 주위를 살폈다. 혹시 동배가 있을까 싶어서

다. 동배는 하는 짓도 밉살스럽지만 입도 걸다. 잘못 걸렸다 간 욕을 한 바가지 얻어먹는다. 우짜던동 눈을 마주치지 말아야 혀. 큰일 난당께! 아낙들이 몸을 뒤로 젖히며 웃어댔다.

오늘 영심이는 식당 일이 바쁘다고 틈을 내지 못했다. 요새 동배와 영심이는 장날에는 국수를 팔고, 식당은 식당대로 바빠서 통 얼굴 보기 힘들다. 영심이 솜씨보다는 명구네가 솜씨가 좋아서 그런지 식당은 나날이 번창하고 있었다.

"명구네는 참말 팔자도 사나워. 그 집 판 돈을 고스란히 추자한테 뺏기고, 지는 남의집살이를 하고 있으니."

"여자 팔자는 다 뒤웅박 팔자제. 서방 잘 만나면 팔자 좋은 거고."

"그런 소리 하지 마라. 서방이 있으믄 뭐 하노? 쓸모가 없는데. 맨날 절에나 가 있는 서방은 있으나 마나다!"

김 씨 부인인 영천댁이 볼멘소리로 퉁퉁거렸다.

"그려도 밤에 손이라도 잡잖여?"

"하이고! 손은 무슨 손. 인간이 전생에 시님 팔자였는지 맨날 절집에서 산다 아이가. 내를 쳐다도 안 본 지가 벌시로 십년은 훌쩍 지났다."

"그럼, 영천댁이나 용식 엄니나 매한가지네. 서방 있으나 없으나 말이여."

아낙들은 다시 왁자하고 웃는다.

힘든 일도 이런저런 농담에 웃고 넘겨버린다. 사람 사는 일이 어디 편하기만 하랴. 모진 비바람이 불고, 벼락이 쳐도 견디는 사람은 견뎌낸다. 젊은 날엔 서방이 어딜 가나 눈에 쌍심지를 돋우던 아낙들도 육십 줄에 들어서면서는 다 이해하게 되었다. 이렇듯 저렇듯 세월 앞에 장사는 없는 것이다. 쭈글쭈글해진 얼굴 아무리 들여다보았자 다시 펴질 수는 없고, 그저 그러려니 하루를 살아낸다.

하지는 낮이 길다.

서산 꽁무니에 매달린 해가 쉽사리 떨어지지 않고 실실 약을 올린다. 감자 밭둑에 씨알이 굵은 감자들이 수북하게 쌓였다. 상자를 트럭으로 나르던 용식이는 연실이 나타나자 좋아서 입이 찢어졌다. 아낙들은 마지막 고랑을 파서 감자를 크기별로 상자에 담고는 털고 일어났다. 나머지 일은 용식이 몫이다.

용식은 연실과 함께 상자를 트럭으로 다 옮기고 농협 창고로 떠났다. 내일은 전국 각지로 배송될 것이다. 일찍 출하하는 편이라 감자 가격이 좋다는 농협 계장의 말이 있었다. 밭은 현우네 밭이어도 공동 작업이니 집집이 제법 많은 품값이 돌아간다. 요맘때면 항상 돈이 궁한 마을 사람들이다. 이 품값이 참말 요긴하다.

감자밭이 조용해졌다.

뜨겁던 하지의 해도 서쪽으로 기울고, 어둑해질 무렵 감자밭머리에 누군가가 나타났다. 남자는 헤쳐진 밭두둑을 손으로 후비더니 감자 몇 알을 골라내었다. 호미로 아무리 잘 골라내어도 숨은 감자가 있기 마련이다. 한참 골라내자 제법 많은 감자가 모였다. 그 감자를 배낭에다 담은 남자는 산 쪽으로 잰걸음을 재촉한다. 뒤를 흘금거리는 것이 누가 볼까 경계하는 것 같다. 마을과는 한참 떨어진 산이다. 인적이 드물고, 가끔 멧돼지가 나타나기 때문에, 마을 사람들도 혼자서는 발걸음을 잘하지 않는 곳이다.

현우는 용식이 작업을 마무리했다고 연락이 와서 밭에 나가 있었다. 그리고 그 남자를 봤다. 뒷모습이 낯이 익어서 한참 눈을 부릅뜨고 보고 있었다. 어둑해진 산자락을 힘없이 걷고 있는 그 모습은, 영락없이 홍 씨 부인과 함께 도망간 이장 송 씨다. 송 씨가 야반도주하고 난 후 마을 일은 총무였던 영철이 맡아 하고 있다. 송 씨가 돌아왔다면 마을로 오기는 힘들 것이다. 그래도 저 초라한 행색은 뭐람? 돈을 그만큼 갖고 튀었으면 어디 가서 호의호식하며 살 것이지. 홍 씨 부인은 또 어디 가고?

현우는 생각에 잠겨 집으로 돌아왔다. 어머니가 툇마루에 오두마니 앉아 계시다가 그를 보더니 한마디 툭 던졌다.

"품에 들어오는 새는 쫓는 게 아녀!"

현우는 눈을 휘둥그레하게 뜨고 어머니를 바라보았다. 아무래도 마을 사람들 말처럼 신이 내린 것이 아닌지 가슴이 답답해졌다. 그는 마루에 털썩 주저앉았다. 조상 중에 무당이 있었나? 현우는 한참 생각하다가 고개를 휘휘 저었다.

마당 구석에 목단이 화려하게 피었다.

목단은 오래전 아버지가 심은 나무다. 오월 중순이 되면 한지와도 같이 얇고 투명한 자주색 꽃잎을 활짝 펼치고 환하게 피었다. 저녁이 되면 오므라들었다가 아침 햇살이 비치면 사르르 펼쳐지는 것이 참으로 신비스러운 꽃이다. 하지만 그 사줏빛으로 찬란하게 피어나는 목단은, 가끔 지나치게 화려해서 괴기스러운 느낌도 든다. 목단은 겨우 일주일 정도를 피었다가 처절하게 시들어버리고 만다.

시내에서 본 아버지의 어린 연인이 입었던 치마와 같은 색깔이다. 그 여자 얼굴이 어떻게 생겼나? 지금은 기억도 나지 않는다. 꽃이 피는 건 순식간이고 꽃을 피우기까지는 수많은 날이 걸린다. 저 목단이 꼭 우리네 인생 같구나! 현우가 힐긋 보니 어머니가 입가에 야릇한 미소를 머금은 채, 목단을 바라보고 있다.

"어머니, 저 목단 나무는 정말 오래 살았네요."

"저 목단, 내가 죽고 나면 없애버리게."

"네? 목단을 없애요? 왜요?"

"그 어린 기생이 좋아한다고 심은 꽃이여."

구순이 넘은 어머니가 오래전 아버지의 여자를 기억하고 있다니. 그러나 현우는 모르는 척했다.

"기생이라니, 누구요?"

"지금은 얼굴도 기억이 안 나네. 가만히 생각해 보니 그 냥반이 그 아이 줄라고 내 패물도 다 가지고 갔다네."

"그래요?"

"그려, 그려도 내 참았지. 그런 거 저런 거 다 잊었는데 저 목단만 피면 생각이 나는 거라."

얼마나 많은 세월이 지나야 인간은 마음속의 분노를 완전히 떨칠 수 있나.

"하하하. 아이고, 어머니! 그게 언제 적 일입니까요?"

"다 잊었는데 그 냥반이 내게 한 모진 말들은 아직도 기억나네. 못이 박혀서 말이시. 참 이상도 하지!"

"그래도 돌아가신 지가 언젠데…… 잊어버리세요."

"아무튼지 내가 가고 나면 저 목단은 없애버리게. 그리고 우리 논 둠벙도 메워버리고."

시골에 꽃나무는 흔해도 목단이 있는 집은 귀하다. 목단과 비슷한 작약은 많이 키우는데 이상하게 목단은 잘 없다. 목단은 씨앗 발아하기가 어려운 꽃나무다. 현우네 집에 오는 이들은 누구나 다 탐내는 목단이다. 베 버리기는 아까운데 절집에나 가져갈까?

"둠벙요? 아, 물웅덩이요?"

"응, 그 둠벙이 너무 깊어서 무서워."

어머니는 갑자기 으스스한 듯 몸을 떨더니 방으로 들어가셨다. 현우는 문득 어떤 장면이 떠올랐다.

오래전에, 현우와 친구들이 대나무에다 낚싯줄을 묶어서 논 가운데에 있는 웅덩이에 드리우고는 고기가 있다, 없다 하면서 놀고 있었다. 그때, 아버지는 집에 없었다. 그런데 어떻게 알았는지 어머니가 달려와 현우의 등을 후려치면서 고래고래 소리를 질렀다. 아이들은 놀라서 달아나고, 현우는 어머니가 그렇게 화를 내는 모습은 생전 처음 보았기 때문에 왕! 하고 울음을 터뜨렸다. 그 후부터 현우는 그 웅덩이 가까이에는 가지 않았다.

웅덩이를 메우려면 흙이 엄청나게 들 텐데. 마을 사람들에게 듣기로 그 웅덩이는 사람이 빠지면 나올 수도 없을 정도로 깊다고 했다. 현우는 이상한 생각이 든다. 갑자기 왜 그 웅덩이를 메우라고 하시는 걸까? 그는 심란한 표정으로 어머니의 방을 바라보았다. 그래도 어머니 말씀이면 따라야지 하다가 아내가 한 말이 생각나서 기둥에 매달린 거울을 슬쩍 보았다.

"당신은 딱 효자 얼굴이에요. 어머니 말씀이면 꼼짝하지도 못하게 생겼어요."

"효자가 뭐가 나빠?"

"효자 남편은 마누라가 괴로워요. 그러려면 어머니와 살지 뭐 하러 결혼해요?"

그러고는 제풀에 토라졌다. 가끔 어머니와 아내가 신경전을 벌이면 그는 둘 다 버리고 훌훌 떠나고 싶었다. 원인은 언제나 어머니의 전통적이고 불교적인 관습과 가톨릭 신자인 아내의 습관에서 비롯되었다.

가령 밥이 다 지어져 솥뚜껑을 열었을 때, 어머니는 합장한다. 아내는 주걱으로 밥에다 십자를 긋는다. 어머니는 물론 질색했다. 며느리가 성당에 나가건, 교회에 나가건 상관없는데 다른 식구들까지 십자가를 지우진 말라고 했다. 아내가 '우리 모두 죄인이에요!' 하고 대꾸를 하면, '나는 내 죄를 부처님에게 닦을 테니 너는 예수에게 맡겨라.' 하셨다. 어쨌든 그 후부터 아내는 자신의 밥그릇에만 십자를 그었다. 중간에 선 현우는 그래도 어머니의 편을 들었다.

오랫동안 해오던 습관을 버리기가 어디 쉬운 일인가? 아내는 서운하다고 현우를 볶았다. 그럴 때마다 현우는 성당의 염 신부가 그렇게 부러울 수가 없었다. 아들로, 남편으로, 아버지로 부대끼지 않고, 임지로 발령받아 한 오 년 있다가 또 다른 임지로 떠나고, 그러면서 다 떨쳐버리고 새로운 사람들과 새로운 생활을 시작한다. 얼마나 좋을까? 그러다가 불쑥 끓어오르는 욕망을 주체하지 못하면 이래서야 성직자는커녕 신자도 다 글렀다! 하고 금세 우울해졌다.

어머니가 들어간 안방 문을 물끄러미 바라보던 현우는 조금 덜 핀 목단 꽃잎을 조심스럽게 뜯었다. 말려서 차를 끓여야겠다. 목단 꽃잎 차는 향기도 좋지만, 두통에도 좋다. 어머니가 가끔 하얀 머리띠를 하고 누워있으면 현우의 머리도 함께 지끈거린다.

어느새 산그림자가 마당에 들어와 어둑해지기 시작했다.

13. 소서(小暑)

양력 7월 7일경. 음력 6월. 장마전선이 걸쳐 있어, 습도가 높고 비가 많이 온다. 농사에 쓸 퇴비를 준비하고, 논두렁의 잡초를 뽑는다.

칠월의 햇살이 뜨겁다.

아침에 구름이 몰려 있어 비가 오려나 싶더니, 해가 쨍쨍하다. 논둑을 손보다가 잠시 벚나무 아래에 주저앉았다. 덥구나! 절로 땀이 흐른다. 현우는 목에 두르고 있던 수건을 풀어 얼굴을 닦았다. 올봄에는 사월까지 눈이 내리는 바람에 추수한 마늘의 반은 썩어서 버렸다. 그러던 날씨가 바로 더워지니 이젠 고추 농사가 또 문제다. 겨울에 눈이 많으면 여름에 비가 많다는데, 고추가 붉을 때쯤 비가 많이 올까 싶어 걱정이다.

고추는 잘 말려야 좋은 값을 받는다. 일단 건조기에 넣어 물기를 빼고, 하우스에서 말리는 반건조 방법을 많이 쓴다. 태양초가 아무리 좋다고 해도 그대로 햇볕에만 말리기는 무리다. 잘못 말리면 다 썩어서 버려야 한다. 고추를 말릴 때쯤엔 집집이 건조기 돌리는 소리가 윙! 하고 들린다.

"어이!"

건너편 밭에서 조 영감이 현우를 부른다.

"저녁답에 찔레네로 갈겨. 그리로 와."

찔레꽃이 집 둘레에 온통 범벅인 삼거리에 있는 석희 식당을 마을에선 찔레네라 불렀다. 주인인 석희 엄마가 어디서 이 마을로 흘러왔는지는 아무도 모른다. 그저 딸아이 하나를 혼자 키우며 사는 과수댁인 것만 수군댈 뿐이다.

"아, 올텨 말텨? 사람이 대답이 없어?"

마지못해 현우는 고개를 끄덕인다. 아내가 살았을 적엔 틈만 나면 나가고 싶던 것이 이제는 별 흥미가 없으니 참으로 이상한 일이다. 잔소리하는 사람이 없어서 신명이 안 나는 것인가? 그는 피식 웃었다. 어디선가 설핏 뻐꾸기 소리가 들린다. 한 해가 다르게 더위가 빨리 오고 있다. 작년 이맘때는 아침저녁으로 추워서 보일러를 올렸는데 올해는 벌써 선풍기를 내었다. 이렇게 빨리 더울 걸 생각하고 선선한 달에 아내가 세상을 떠났나 싶다. 오늘 저녁엔 찔레네서 막걸리나 한 사발 해야겠다.

올해는 마을에 안 좋은 일이 많았다.

홍진수가 성황림 대문 앞에서 죽고, 이장이었던 송 씨와 홍 씨 부인이 야반도주했다. 팔팔하게 잘 돌아다니던 전명구가 추자네 식당 안방에서 죽은 채 발견되었고, 절집의 큰스님이 가시더니, 아내도 갔다.

그 모든 일이 봄에 치르지 못한 성황제 때문에 그런 건 아닐까? 현우는 생각한다. 비단 현우뿐 아니라 마을 사람들도 말은 안 하지만 그렇게 생각하는 눈치다. 송 씨가 도망간 후, 마을 사람들은 다시 모여 몇 차례의 회의를 했다. 홍 씨는 사실 이 마을 사람도 아닌데, 괜찮지 않냐는 의견도 있었다. 하지만 성황제는 결국 취소하기로 결정을 내렸다.

막상 그런 결정을 하긴 했지만, 마을 사람들은 못내 아쉽다. 해마다 치르던 제사를 못 치르게 되었으니 뭔가가 빠진 것처럼 자꾸 찝찝하다. 현우도 내심 불안하다. 그동안 두어 번, 찔레네가 오라는 전화를 했지만, 대답만 하고는 가지 않았다. 안 그래도 뒤숭숭한데, 마누라 죽은 지 얼마 안 된 홀아비가 과부집에서 술 마시고 있더란 소리까지는 듣고 싶지 않았다.

사람이란 간사해서 좋은 쪽보다는 나쁜 말이 더 솔깃한 법이다. 마을에서도 누구네 잔치라면 아무 말 없다가, 누가 죽었다면 그니 과거까지 샅샅이 발겨내는 사람들이 있다. 아내 수발을 십 년 넘게 했는데도, 현우가 지나가면 마누라에게 잘했느니 못했느니 말들이 많았다.

여름이 시작되면서, 벼도 한창 녹색으로 물이 올랐다. 벼 자라는 소리가 들린다. 개구리가 개굴개굴 운다. 비가 한바탕 오고 난 후, 논둑에 서 있으면 초록색 들판이 싱그럽게 펼쳐져 마음이 흐뭇하다.

이맘때면, 어머니가 논을 보며 우두커니 서 있던 모습이 생각난다. 아버지가 두루마기를 휘날리며 신작로를 걸어가면 온 동네 사람들이 인물 좋다고 다들 한마디씩 했었다. 그러나 현우는 아버지가 늘 못마땅했다.

중학교를 졸업한 현우는 시내에 집을 얻어 고등학교에 다녔다. 같은 반 친구 녀석을 통해 아버지가 중앙시장 안의 요정에 여자를 두었다는 것을 알았다. 그 여자는 자주색 치마저고리를 화사하게 입고는 살랑거리며 장터에 나오곤 했다. 그가 보기에 그녀는 아버지보다 훨씬 어려 보였다. 외려 아들인 자신의 나이와 비슷해 보이기까지 했다. 그리고 묘하게도 그 여자는 빛바랜 사진 속, 어머니의 젊은 모습과 무척 닮아 있었다. 어머니의 쓸쓸한 표정이 그 여자에게도 있었다. 현우는 어머니에게는 한 번도 그런 말을 하지 않았다. 아버지는 집으로 그녀를 들이지는 않았다.

아버지가 갑자기 쓰러진 후, 간호는 어머니가 손수 했다. 어느 날, 현우는 집 앞에 우두커니 서 있는 그 여자를 보았다. 현우가 전하자, 어머니는 그를 빤히 쳐다보더니 밖으로 나가셨다. 한참 후에 어머니가 들어오셨다. 의외로 표정이 편안해 보였다. 그 후, 현우는 다시는 그녀를 보지 못했다.

어머니가 돈을 주었다는 소문도 있었다. 현우는 이왕 돈을 줬다면 좀 많이 줬으면 하는 생각도 했다. 어린 나이에 세상 어디를 가든 순탄치 않을 것이다. 돈이라도 있으면 좀 낫겠지. 아버지에 대한 애정이 있더라도, 그 여자는 병든 아버지를 감당할 자신이 없었을 거다. 사람이 건강하고 상황이 좋을 때는, 사랑의 이름으로 뭐든지 다 할 수 있다고 큰소리친다. 그러나 그렇게 좋은 시절 지나, 병 들거나 안 좋은 상황이 닥치면, 사람 마음은 달라진다. 초라해진 몸뚱이를 회피하지 않고 오롯이 받으면서, 대가 없이 희생할 수 있는 사람은 식구 외에는 없다. 그래서 식구는 몰이해의 범주에 속한다.

어머니는 거의 3년 동안 누워계신 아버지를 수발했다. 평소 아버지는 어머니에게 야박하게 굴었지만, 막상 어머니가 아프다고 자리에 누우면 한약재를 지어와 손수 달이셨다. 현우는 그런 아버지의 행동이 위선적으로 보이다가도 어쩌면 진심이 아닐까? 하고도 생각했다. 두 분의 애증(愛憎) 관계의 고리는 뭘까?

그는 궁금했지만 대놓고 물어보지는 못했다. 아버지는 무서웠고 어머니는 차가웠다. 아버지가 술을 드시고 오는 날엔 현우는 잠을 자지 못할 각오를 해야 했다. 그리고 일제강점기나, 전쟁, 죽은 형 이야길 밤새도록 들어야 했다.

그는 형의 죽음에 대한 책임, 나아가 일제강점기나 전쟁에 대한 책임을 왜 자기가 져야 하는지 모르겠다고 늘 생각했다. 그 시기를 겪은 사람들의 고초를 모르는 바 아니다. 하지만 아무것도 모르고 태어나 모든 책임을 져야 하는 건 부당하다. 어쨌거나 살아남은 사람들은 그 시대를 온전하게 넘겨줄 의무가 있다. 물론 지금 이 시대도 완벽하지는 않다. 다음 세대에서 뭐라고 책임을 추궁하면 역시 우리보다 앞선 세대의 핑계를 댈 것이다.

현우는 아버지께 제발 형 이야기는 그만하라고 대들지 못했다. 인간은 자신의 상처가 가장 큰 법이다. 그리고 가슴 속에 묻은 자식이 살아 있는 자식보다는 더욱 애틋한 법이다.

펼쳐진 평야 끝으로, 고속도로가 가로로 누워있다. 따리굴은 산을 파고들어 산의 겉모습이 상하지 않았는데, 고속도로는 아예 산허리를 댕강 잘라버렸다. 산허리를 자르는 바람에 이제 여기서는 더 이상 큰 인물이 나오지 않을 거라는 소문이 돌았다. 예전엔, 이 근처 마을마다 자식이 사법고시에 합격해서 판사, 검사가 되었다는 집이 제법 있었다. 자식이 고시에 합격하거나 명문대학에 들어가고, 혹은 교수가 되거나 박사학위를 따면, 마을 어귀에 현수막을 높이 걸어놓고, 회관에서 잔치도 했었다.

현우의 큰아들이 서울대학교에 입학했을 때도 잔치를 벌였다. 무엇보다 어머니가 무척 기뻐하셨다. 어머니 말씀에 의하면 큰놈이 형을 많이 닮았다고 한다. 그러나 손자인 아들놈은 할머니와 서먹한 편이다. 애틋한 감정은 저절로 생겨나진 않겠지. 정(情)도 상대적이다. 큰놈이 어렸을 때, 어머니는 지금보다 훨씬 젊었고, 현우도 무서워할 정도로 드센 여장부처럼 보였다.

현우는 갑자기 낯선 느낌이 들어 주위를 둘러본다. 이렇게 빨리 세상이 바뀌니 어떻게 살아야 할지 막막하다. 하루가 다르게 변하고 있다. 그 속에서 따라가지 못하고 허우적거리는 모습에 그는 마음이 무거워진다. 결국, 아버지 세대에서도 인정받지 못했고, 다음 세대에게도 온전한 세상을 물려주기는 글렀다. 세상은 변하는데 자신만 그 소용돌이 속에서 계속 뱅뱅 돌고 있을 뿐이다.

멀리서 기적소리가 울리며 시커먼 화물 기차가 지나간다. 이 철도역은 곧 없어질 것이다. 똬리굴은 레일바이크 관광지로 개발할 것이라고 한다. 그 굴에서 사라져 간 수많은 영혼이 어떻게 생각할지는 모르겠다. 서울 갔다가 기차를 타고 똬리굴을 지날 때, 현우는 가끔 귀신이 웅웅 우는 소리를 듣는다.

석희 식당에 들어서자 여기저기 아는 치들이 손을 들어 보였다. 찔레네는 부엌에 있는지 안 보인다. 그는 조 영감 옆자리로 슬그머니 끼어들었다.

"글씨, 농협의 윤 계장 말이여. 전번 날에 집으로 전화가 와서는 싼 이자로 대출을 좀 하지 않겠냐는 것이여!"

"나도 전화가 왔던데." 아랫마을의 최 영감이 현우와 악수하다가 대꾸했다.

"자네도?"

"암만, 그래서 올해는 대출이 필요 없네, 했지."

"자네야, 뭐 올해 한몫 단단히 쥐었지. 보상 많이 받았지?"

"뭐, 조금."

"에이, 또 잃는 소리 헌다. 자네는 그게 탈이여. 있으면 누가 달라 하남?"

"달라고 해도 줄 게 있어야지. 아들놈, 딸년, 다 왔다 갔다 네. 코빼기도 안 보이던 것들이 보상 소식은 어서 들었는지, 참말로. 자식이 뭔지, 애물단지여."

"그러게. 그걸로 얼른 땅을 사버려야 해."

조 영감 눈에 잠시 쓸쓸한 기운이 서린다.

"자식 이기는 부모가 어디 있을라고?"

아직도 몇 년 전에 아들 사업자금으로 날린 땅 이야길 하는 최 영감이다.

"왜? 요즘은 꽉 쥐고 안 내놓는 치들도 꽤 있나 봐. 절골의 덕수네 있잖아. 그 어르신이 올해 연세가 한 백 살은 되셨을걸?"

"백 살은 무슨, 아흔여덟일세."

조 영감 말이 끝나기 무섭게 최 영감이 가로챈다.

조 영감과 최 영감은 맨날 숫자로 옥신각신이다. 언젠가는 중요하지도 않은 문제로 티격태격하다가 주먹다짐까지 한 적도 있다. 둘이 피 터지게 싸우다가 나중에는 무슨 일 때문에 그리되었는지도 잊어버리고, 술잔을 부딪치고는 히히거리고 웃는다.

둘은 오래전 폐교가 된 마을의 초등학교 동창이다. 이 마을과 윗마을, 또 싸리치의 노인들이 거의 다 이 학교 출신이다. 면내의 초등학교에서 운동회가 있으면, 온 식구가 선배요, 후배다.

지금은 면사무소 옆에 하나 남은 초등학교가 겨우 명맥을 유지하고 있다. 전체 학생이 삼십 명 남짓이다. 올해는 1학년 신입생이 겨우 7명이었다고 한다. 그 인원도 사실 다른 면에 비해서는 많은 편이다. 머지않아 이곳도 폐교될 것 같아 현우는 마음이 씁쓸하다.

덕수네 할머님이 대단하기는 하다. 종갓집 맏며느리로 시집와서 그 많은 재산을 다 지켜낸 것을 보면 말이다. 현우의 어머니와는 먼 친척 간이다. 어머니네 쪽은 여자들이 장수하는 집안인가 보다. 덕수네 할머니의 고집 센 얼굴을 보면 어머니와 많이 닮았다. 성황제를 치르지 못한 올해도 어머니와 덕수네 할머니는 떡을 해서 당집에 올렸다. 귀신들이 먹을 게 없으면 해코지한다는 것이다.

그때, 부엌에서 부추 전을 부쳐 나오던 찔레네가 그를 보고는 반색을 한다.

"어머, 아저씨가 오셨네. 왜 그렇게 안 오셨어요? 적적하실 텐데."

"음, 일이 많아서."

그는 찔레네의 눈을 보고는 고만 마음이 휘청거린다. 찔레네는 웃으면 눈이 반달이 된다. 최 영감이 부추전을 찢다가 둘을 요리조리 보더니 찔레네를 놀렸다.

"찔레네가 말이야. 자네를 못 봐 눈이 짓물렀네. 저 봐. 눈이 퉁퉁 부었지?"

"아이고, 아니에요. 제가 어제 딸년 때문에 속이 상해서 좀 울었어요."

찔레네가 손사래를 치면서 호들갑을 떤다. 석희는 작년에 시내의 고등학교를 졸업하고 대학에 진학했다.

"딸년이 어제 웬 놈을 데리고 와서는 글쎄 결혼한다지 뭐예요. 기가 차서, 아니 공부하라고 대학을 보냈더니 연애질만 하고 다니고, 속상해서 원."

석희는 어릴 때부터 얼굴이 예뻤다. 가끔 식당에 나와서 찔레네를 거들 때, 짓궂은 치들이 우리 며느리 하자, 하고 놀리면 척척 받아넘기는 본새가 여간 아니었다. 그도 둘째 놈 생각이 났지만, 나이 차가 많이 나서 아예 그런 말은 꺼내지도 않았다. 괜히 농지거리했다가 어린애한테 애먼 소리 들을까 싶어서다.

"아, 시집 보내버려. 요즘에는 결혼한다고 하면 얼른 보내야 혀! 안 그러면 늙어 비틀어져도 결혼하기가 엄청 힘든 세상인 겨. 연애질이 효도여 효도!"

예전에는 여고만 졸업해도 시집을 많이 보냈다. 눈여겨본 처녀가 있으면 얼른 점찍어 났다가 여고를 졸업함과 동시에 며느리로 들였다. 그런데 요즘은 혼기가 지난 젊은이들이 수두룩한 세상이다.

"뭐 하는 놈이여?" 여기저기서 한마디씩 던진다.

"아직 학생이에요. 학생인 주제에 무슨 결혼을 하겠다고, 어미 고생시키려고 작정했지."

"요즘은 자식이 사십이 넘어도 부모가 용돈을 줘야 한다는 세상이야. 결혼만 한다고 다 해결되나? 먹고살 일이 막막한데, 석희 엄마가 잘 타일러 보지?"

현우의 말에 다들 고개를 주억거린다.

"말을 안 들어요. 언제 아저씨께 보낼 테니 한말씀 해 주세요. 석희가 아저씨 말씀은 들으니까요."

그는 멀뚱히 찔레네를 쳐다보았다.

"내 말이라고 들을까?"

오래전에 찔레네가 처음 식당을 열었을 때다.

삼거리에 젊은 여자가 왔다고 성화를 대던 조 영감과 우연히 막걸리 한잔하러 식당에 들렀었다. 그때 주방에 있던 어린 석희가 아빠! 하고 커다랗게 부르면서 자신을 향해 튀어왔다. 현우는 순간, 무척 당황했지만, 아이가 능청스레 팔을 뻗어 안아달라고 하는 것을 보고는 허허! 하고 덥석 안았다.

"어머! 죄송해요. 얘가 얼굴이 잘생긴 아저씨만 보면 그런답니다. 정말 죄송합니다."

그때 석희 엄마는 찔레꽃처럼 이뻤다. 어린 석희는 현우의 팔에 한참을 안겨 있었다. 그 뒤부터는 그도 석희만 보면 죽은 막내딸 생각이 났다. 지금 살아 있으면 꼭 석희 또래다. 아내가 늦둥이 막내를 앞세우고는 몸과 마음이 많이 약해졌다.

애를 혼자 놔두고 동네 아낙들과 시시덕거리고 놀고 있다니, 이 여자가 미쳤나? 하는 말이 목젖 끝까지 올라왔다. 회관에서 수다를 떨었다는 아내를 한 대 후려치고 싶은 마음이 굴뚝 같았지만, 어미 마음은 오죽하겠나 싶어서 겨우 참았다.

"그만큼 애 혼자 두지 말랬잖아, 이 여자야."

현우는 이를 악물었다.

"개울에 수영하러 가지 말라 했는데, 내 옆에만 꼭 있으라 했는데, 어떡해! 나 어떡해!"

아내가 길길이 뛰며 외쳐대고, 마을 사람들이 몰려갔지만, 소용이 없었다.

다음 날, 큰 바위 근처에서 애를 발견했다. 마을 앞쪽에 있는 개울의 소(沼)는 그 일이 있고 난 후 출입이 금지되었다. 진즉에 줄을 치자고 해도 말을 듣지 않더니, 그는 면장이 그리 야속할 수가 없었다. 허긴, 면장 탓만 할 수도 없지. 다 못난 애비 탓이다.

그는 그날 우시장에 나가 있었다. 송아지를 팔고 곧바로 집으로 돌아왔으면 아마 딸아이가 살았을지도 모르겠다. 그때만 생각하면 현우는 자신의 아랫도리를 잘라버리고 싶은 심정이다.

우시장에서 그는 순녀를 만났다. 순녀는 그와 한 동네 살았던 동갑내기 친구다. 오래전 중학교를 졸업하고는 서울로 돈 번다고 떠났다. 그러던 순녀가 남편이 죽고, 혼자가 되어 우시장 근처에서 옷 가게를 한다는 소문이 들려왔다. 그날 현우는 순녀를 거의 삼십 년 만에 다시 만났다.

"현우 아니니?"

"나, 순녀야. 너무 반갑다. 우리 어디 가서 커피나 한잔하자."

순녀는 다짜고짜 팔짱을 끼더니 머뭇거리는 현우를 저만치 끌고 갔다. 어렸을 때부터 현우는 마을 아이들과는 친하게 지내지 못했다. 성격도 성격이지만 마을 아이들이 늘 그를 멀리했다. 온 마을이 현우네 땅을 빌려 농사를 지었으므로 자기네들과는 처지가 다르다고 생각했을 것이다. 순녀도 어릴 때는 현우에게 말도 잘 걸지 못했는데 세월이 흐르니 뻔뻔해졌다.

순녀는 다방으로 가지 않고, 자신이 하는 옷 가게로 그를 이끌었다. 가게는 색깔이 화려한 옷이 몇 개 걸려 있고, 장사는 되는지 마는지 양은으로 만든 라면 냄비가 한쪽 구석 의자 위에 그대로 있었다. 현우는 가게 안을 이리저리 둘러보았다.

"장사는 좀 되나?"

"응, 혼자서 먹고 살 정도는 팔아. 오늘도 벌써 아침에 몇 장 팔았어. 문 닫아도 돼."

순녀가 유리로 된 문을 잠그더니 커튼을 휙 쳤다. 갑자기 현우는 오금이 저리면서 명치가 서늘해졌다.

"넌 참 예전이나 똑같구나. 난 많이 늙었지?"

순녀의 음성이 쓸쓸하게 울렸다. 현우는 어릴 적 순녀의 얼굴이 떠올랐다. 그때나 지금이나 눈이 큰 것은 변함이 없다.

순녀의 별명은 소눈깔이었다.

"여전하네. 눈도 크고."

현우의 말에 순녀는 얼굴이 붉어졌다.

순녀가 냉장고에서 오징어를 한 마리 꺼내더니 가스 불에 순식간에 구웠다. 그들은 소주 한 병을 나눠 마셨다. 얼굴이 불그스레 달아오른 순녀가 슬그머니 현우의 손을 잡았다가, 그대로 자신의 가슴에 가져갔다. 그는 화들짝 놀라 얼른 손을 빼냈다.

"현우야. 니가 장날에 송아지 팔러 나온다는 소리 들었어. 오늘 나 일부러 기다렸어. 너 만나려고. 난 예전부터 사실은 너 좋아했었어."

그러더니 순녀가 웃옷을 훌훌 벗었다.

"나 남편이 죽은 지 벌써 십 년이 넘었어. 너무 외로워. 날 미쳤다고 생각해도 좋아."

그는 눈을 감았다. 아내의 얼굴이 떠올랐다. 순녀가 그의 귀에다 대고 속삭였다.

"현우야. 걱정하지 마, 나 다음 달에 미국으로 떠나. 아무도 몰라. 난 미국 사람이랑 결혼해서 떠나거든. 걱정하지 마. 응?"

그들은 비비적거리며 방으로 들어갔다. 작은 방에는 대낮에도 햇빛이 들어오지 않았다.

으스름 무렵, 집으로 돌아오면서 그는 막내가 사 달라고 조

르던 금발 머리의 인형을 샀다. 순녀에게는 그날 송아지 판 돈 중에서 반을 빼 주었다. 미국 가서 잘 살란 소리를 하고 헤어지는데 왠지 코끝이 찡했다. 순녀는 몽롱한 표정으로 현우의 가슴팍을 하염없이 어루만졌다. 순녀가 어릴 때부터 고생한 걸 잘 아는 현우는 그녀가 가여웠다.

순녀는 초등학교도 다니기 전부터 아픈 어머니 대신 살림을 다 살았다. 오빠들이 있었으나 제각기 흩어졌고, 중학교를 졸업하던 해에 어머니가 돌아가셨다. 서울에 가서는 공장에 있었다고 하던데, 현우는 그런 순녀와의 정사가 한편으로는 찜찜하면서 다른 한편으로는 묘한 흥분도 일었다.

마을 어귀에 들어섰을 때, 그는 갑자기 불안이 엄습하는 것을 느꼈다. 언제나 떠들썩하던 느릅나무 아래 평상에 마을 사람들이 아무도 보이지 않았기 때문이었다. 그는 주변을 두리번거리다 그를 향해 달려오는 동배를 보고 큰일이 난 줄 대번 알았다.

막내가 죽고 얼마 안 되어 현우는 암소를 팔아버렸다. 해마다 새끼를 낳아서 살림에 보탬이 되었던 암소다. 그러나 그날을 생각하면 송아지를 판 게 아니라 꼭 딸을 팔아먹은 것 같은 생각이 들었다. 한 번의 외도에 딸이 죽었다. 그 뒤로 다시는 소를 기르지 않았다. 그리고 순녀 생각은 딱 접었다.

세월이 흐른 뒤에 문득 딸이 생각나면 순녀도 함께 떠올랐다. 그러면 그는 미친놈! 하면서 머리를 처박고 죽고 싶었다.

사람이고 물건이고 있을 때는 귀한 줄을 모른다. 무심했던 것들이 사라지면 한순간 눈물이 팍 쏟아지게 그리울 때가 있다. 몰캉몰캉한 팔의 감촉이며, 명주실 같던 머리카락이며, 웃으면 불룩해지는 볼이 너무 그리워, 그는 딸아이의 사진을 내놓고 어루만져 보기도 했다. 그러다 곧 사진첩을 덮어버린다.

죽는다는 것은 끝이다. 다시는 볼 수도, 만질 수도 없다. 떠난 사람은 그렇게 간다 해도, 남은 사람에게 그리움은 너무 고통스럽다.

달빛이 봉창으로 드는 가을밤이면, 아내는 숨죽여 울었다. 그도 일어나 담배를 물고는 마당으로 나가 한참 동안 잠을 이루지 못했다. 그때는 그래도 젊기나 했었다. 지금 생각하면, 그 나이도 젊은 축에 속했다.

스무 살쯤엔, 오십이면 인생 다 살았다고 생각했다. 환갑이 지나면, 이미 황천길 갔다고 생각했다. 그런데 옛날 사람들 말이 꼭 맞다. 마음이 하나도 안 늙었다. 나이 따라 마음이 늙어야 몸이 편한데, 얼굴은 쭈글쭈글해도 마음은 아직도 새파란 청춘이다. 예전에는 지나가는 말에는 신경도 안 썼는데, 요즘은 꼭 내 말을 한 것처럼 뒤통수가 가렵다.

늙으면 그저 잠자코 있어야 하는데 그게 참 잘 안된다. 자식들 일에도 그렇고, 회의가 있어 회관에 가서도 젊은 사람이 뭐라고 하면 영 못마땅하다. 이래서야 사람들이 늙은이 싫다고 하는 것이 당연하다. 그저 뒤쪽에 앉아 고개나 끄덕거리고 있으면 될 것을 공연히 이것저것 물어보고 끼어들지 못해 안달한다. 아버지가 그랬을 때, 그렇게 싫었으면서 그 짓을 꼭 그대로 한다. 알면서 참지 못하니 그게 늙은 게다.

"석희가 오면 내게 한번 보내보지."

그는 남아있는 막걸리를 죽 마시고는 만류하던 치들을 뿌리치고 찔레네를 나섰다.

장미 향기가 향긋하다.

이곳은 시내보다 기온이 낮은 곳이라 장미가 지금에야 핀다. 시내는 지금 장미가 지고 있다. 서울에서 내려와 거창하게 지은 집들의 담장에 빨갛게 핀 장미가 그의 마음을 먼 옛날로 데리고 간다.

지숙의 모습이 장미와 함께 떠올랐다. 그녀의 식구들이 세들어 살던 집 담장에 빨간 장미가 가득했었다. 결혼하면 꼭 빨간 장미로 담장을 하고 싶다고 했지. 세월이 이렇게 빠르다. 그녀가 떠난 지도 벌써 사십 년이 훌쩍 지났다.

똬리굴을 들어갔다 나갔다, 기차가 산 중턱을 힘겹게 올라간다. 그는 넋을 잃고 기차를 바라보았다. 어릴 적엔 기차가 지나가면 아이들과 함께 손을 흔들면서 막 달려갔었다.

  학교에서 집으로 돌아가던 그 푸르스름한 저녁, 굴뚝에서는 솔가지 타는 냄새가 났다. 매캐하면서도 구수한 밥 짓는 냄새는 나이가 들어도 잊히지 않았다. 대문을 열고 들어서면 어머니가 '어서 오너라' 하며 반겨주셨지. 젊은 어머니! 쓸쓸한 표정을 지으며 웃던 어머니.

  멀리 집이 보인다.

  어머니가 툇마루에 앉아 그를 기다릴 것이다. 지금도 다 늙은 아들놈이 집에 돌아와야만 안심하고 잠자리에 드신다. 그 어머니도 곧 떠나실 것이다. 연로하신 어머니는 마음 한구석에 늘 걱정으로 자리하고 있다.

  아내가 죽고 현우에게는 사실 걱정거리 하나가 사라졌다. 어머니가 가시고 나면 아마 나머지 걱정도 사라지리라. 자식들이야 젊으니 다 알아서 할 것이다. 그건 그들의 몫이다.

  사람 사는 일이 걱정의 연속이다. 내 한 몸 걱정은 내가 하면 되지만, 책임져야 할 가족의 걱정은 항상 무거운 등짐이다. 나이가 들수록 누구의 등짐이 되면 어떡하나 두렵다. 될 수 있으면 다른 가족들의 치다꺼리를 다 해주고 아프지 않고 떠났으면 싶다. 그것이 현우의 작은 바람이다.

'그저 이렇게 지내는 거다. 원하든, 원하지 않든, 세월은 흘러가고 떠나야 할 날이 곧 올 것이다. 이제 돌이켜 후회해도 다 부질없는 일이다. 그냥 사는 거지, 뭐! 큰스님 말씀처럼 이 방에서 저 방으로 조용히 문을 열고 들어가는 거야. 죽음이 꼭 그렇게 고통스러운 것일까? 죽으면 끝이잖아!'

휘적거리며 걸어가는 현우의 등 뒤로 초여름의 싱그러운 바람이 설렁설렁 불고 있었다.

14. 대서(大暑)

**양력 7월 23일경. 음력 6월.
더위가 극도에 달한다.
대부분 중복과 겹치며
장마전선의 유입으로 비가 자주 온다.**

장마가 시작되었다.

며칠을 퍼부어대니 금방 개울의 물이 불어났다. 다행히 장마 전에 개울 바닥을 평탄 작업한 터라 넘치지는 않았다. 해마다 물이 넘쳐 회관으로 대피했던 마을 사람들은 장마가 오기 전에 작업이 끝나기를 얼마나 바랐는지 모른다. 그래도 산자락 쪽의 얕은 다리는 물이 넘쳐서 절골 사람들은 물이 빠져야 아랫마을로 내려올 수 있다. 한참 비가 쏟아부을 때는, 물이 서서 오더라고 노인들은 말했다.

예전에 불어난 개울에 빠져 죽은 사람이 많은 이 마을은 해마다 이맘때가 되면 당집에 떡을 해 올린다. 올해는 성황제도 못 지내고, 여러 가지 안 좋은 일이 많았던 터라 장마가 시작되기 전부터 마을 사람들은 의견을 모았다.

현우 어머니와 덕수네 할머니가 앞장을 서서 하던 일이지만, 이상하게도 보름 전부터 두 노인이 함께 자리를 지고 누웠다. 덕수네 할머니 연세가 위이기는 하지만, 사실 백 살이 가까우면 몇 살이 더 많고 적고는 별 상관이 없다.

마을 사람들이 모여 제사 준비를 하는 중에 회관으로 정 사장이 불쑥 나타났다. 일전에 노루를 잡은 일로 마을엔 얼씬도 하지 않던 그다.

"아니, 어쩐 일이요? 정 씨가 마을 제사에 다 오고."

현우가 마뜩잖은 눈으로 정 사장을 바라보고 있는데, 조 영감이 반색하며 말을 건넨다.

"아이구, 영감님! 제가 세사에 빠지면 섭하죠. 마을 일이라면 제가 항시 신경을 쓰니까요."

"마을에 무슨 일이 있나? 아무 일도 없는데?"

작고 세모진 눈을 희번덕거리던 정 사장은 갑자기 헤헤거리며 조 영감 곁에 털썩 앉았다.

"어르신 요새 마을에 땅 나온 거 있습니까요?"

"아, 땅이야 내도록 내놓았지. 살 넘이 없으니 그게 문제지."

조 영감은 갑자기 정 사장이 살갑게 굴자, 미심쩍은 듯 궁뎅이를 비비적거리며 정 사장 옆에서 멀찍이 떨어졌다.

"아, 그렇군요. 지가 말입니다. 요번에 서울 갔다가 어떤 유명한 분이 여기 땅을 좀 샀으면 하시던데, 우째 함 성사시켜 볼랍니까? 내 섭섭지 않게 후사는 할 테니."

맨날 죽지도 못하고 밥만 축낸다는 조 영감은 돈이 생긴다는 말에 솔깃하다. 쓸모도 없는 땅이라고 괄시하던 산자락에 있는 돌밭이 퍼뜩 떠올랐다. 그때, 동배가 회관 문을 열고 들어섰다. 히죽 웃는 꼴이 술 냄새를 맡은 모양이다. 노인들 사이에 비집고 앉기가 민망한지 동배는 현관문 옆에 엉덩이를 걸쳤다.

"어, 정 사장이 왔네? 어이! 정 사장, 요새 사냥도 못 하는데, 뭐 좀 벌이 되는 건수가 있는 거요?"

정 사장은 김빠진 얼굴로 동배를 보더니 고개를 흔들었다.

"거, 돈 되는 일 있으면 같이 좀 묵고삽시다. 혼자서만 배 채우지 말고!"

동배가 눈을 게슴츠레 뜨고 가늠하듯 정 사장과 조 영감을 번갈아 보자 조 영감은 얼른 소주를 한 잔 털어 넣었다.

"아따, 소주 맛 좋다. 공짜 술은 늘 맛있어."

동배의 눈에 걸리면 종 치는 일이다. 정 사장이 조 영감 옆구리를 쿡! 찔렀다.

당집에서의 제사는 그냥 떡만 올려놓는 것으로 끝이 났다.

비가 어찌나 많이 쏟아지는지 우산도 소용없을 정도였다. 마을 사람들은 회관에 둘러앉아 이런저런 이야기를 나누었다.

"아참! 이제 생각났네. 지가 며칠 전에 버섯을 따려고 산에 갔다가 송 씨를 봤어요."

병칠의 말에 회관은 일순 조용해졌다.

"뭐? 송 씨? 거, 도망친 옛날 이장?"

"응, 송 씨가 그 사람이지."

"근데 행색이 말이 아니더라고요. 나는 처음엔 웬 거지인가 싶었다니까요. 그때 송 씨 돈 많이 갖고 도망가지 않았어요?"

"송 씨가 어디 있단 말이고?"

김 씨가 제기를 챙기다 묻는다.

"산막에 사는지 들여다봤더니, 거적때기만 있고 사람은 없어요. 긴가민가해서리."

"에이, 아니겠지. 송 씨가 가져간 돈이 얼만데 설마 거지가 되었을라고?"

"그야 모르지, 원래 여자랑 눈 맞아서 도망간 놈들 오래 못 가더라고."

조 영감과 동배가 거든다. 현우는 무슨 일이 났구나 싶어서 산막에 가봐야겠다 마음먹었다. 송 씨도 송 씨지만 홍 씨 부인도 궁금하던 차다.

"그 홍 씨 부인은 같이 없었어?" 동배가 묻는다.

"몰라, 송 씨도 확실하지 않은데 그 여자를 내가 어떻게 알겠어."

이렇게 까맣게 잊을 수가 없다. 죽일 놈! 살릴 놈! 하며 노발대발 길길이 뛰던 마을 사람들은 불과 몇 달이 지나지도 않아 벌써 다 잊어버린 것 같다. 잊어버린 마음속에는 용서도 포함된다. 용서하지 않으면 송 씨를 봤다는 말에 다들 이렇게 태연할 수가 없는 것이다.

"돌아왔으면 마을로 올 기지, 우타 그 산막에서 거지꼴로 있단 말고? 참 한심타이!"

조 영감의 말에 오히려 다들 고개를 주억거린다.

"아니, 송 씨와 그년이 가져간 돈이 얼만데, 전부 까마귀 고기를 먹었나?"

동배가 소리를 빽 지른다.

그래도 사람들은 송 씨가 불쌍하다. 사람이 좋아서 서울 여자에게 꼬드김 당했지. 본디 송 씨가 마음씨가 착한 사람이여! 하며 한마디씩 했다.

"이 마을은 너무 사람이 좋아서 탈이여! 전부 등신들만 사니, 원."

동배가 한 번 더 소리를 지르더니 문을 박차고 나가버린다. 동시에 찔레네가 회관으로 들어섰다.

"아저씨!"

현우는 멍청하게 찔레네를 보다가 흠칫 놀라면서 일어섰다. 오늘 제사 때문에 찔레네에게 어머니 점심 식사를 부탁했었다. 좀 전에 집에 가려 했는데, 그놈의 송 씨 때문에 깜빡 잊어버렸다.

"저 이제 식당에 가려구요."

"어머니가 뭘 좀 드셨나요?"

"아니, 흰죽 조금 드시고는 그만이세요."

찔레네는 우산을 썼는데도 옷이 홈빡 젖어 있다. 찔레네와 앞서거니 뒤서거니 집으로 가면서 현우는 문득 묘한 생각에 잠겼다. 어쩐지 자신이 엄청 젊은 기분이 드는 것이다. 그때 세찬 비바람이 갑자기 불더니 찔레네가 쓰고 있던 우산이 뒤로 획 젖혀졌다. 현우는 찔레네의 우산을 얼른 잡아서 대충 접고는 자신의 우산을 찔레네 쪽으로 기울여 주었다.

"아이, 괜찮아요. 이미 다 젖은걸요."

찔레네의 젖은 몸에서 알싸한 향내가 났다. 현우는 아득해지는 기분으로 찔레네를 내려다보았다. 찔레네의 발개진 얼굴을 보고 아랫도리가 갑자기 뻐근해졌다. 그는 성황림 대문 앞에 주춤거리고 섰다. 비가 퍼붓는 탓인지 길에는 아무도 없다. 마을 사람들 대부분이 회관에 있는 터라 그들만 빗속에 우두커니 서 있다.

"아저씨!"

찔레네가 달뜬 음성으로 그를 부른다.

현우는 갑자기 찔레네의 팔을 움켜쥐고는 성황림 안으로 뛰어 들어갔다. 오늘은 제사가 있는 날이라 성황림의 대문이 잠겨 있지 않다. 아무 생각도 없다. 그저 미친 듯이 찔레네의 몸 냄새를 맡아보고 싶은 생각만 든다. 현우의 행동에 놀란 찔레네는 주위를 두리번거리며 살폈다.

"아저씨, 어딜 가세요?"

현우는 당집 옆 신나무 밑에서 멈추어 섰다. 굵은 나무 둥치는 굽어져 자랐다. 그가 어릴 때는 이 나무에 올라 많이 놀았다. 그는 신나무에 등을 대었다. 그리고 찔레네를 덥석 안아서 허벅지에 올렸다. 아내가 죽을 때까지 몇 년을 한 번도 여자와 몸을 섞지 못했다. 아내는 한쪽 유방이 없는 걸 현우에게 보이기 무척 싫어했었다. 그도 왠지 아내와 관계하기가 미안한 마음이었다. 한때는 자신의 성욕이 완전히 죽어버렸나? 의심하기도 했다. 그러나 지금 찔레네를 보자 다시금 욕정이 끓어올랐다.

"아저씨, 어떻게 해야?"

현우는 찔레네의 가슴에 얼굴을 묻었다. 빗방울이 그녀의 얼굴에, 가슴에 후두둑! 하며 세차게 떨어졌다. 찔레네의 심장 소리를 들으며 욕망과 죄책감이 범벅된 심정으로 그는 찔레네를 힘껏 안았다. 그때 현우는 흠칫했다. 당집에서 키득거리는 웃음소리가 들린 것이다.

  그는 정신이 번쩍 들었다.

  황급히 찔레네를 팽개친 그는 미친 듯이 성황림을 뛰쳐나갔다.

  정 사장이 다녀가고 얼마 지나지 않아 마을에 댐이 생긴다는 소문이 한차례 돌았다. 소문을 들은 마을 사람들은 제각기 다른 근심에 잠겼다. 땅을 많이 가진 사람들이야 보상받아서 다른 곳으로 이사 가면 그만이지만, 남의 땅 부쳐 먹고 살던 사람들은 앞길이 막막하다. 손바닥만 한 땅밖에 없는 사람들은 보상이라고 받아봐야 그 돈으로 집 한 채도 제대로 살 수 없다. 집과 땅이 모두 물에 잠기는 사람들은 또 어찌하리. 마을 사람들 전부 뒤숭숭한지 둘만 모여도 심각한 표정으로 수군거렸다.

  마을 사람들과는 달리, 산자락에 땅이 있는 동배는 신이 났다. 그는 일단 장롱 속을 뒤져 하얀 보따리 하나를 찾아냈다. 그리고 빨간 사인펜으로 글자를 썼다.

  '생태개를 파개하는 댐을 반대한다'

허연 보자기를 슬레이트 지붕 위에 걸어놓고 그는 히죽대고 웃었다.

"글자가 틀렸어요."

생전 동배가 하는 일에 가타부타 말이 없던 정순이 보자기를 보고 한마디 툭! 던졌다.

"아, 신경 쓰지 말어. 틀리면 뭐 어때? 유식한 것들만 보상받는 거 아녀."

동배가 괜히 똥배짱이 아니다. 무조건 밀고 나가는 뚝심 하나는 세계 제일이다. 길 내는 것도, 지 땅은 한 뼘도 안 들어가게 악착같이 면사무소에 가서 싸운다. 그 바람에 동배네 집 앞의 길은 직각으로 꺾여 있어 자동차가 다니기 무척 불편하다. 어느 날, 동배의 트럭이 집 앞에서 밭으로 처박혀서 수리비가 엄청나게 나왔다. 그래도 동배는 내 땅은 안 된다고 큰소리쳤다.

이런 동배에게 댐이 생긴다는 소문은 복권에 당첨된 것이나 다름없는 희소식이다. 이제 한몫 잡는 것이다. 이런 횡재가 있나! 맨날 이 산골짝에 처박혀서 세월을 죽이고 있던 그에게도 드디어 목돈이 생기는 것이다. 아랫마을에 넌지시 물어보니 보상금이 어마어마하게 풀린다고 했다. 비록 집은 코딱지만 해도 땅이 제법 크니 요번 기회에 꼭 이 촌구석을 탈출하리라! 동배는 굳게 마음먹었다.

며칠이 지나자 낯선 사람들이 마을에 나타났다. 그들은 눈을 부라리며 이쪽저쪽 도로에 동그라미니, 화살표니, 빨간색으로 표시를 했다. 동배가 사는 집 앞까지 왔기에 그는 슬그머니 뒷짐을 지고 나가보았다. 남자 둘이서 '어이, 이쪽으로 더 가봐, 저쪽까지 뛰어가 봐' 하고 있다.

"무신 측량이요?"

남자는 갑자기 산발하고 나타난 동배를 보고 기겁을 했다. 언뜻 보기에 길고 헝클어진 머리를 한 동배는 도사 같아 보인다.

"아, 예, 지도를 만듭니다."

"지도? 무슨 지도요? 이런 촌구석 지도는 머하러 맨기는 기요?"

"아, 예, 저도 모릅니다. 시키니까 하는 겁니다."

"혹시, 그 댐 맹기는 것 아니요? 우리 집은 절대로 손 못 댑니다이!"

남자가 동배가 가리키는 쪽으로 고개를 돌리다가 다 쓰러져 가는 집에 비루하게 달린 보자기를 보고는 풋! 하고 웃었다. 그러거나 말거나 동배는 의기도 양양하게 뒷짐을 지고 회관으로 갔다.

동배가 나타나면 마을 사람들은 아무도 말을 걸지 않았다. 괜히 말 걸다가 하루 내도록 붙들려서 애먼 소리 들을 게 뻔하기 때문이었다. 술을 안 먹으면 멀쩡한 동배는 술만 들어가면, 사람을 붙잡아 놓고 했던 이야길 하고 또 하고 밤을 새워 시비를 걸었다.

현우는 말 안 듣는 동배를 붙들고 '제발 그 헝클어진 머리 좀 잘라!' 하며 면박을 준다. 그러면 동배는 작은 눈을 반짝거리며 현우의 귀에 대고 속삭인다.

"지는요, 형님. 힘이 이 머리털에서 나온대니깐요!"

"자네가 삼손이야?"

"삼손이 뉘요? 여튼 삼손이고 나발이고 지는 그렇다니까요."

현우는 어이가 없어 헛웃음을 치고 만다. 그래도 수염은 웬일로 기르지 않았다. 그것만으로도 현우는 천만다행이다 싶다. 시청에 행사가 있는 날이면 긴 머리에 개량 한복을 입은 동배가 무슨 대단한 사람인 줄 알고 다들 다가와 인사를 하는 희한한 풍경이 벌어진다. 현우는 멀찌감치 떨어져 슬슬 피한다. 그러면 어느새 동배가 부리나케 달려와 형님! 형님! 하면서 옆에 찰싹 붙어 떨어지질 않는다.

한동안 식당에 재미를 붙여 신나게 다니더니, 제 버릇 개 못 준다고 다시 싫증이 난 모양이다. 영심이와 명구네를 식당에 들여놓고는 날마다 술을 마셔대는 중이다.

'한 집에 여자 둘과 사는 것도 동배 복이야. 한 년도 없는 놈도 있는데?' '근데 인자는 명구네까정 끼여서 머시여? 셋이여?' '살고 싶어 사나? 쳐녀이 쳐들어오고 집 없는 년도 쳐들어오니 우짤 거래?' '그래도 참 용치. 동배댁이 대단하네.'

정순도 이런 소리, 저런 소문 다 들었을 것이다. 그런데도 가만히 있는 걸 보면 마을 사람들은 도무지 그녀의 속을 알 수가 없다. '동배에 비해 여자가 가방끈이 너무 길어!' 사람들은 정순이 지나가면 수군거렸다.

동배도 그만한 눈치는 있다. 초등학교도 겨우 마친 자신과 사는 정순이 어떤 때는 선생님 같고, 어느 날은 드라마에 나오는 부잣집 마나님 같다. 그래도 땅이니, 보상이니 그런 이야기가 나오면 동배는 어깨에 힘이 들어간다. 정순에게 뽐낼 한 가지라도 있다는 생각에서다.

영심이 집에 들어오고 처음엔 정순의 눈치를 봤지만, 나중엔 이판사판이다 싶어 아예 모르는 척했다. 그리고 나니 오히려 속이 편안하다. 까짓거 영심이년도 불쌍한 년이니 집에 들여놓고 사는 것이 나을지도 모르지. 동배는 제 마음대로 결론을 내렸다.

동배는 정 사장이 요번에 한 건 단단히 잡았을 것이란 생각에 배가 살살 아프다. '이 마을 노인들은 대체 사람 말을 안 믿는단 말이야. 내가 그만치 땅을 팔지 말라고 했는데.'

댐이 생기면 보상을 얼마나 받을지, 동배는 그 생각으로 요즘 잠을 설친다. 어림짐작으로 자신이 가지고 있는 땅이 거의 다 물에 잠길 것 같다. 그러면 그 보상으로 받은 돈을 우짤 것인가? 그게 또 동배를 신나게 한다. '영심이년에게 식당을 하나 내줘야지. 목 좋은 자리에 근사하게 마련해서 명구네랑 함께 잘 꾸려가도록 하고.' 그러다가 정순의 생각에 이르자 그는 이마의 주름을 모으며 심각한 표정이 되었다. '참 곤란하네. 얼마를 줘야 하는 기야?'

성가시긴 해도 조강지처다. 젊은 날 자신이 그렇게 바깥을 돌아도 집을 지키고 있던 정순이다. 영심이년은 자신을 배신할지 몰라도, 정순이는 절대로 그럴 사람이 아니라고 동배는 믿는다.

'내가 결혼 하나는 째지게 잘했지. 암만!'

제3장

달은 마을 어귀에서 기다리고

15. 입추(立秋)

양력 8월 7일경. 음력 7월.
가을이 시작되어 서늘한 바람이 분다.
농촌에서는 다소 한가하며 김장용
배추와 무를 심는다.

긴 장마 끝에 모처럼 햇빛이 나는 날이다.

새벽부터 마을 사람들은 농약 통을 등에 지고 논과 밭으로 나갔다. 장마 후에 약을 제대로 치지 않으면 고추는 탄저병이 오고, 벼는 흰잎마름병이 생긴다. 농약을 많이 치면 해롭지만, 배추나 고추는 농약을 치지 않고는 제 모양을 갖추기 힘들다.

땅을 살리고, 다음 해 농사를 생각하면 농약을 줄여야 한다. 도시 사람들은 유기농, 유기농 노래를 부르지만, 농사를 짓는 사람들은 그 말을 귓등으로 넘긴다. '지들이 와서 농사 지어 보라 그래. 약 안 치고 되나?' 그래도 하도 잔소리들을 하고 방송에서 환경오염이니 뭐니 떠들어대니 조금 덜 치기는 한다.

현우는 집 옆에 있는 밭에 고추를 심고 약을 치지 않고 키우고 있다. 그 밭에는 비닐도 안 씌우는데, 잡초가 무성해서 언뜻 보면 묵밭 같다. 잡초가 너무 무성하면 조금 잘라내는 정도로만 하고 그냥 놔둔다. 잡초는 절대로 병에 안 걸리기 때문이다. 말하자면, 잡초와 고추를 함께 키우고 있다. 마을 사람들이 제발 김 좀 매라고 하면 이 밭은 실험용이라고 대답한다. 어쨌든 그 밭에 있는 고추는 약을 안 쳐도 아직 병든 게 없다. 마을 사람들은 신기해하면서도 속으로는 현우가 게으르다고 쑥덕거렸다.

"아범! 논에 약 뿌렸소?"

땀범벅이 되어 수돗가에서 한바탕 물을 뒤집어쓰고, 꿉꿉한 이불을 마당에 널던 참이다. 현우는 흠칫 놀라며 툇마루 쪽으로 고개를 돌렸다. 당집에 떡 올리기 전부터 시작해 며칠을 누워계시던 어머니가 초롱초롱한 눈으로 현우를 빤히 쳐다보신다.

사람이 갈 때가 되면 잠깐 반짝하는 날이 있다더니 오늘이 그날인가? 현우는 문득 겁이 와락 난다.

"예, 어머니, 오늘 좀 괜찮으세요?"

"이리 좀 오시게."

현우는 어머니 곁으로 가서 앉았다.

"내가 인제 가려는 모양이네. 뒤처리야 알아서 잘하겠지만 부탁이 하나 있소."

"어머니도 참! 무슨 그런 말씀을?"

"내가 가거든, 산소는 쓰지 말고 화장해서 큰스님 부도 근처에 뿌려 주시게."

"예? 아니, 우리 선산이 있는데?"

"화장(火葬)한 후에, 뼛가루로 떡을 빚어서 새도 먹고, 산짐승도 먹도록 숲에 뿌려 주게. 큰스님이 내 업을 많이 닦아 주셨지. 내 선산에 묻힐 자격이 없네."

그때 생전 울지 않던 어머니가 눈물을 흘리기 시작했다. 현우는 당황스러워 얼른 고개를 돌렸다. 문득 예전에 보았던 어떤 장면이 떠올랐다.

말복을 앞둔 날이라 찌는 듯한 한더위가 기승을 부릴 때였다. 매미는 세상이 떠나가라 울어대고, 바람 한 점 없는 날이었다. 온 집안에 어머니의 다듬이 소리만 울려 퍼지고 있었다. 마루 끝에서 놀고 있던 현우는 까무룩 잠이 들었다. 잠결에 두런거리는 소리가 들려 눈을 떴는데, 큰스님이 어머니와 마주 앉아 있었다. 현우는 다시 눈을 감았다. 왠지 깨어나면 안 될 것 같았기 때문이었다.

"목숨 부지하는 일이 이렇게 힘듭니다. 스님."

어머니는 울고 있었던지 목소리가 젖어 있었다. 젊은 어머니. 올 성긴 삼베옷이 서걱거리는 소리를 내고 마루의 시원한 감촉이 손에 잡힐 듯 떠올랐다.

"보살님, 그저 살아내는 거지요. 자식을 위해서 그저 살아가야 합니다."

스님이 일어서고 어머니는 준비해 둔 삼베로 만든 승복을 내밀었다.

"참으로 고맙습니다. 이렇게 철마다 제 옷을 마련해 주시니."

"아닙니다. 스님! 제가 드릴 게 이 옷밖에 없어서 송구합니다."

그렇게 스님은 떠났다. 현우는 금방 잠이 깬 것처럼 눈을 비비며 일어났다. 어머니는 아무 일 없는 것처럼 다듬이질을 다시 시작하셨다.

그즈음엔 대마를 많이 심었다. 허벅지가 벌겋게 되고 피가 나도록 아낙들은 실을 꼬았는데, 꼰 실로 또 온종일 베틀 앞에 앉아 베를 짰다. 세월이 흘러 대마가 마약이라고 금지되었고, 대마 농사를 하려면 허가를 받아야 했다.

일전에 큰스님이 입적하시던 날, 어머니가 기어코 가신 것도 까닭이 있었나 보다. 그렇다고 해도 선산이 있는데, 마을 사람들이 뭐라고 할까? 현우는 심란한 표정으로 어머니를 바라보았다.

"이제는 다 부질없는 일이지만, 그래도 그땐 목숨을 끊어야 하나 싶게 심각한 일이었지."

"내가 없어도 절에 시주는 좀 해 주시게."

얼마 전에도 어머니의 부탁으로 절에다 쌀을 갖다주었다.

"그리고 혹시 송백이 찾아오면 아범이 좀 챙겨주시게."

"예? 송백이 누구, 아! 송백스님요?"

어머니는 그의 얼굴을 빤히 보더니 고개를 끄덕였다.

"아범과 동기간이네."

현우는 말문이 탁! 막힌다.

"예? 그게 무, 무슨 말씀이신지?"

"그런 일이 있었다네. 전쟁 중이라 매일 폭탄은 터지고, 국군이 하루 오면 인민군이 하루 오고, 서방은 군인들만 챙기고, 집안일엔 관심도 없었지."

젊은 소위가 있었다.

처음엔 밥을 해주는 어머니에게 고맙다고 물을 길어다 주었다. 그러다 부엌에 앉아 불을 때면서 이런저런 이야길 주고받게 되었다. 자기의 여동생도 종갓집으로 시집을 갔는데, 전쟁 통에 남편이 북한군에게 끌려가고, 시댁 식구들이랑 아이들과 함께 대구로 피난 갔다고 했다. 소위는 이 동네도 위험하니 내일이라도 아이를 데리고 남쪽으로 빨리 피하라고 했다. 그러나 현우의 아버지는 그럴 사람이 아니었다.

　남편은 이곳 토박이고, 고향에 뼈를 묻겠다고 늘 이야기하던 사람이다. 대대로 살던 곳을 버리기는 쉽지 않다. 전쟁이 일어나도 곧 끝나려니 하던 날들이었다. 그러던 어느 날, 어머니가 밭에 나가 일을 하고 있는데 소위가 거들어주러 왔다. 전쟁이 곧 끝날 것 같다고, 내일이면 서울로 떠나야 한다고 아쉬워하다가 둘은 결국 부둥켜안았다.

　"서방이 한량이라, 남들은 그 속을 모르고, 인물만 뜯어먹어도 배부르겠다고 했지만 나도 여자였다네."

　"그 사람이 틀림없이 다시 오겠다고 기다리라고 했지. 난 기다렸다네."

　어머니의 뜻밖의 말에 현우는 눈앞이 캄캄해졌다.

　"그 사람이 온다던 날짜가 지났는데 안 나타났어. 그땐, 이미 그 냥반도 사실을 알고 난리가 났을 때라, 나도 눈에 뵈는 게 없었다네."

　그러다가 소위가 왔다.

　"아버지와 이야기를 한다고 나갔어. 곧 서울로 갈 거니까 준비하라고 그 사람이 말했지. 나는 보따리를 쌌어. 그런데 아버지가 혼자서 술에 취해 늦게야 돌아왔다네. 나를 보더니 그 사람이 혼자 서울로 갔다는 걸세. 내가 그 말을 믿을 수가 있남? 그런데 아무리 사방팔방을 찾아봐도 그니가 보이지 않더라구."

그로부터 사흘 후에 가슴에 총 맞은 소위의 시체를 현우네 논 가운데 있는 웅덩이에서 건져내었다. 소위의 군화 신은 다리가 억새에 걸쳐서 거꾸로 처박혀 있었다. 어머니는 아버지를 구슬리고, 닦달했지만, 아버지는 모른다고 했다. 마을 사람들은 퇴각하는 인민군들의 총에 맞아 죽었을 거라고 했다. 그러나 어머니는 아버지가 그 소위를 죽였다고 의심했다.

"아버지가? 설마요!"

"그렇겠지. 나노 그렇게 믿고 싶으이. 하지만 그땐 젊었으니 무슨 짓인들 못 할까? 그리고 당신 손으로 하지 않아도 될 만큼 그 냥반 따르는 사람도 많았다네."

"어머니!"

"자기 씨도 아닌 아이를 받아들이기엔 힘든 일이었겠지. 더구나 성격이 워낙 대쪽 같은 냥반인지라. 그래도 어쩌겠나? 그때는 전쟁 통이라 집집이 절단난 아낙들이 많았다네. 살려면 어쩔 수 없었지. 목숨을 부지하려면. 지금 생각해 보면 그깟 게 죽는 것보다 무에 그리 중요했나 싶기도 하고."

"아범과는 세 살 터울이네. 아이를 가진 걸 마을 사람들이 아무도 몰라서 다행이라고 그 냥반이 날 절집에서 꼼짝 말고 있다가 내려오라고 했어. 큰스님이 많이 도와주셨지. 그때, 아범도 함께 있었는데 워낙 어릴 때라 기억이 안 날 걸세."

"아니요, 어쩌다 전나무가 흔들리는 모습이 생각나요. 뎅그렁! 하는 풍경 소리도 가끔 기억나요."

현우는 왜 송백만 보면 마음이 안 편한지 이제야 알게 되었다. 그리고 어머니의 이야기를 듣고 난 지금은 송백 보기가 더 불편해졌다.

"젖을 간신히 뗀 아이를 큰스님이 거두어주셨지. 송백이 애도 많이 먹였다네. 절에 안 있겠다고 뛰쳐나가고 학교도 안 간다고 난리 부리고. 난 표시도 낼 수 없고. 그저 멀리서 보기만 봤네. 그 냥반은 내가 절에만 가면 길길이 날뛰고, 평소엔 거들떠보지도 않았어."

아버지는 어머니를 용서하지 않았다.

어머니 또한 아버지를 용서하지 않았다. 두 분은 서로를 미워하면서 반평생을 보냈다. 아버지의 외도는 당연한 것으로 받아들여졌지만, 어머니의 사랑은 집안의 망신이요, 수치였다. 아버지는 눈앞에 어머니가 없으면 온 집안을 뒤집어엎었고, 어머니는 당신 사랑의 대가로 송백을 절에 바쳤다.

밖에서 대단한 호인으로 보였던 아버지는 오동나무 대문 안에서는 비겁하고 졸렬한 남자가 되어 어머니를 평생 괴롭혔다. 용서할 때를 놓친 아버지는, 그 용서를 빌미로 얻을 수 있었던 어머니의 남아있던 한 조각의 동정심마저도 베풀지 못하게 했다.

마지막이 다가와서야 아버지는 어머니의 보살핌을 받을 수밖에 없게 되었다. 어머니는 병든 아버지를 3년 넘게 수발했다. 돌아가시기 사흘 전날, 아버지는 어머니 손을 잡으면서 눈물을 흘렸다. 아마 당신 인생의 회한과 남겨진 어머니에 대한 죄책감이었을 게다. 그러나 이미 어긋난 사랑과 그들의 젊음, 슬픈 추억은 웅덩이 속으로 깊이깊이 가라앉은 후였다. 어머니가 자신을 가혹하리만치 다그쳤던 것은 어쩌면 아버지를 향한 마지막 남은 애증과 연민의 찌꺼기였을 것이다.

현우는 눈을 감았다.

수많은 인간의 역사 중 가장 추악한 전쟁과 그 소용돌이에서 목숨을 부지하기 위해 애써야 했던 몸부림. 그 몸부림 속에서도 살아남은 인간들의 절규. 아버지와 어머니가 짊어졌던 삶의 무게. 그 진저리나는 욕망.

현우는 인간의 삶에 넌더리가 난다.

죽음을 앞두고 결국 뱉어내야만 하는 진실의 아우성! 어머니는 끝까지 그 사실을 비밀로 했어야만 했다. 어렴풋이 알고 있던 일들이 사실로 드러날 때의 그 참담함. 왜 어머니는 자신의 상처를 다시 헤집나? 현우는 자신의 등짐 위에 어머니의 등짐을 포개어 인생의 끝을 향하여 무겁게 살아가야 한다는 생각에 몸서리를 쳤다.

  어머니의 등짐 밑에 깔려 가끔 스멀거리고 기어 나오는 현우의 등짐은 지숙이다. 자신을 사랑했던 그 여자. 비열한 자신을 끝까지 사랑했던 지숙. 현우는 지숙의 긴 머리카락과 생긋 웃으면 가지런히 보이는 치아와 겁먹은 커다란 눈을 기억한다. 가난한 집의 딸로 태어나 동생들 바라지에 검정고시로 겨우 고등학교를 졸업했다. 그녀와 결혼을 결심하고 집에 함께 왔을 때, 아버지가 그랬었다.

  "넌 얼마나 관대하냐? 넌 어떠한 경우라도 니 여자를 완전히 용서할 수 있냐?"

  "어떠한 경우라뇨?"

  "그 결심이 서면 결혼을 허락해 주마."

  현우의 아버지. 각계각층의 사람들과 친분이 돈독했었다. 한 사람의 뒤를 캐는 것은 아무것도 아니었다. 현우는 지숙을 다그쳤고, 결국 듣고야 말았다. 그녀가 동생들을 뒷바라지하기 위해 술집에 나갔다는 것을. 그녀는 술집의 주방에서 설거지만 했다고 했다. 현우는 그 말을 믿고 싶었다. 그러나 어떤 유명한 인사가 그녀를 돌봐주었다는 사실을 고백했을 때, 그는 믿음이 부서지는 소리를 들었다.

영화에서 드라마에서 혹은 소설에서, 그들은 용서하고, 이해하고, 사랑으로 받아들이고, 그리고 마침내 해피엔딩으로 끝난다. 현우는 그게 되지 않았다. 삼류소설의 주인공들보다 더 비겁한 자신이 현우는 싫었다. 그는 연락을 끊었다. 그리고 한 달 후에 지숙은 약을 먹었다. 그때 그녀의 뱃속에 현우의 아이가 있었다. 솔직히 현우는 그 아이가 자신의 아이란 확신도 가질 수 없었다.

그는 자신이 지독하게 잔인하고, 이기적이면서 파렴치까지 한 놈이란 것을 알았다. 특히 여자에 대해서만은 절대로 관대하지 않다는 것을 확실하게 깨달았다.

사랑으로 모든 걸 용서할 수 있나?

죽음과 바꿀 만큼 사랑이 그토록 위대한 것인가?

지금 세월이 흐르고 육체적인 행위가 이토록 아무것도 아닌 것을. 욕망을 향한 인간의 몸부림은 믿음 따위 헌신짝처럼 던져버릴 수 있다.

어머니의 이야기는 그에게 상처와 역겨움을 동시에 주었

다. 상처를 치유하기엔 그는 나이가 들었고, 그 역겨움을 극복하기에도 마찬가지로 세월이 얼마 남지 않았다. 자신의 등짐을 현우에게 부려놓은 어머니와는 달리, 현우는 두 개의 등짐을 절대로 내려놓지 않겠다고 결심했다. 살아오면서 아무것도 결정할 수 없었던 현우에게 이 결심만은 오롯이 자신이 선택한 몫이었다.

자신과 함께 이 등짐은 사라질 것이다.

희망은 이제 없다. 희망이란 살아갈 세월이 많은 이들에게 필요한 단어다.

사흘 후, 한밤중에 어머니가 마지막 숨을 내쉬었다. 현우는 다행히 임종을 지켰다. 아내와는 달리 잠귀신은 오지 않았다. 영혼이 빠져나가는 짧은 네 번의 숨과 한 번의 긴 한숨.

8그램의 무게. 이리도 가벼운 것을. 구십 년 넘게 무거운 등짐을 짊어진 작고 가벼운 영혼.

닭이 울었다.

16. 처서(處暑)

**양력 8월 23일경. 음력 7월 중순.
더위가 멈춘다는 뜻으로 논벼가 익는다.
조상의 묘를 벌초하고,
여름 동안에 습기 찼던
옷가지와 이불을 말린다.
아침과 저녁으로 서늘해져
일교차가 심해진다.**

  현우의 어머니가 돌아가시고 다음 날 아침, 덕수네 할머니도 돌아가셨다. 연세가 백 살에 더 가까운 노인들이라, 덕수와 현우는 회관에서 합동 장례로 치르자고 의논했다. 시내의 장례식장에서 하자는 친척들도 있었으나, 마을 부녀회와 청년회에서 앞장서서 모든 일을 일사천리로 진행해 주었다. 한 세대를 마감하는 장례식엔 손님도 많았다. 오일장(葬)으로 했는데도 끊임없이 조문객이 몰려들었다.

  송백은 절에서 내려와 두 어르신이 가시는 길을 빌어주었다. 마을 사람들은 왁자지껄 떠들다가도 송백이 천수경을 읊기 시작하면 모두 입을 딱 다물었다. 현우는 송백의 기도에 어머니가 틀림없이 극락왕생하시리라 굳게 믿었다. 몇 번이나 송백을 붙들고 어머니의 지난(至難)한 세월을 이야기하고 싶은 생각이 굴뚝같았지만, 꾹 참았다.

현우는 어머니가 송백에게 사십구재(四十九齋)를 부탁했다는 말을 김 씨에게 전해 들었다. 아들인 자기에게는 알리지 않고, 그런 이야기를 했다는 사실이 내심 서운하다. 어머니는 당신의 마지막 길을 송백이 인도해 주었으면 하셨나? 송백이 애잔한 아들이라 부탁하셨나? 여러 생각이 머리를 어지럽게 했지만, 어쩐지 어머니의 그 마음도 이해가 되었다.

자신에게는 짐을 더 이상 지우지 않겠다는 뜻인지도 모르겠다. 어머니가 말씀하지 않으셨어도, 현우는 사십구재를 할 생각이었다. 저한테 말씀하시지 그러셨어요? 잠깐, 아주 잠깐 그는 어머니에게 섭섭한 마음이 들었다.

죽음이 아직은 멀리 있다고 믿는 마을 노인들은 장례식 내내 한쪽 구석을 차지하고 앉아, 들어서는 조문객마다 쳐다보고 이러니저러니 쑥덕거렸다.

'저 치가 아직 살았네?' '오메, 안즉도 생생하다야.' '아, 그럼 산 사람 목숨을 우쩔 기야.' '저 노인 한 백 살 되지 않았어?' '백 살은 염병, 인제 구십이여.' '하이고, 징하다, 징해.'

노인들은 자신들이 여태 살아 있다는 것이 기쁘다. 몸이 아플 때는 얼른 죽으면 좋겠다고 칭얼거리지만, 남의 장례식에 가면 호상이다! 편히 잘하셨다며 위로한다. 자신들은 아직 갈 길이 멀었다고 생각하는 것이다. 그래서 장례는 결국은 산 사람들의 축제다.

'현우 어무이가 고생을 참 마이 했지러. 그 큰살림 살아낸다고 애를 마이 썼구마. 전쟁 통에 국군 밥해대랴, 인민군 밥해대랴. 어이! 여기 수육 한 접시 더 달라니까?' '아, 그만 드셔. 남으 장례식에 와서 잔치할라나.' '먼 말이가. 옛날 옛적부터 장례식에 가서는 밤새우미 대구 마시야 되는 기야.'

이런저런 이야기에 해가 기운다.

한쪽 구석에 널브러져 뻗은 노인. 화투장으로 운세를 떼는 노인. 상주를 붙들고 자신의 신세타령을 늘어놓는 노인. 산 노인들이 다 모여 죽은 노인들을 위로하는 밤이다. 그리하여 노루 꼬리처럼 남아있는 시간이 우두커니 서서, 노인들을 바라보며 측은하게 기다리는 그러한 밤이다.

"올해는 참말 많이도 가시네잉."

미단이 절편을 씹으면서 전 부치는 아낙들 옆에 철퍼덕 앉는다.

"할마시야, 그거 상에 놓을기다. 이쪽 절편 묵어라이." 영천댁이 미단의 등짝을 후려친다. 그러거나 말거나 미단은 꿈쩍 않는다.

"아, 이거고, 저거고, 거시기 묵는 사람이 장땡이지. 지랄 말어."

함박네와 영천댁은 웃고 만다.

찔레네와 연실도 부지런히 손님상에 놓을 음식을 차리고 있다. 찔레네는 현우와 비 오는 날 이후 한 번도 만나지 못했다. 행여나 기다렸으나 현우는 전화 한 통 없었다. 장례가 끝나면 또 한참 부산스러울 것이다. 그런 찔레네 속을 들여다보는 양 미단이 힐금거리며 한마디 툭 던진다.

"누가 말이여, 비만 오면 환장한다대?"

"누가? 비 오면 머시 좋아?"

영심이 무심코 대꾸를 했다.

"그런 년이 있다네. 오금 천년 만에 불쏘시개 맛본 그런 년이 있다네."

얼굴이 확 붉어진 찔레네가 미단을 쏘아보았다.

"용식 어머니, 그게 무슨 말이에요?"

"아니, 왜 찔레네가 난리랑가? 거시기 찔리는 게 있나 벼?"

"찔리기는 뭐가 찔려요. 사람 옆에 두고 이상한 소릴 하니까 그렇지."

"아, 이상하긴 뭐가 이상하다고 지랄이여! 그란게, 몸조심

혀야지."

미단의 말에 찔레네는 움찔하며 앞치마에 손을 닦고는 밖으로 휙 나가버린다.

"니, 그기 무슨 말이고?"

영천댁이 묻자 미단은 샐쭉 웃으면서 얄밉게 고개를 살랑살랑 흔든다.

"영천댁은 몰라도 돼야. 나만 안당께."

미단이 그날 현우와 찔레네를 따라 나온 줄 아무도 몰랐다. 미단은 속이 터져서 그 둘을 보았다. 그들이 성황림으로 들어갔을 때도 미칠 지경이었으나 안 보면 더 미칠 것 같아서 끝까지 따라갔다. 현우가 찔레네를 안고 빗속에서 몸부림치는 것도 보았다. 속에서 부글거리는 용광로가 폭발할 지경이었으나 그나마 미단에게 조금 위로가 된 것은 현우가 곧 정신을 차리고 찔레네를 팽개치고 떠난 사실이었다.

미단은 넋이 빠져 신나무 밑으로 가보았다. 잡풀들이 이리저리 헝클어진 모습을 바라보며 미단은 울었다. 분하기도 하고, 서럽기도 하고, 또 외롭기도 하였다. 현우가 야속하다. 오랜 세월 지켜보고 있는 자기는 쳐다보지도 않고, 어디서 굴러온 백여시 같은 년에게 홀려서 저럴까?

'지 년이 나보다 젊으믄 단가? 내사 사내가 한번 맛보면 놓질 못한당께, 이 썩을 년아!'

미단이 빗속에서 울부짖었다.

말복이 지나자 뜨겁던 햇빛이 서서히 사그라졌다.

복달임으로 잡아먹힐까 숨죽인 개들이 한숨을 돌리고, 새벽에 문득 잠이 깨면 귀뚜라미들이 한꺼번에 운다. 도시에서는 열대야가 한창이라 밤에 잠을 못 잔다느니 하지만, 산자락 마을에서는 어느새 이불을 끌어당겨 덮게 된다.

가을이 오고 있다.

개울 옆 야영장에 몰려온 사람들이 밤을 시끄럽게 달구고, 여름이 막바지로 치달을 무렵 고추가 붉어지기 시작했다. 붉은 고추는 따다가 새벽시장으로 가져가 판다. 건조기가 없는 도시 사람들이 무턱대고 말린다고 붉은 물고추를 샀다가는 낭패를 보는 수가 많다.

고추 말리기처럼 세상에 어려운 일은 없다. 고추는 손이 많이 간다. 조금만 날씨가 눅눅해도 금방 물러 버린다. 하우스 속에서 하나하나 뒤집어 가며 말려도 어떤 건 시커멓게 곰팡이가 핀다. 잘 마른 고추는 껍질이 투명하고 속이 말갛다. 그렇게 속 끓이면서 말려도 방앗간에 가면 덜 마른 고추 가져왔다고 타박이다.

햇볕이 진저리나도록 쏟아지는 한낮엔, 모자를 쓰고 그 위에 수건을 덮어 한쪽 귀퉁이를 입에다 문다. 그러나 이렇게 코에 단내가 나는 날엔 그늘도 소용이 없다. 그늘에 있어도 바람 한 점 없다. 숲속에 숨어 있던 바람을, 개울에 켜켜이 쪄 낸 건지, 어쩌다 부는 바람조차 숨이 막히게 뜨겁기는 매한가지다.

엉덩이를 뒤로 빼고, 허리를 뒤틀며, 한나절 고추밭에서 땀으로 목욕하던 연실이 잠시 숨을 돌리려고 밭둑에 털썩 앉았다. 고추밭 천 평에 연실 혼자 일주일째, 고추를 따고 있다. 이놈의 고추는 얼마나 잘 빨개지는지, 돌아서면 빨강이요, 자고 나면 빨강이다. 탄저병 오기 전에 따서 말려야 제값을 받는다. 장마가 길어서 걱정이었지만, 고추 농사는 그럭저럭 잘 되었다.

도저히 오줌이 마려워 견딜 수가 없었던 연실이 주위를 휘휘 둘러보더니 밭 구석으로 가서 빨간 고쟁이를 내렸다. 오줌 줄기가 밭둑 검정 비닐 위로 주르륵 흘러간다. 풀썩 먼지 나는 밭고랑에 오줌 한 줄기가 죽 금을 그었다가 금세 말라 버린다.

용식은 요새 매일 오토바이를 타고 시내에 나갔다. 그렇게 오토바이를 사지 말라고 미단이 빌었건만 결국 샀다. 영감이 오토바이 사고로 죽은 미단은 왠지 불길한 생각이 자꾸 든다.

용식은 황소고집이다. 연실도 요즘 불안하다. 산신도사 말도 있고, 무엇에 미치면 물불을 못 가리는 용식의 성격을 잘 알기 때문이다.

얼마 전 영심의 식당에 놀러 갔다가 명구네에게 들은 이야기도 연실을 영 찜찜하게 했다. 용식이 시내에 있는 노름판에 자주 얼굴을 보인다는 것이다. 연실은 세상에서 노름이 제일 싫다. 아버지가 노름에 미쳐 식구들을 팽개쳤고, 밤낮으로 엄마를 때렸다. 엄마가 교통사고로 죽고 나서는 연실이 매일 맞았다. 그 기억이 나면 지금도 연실은 머리를 쥐어뜯었다.

'노름만은 안 돼!'

연실은 두 주먹을 불끈 쥐고 고추밭 한가운데서 커다랗게 소리를 질렀다.

해가 산모퉁이를 돌아 꼴깍 져버리고, 푸르스름한 안개가 개울로 스멀거리며 번지는 저녁 무렵이 되었다. 손수레에 고추 포대를 싣고, 집으로 옮기길 몇 번이고 하고 나서야 연실은 빨간 고추를 서너 개 숭숭 썰어서는 된장을 끓였다.

아침나절에 나간 용식은 소식이 없다.

그렇게 애지중지 연실을 끼고 돌던 용식이 자꾸 밖으로 돌자, 한편으로는 마음이 꼬수운 미단이다. 방에 앉아 거울을 들여다보며 족집게로 눈썹을 뽑고 있던 미단이, 며느리 년이 게을러 시어미 저녁도 안 준다고, 파김치가 되어 들어오는 연실을 보고 낭창하게 한마디 했다. 연실은 장날이 오면 고추를 팔러 나갈 생각에 미단의 말은 귓등으로 흘린다.

용식이 자주 집을 비우고부터는 미단과 늘 얼굴을 맞대고 살아야 하니 고역이 아닐 수 없다. 그나마 오 일에 한 번 장이 서면, 콧구멍에 바람이라도 넣고, 다음 장날까지는 잔소리를 무던히 참고 견딜 수 있다.

미단네 고추는 눈이 부신 붉은 태양을 닮은 색깔도 좋지만, 크기가 커서 말리면, 다른 사람들의 고추보다 근수가 훨씬 많이 나갔다. 물론 그 농사에 미단은 손 하나 까딱하지 않았음을 마을 사람들은 다 알고 있다.

"나는 밥 묵고, 개울에 목욕하러 갈랑께, 니는 우짤거냐?"

"저는 부엌에서 물이나 한 바가지 끼얹고 잘래요. 오늘 날씨가 더워서 너무 피곤해요."

미단은 더운 여름 저녁이면 동네 여자들과 개울로 목욕하러 갔다. 찰랑거리는 물에 벗은 몸을 맡긴 채, 머리를 집어넣었다 뺐다 하며 시원하게 한바탕 씻고 나면 한여름 더위가 싹 가셨다. 용식이 있으면 함께 개울에 가서 목욕이나 시원하게 할 텐데, 연실은 오지 않는 용식이 못내 아쉽다.

장날이 왔다.

용식이 고추를 트럭에 싣고, 연실과 미단을 태우고 장터로 갔다. 용식은 노름에서 돈을 좀 땄는지 어제, 오늘은 기분이 괜찮아 보인다. 저번 날엔 술을 진탕 마시고 집에 와서는 공연히 성질을 부리고 연실을 잡았다.

연실은 용식이 화를 내면 무서워서 어떤 대꾸도 하지 않았다. 옆으로 찢어진 눈이 올라가서 용식은 더 포악해 보인다. 노름에 미치고부터는 연실의 손도 잘 잡지 않았다. 여자를 가까이하면 끗발이 안 붙는다고 노름판에서 누가 말했단다. 아이, 씨팔! 하고 싶어도 참아야지. 돈을 따야지. 하면서 혼자 씩씩댔다.

연실과 미단을 장터에 내려놓고 용식은 또 노름판으로 달려갔다. 미단은 용식이 노름에 미친 게 어쩐지 마음이 더 편하다. 연실과 들러붙어 난리를 치는 꼴이 보기 싫고, 고추를 팔 때는 용식이 없는 것이 더 낫다. 용식이 장사를 하면 덤으로 얹어 주는 게 훨씬 많다. 고추를 사는 사람들도 용식이 약간 모자라는 것을 알고 일부러 용식이만 찾았다.

건너편 극장 앞에 전을 펴고 있는 덕철이 보인다. 미단이 덕철을 보고 반색을 한다.

"오메! 현우씨 친구 되시는 냥반 아니다요?"

덕철이 미단을 힐끗 보더니, 고개를 끄덕이며 인사를 했다.

"근디, 현우씨는 안 나왔소?"

"아, 예, 좀 있다 들를 겁니다."

연실은 옴마야? 하는 표정으로 미단을 보았다. 몸을 배배 꼬면서 콧소리를 하는 양이 지금까지 보던 미단과 생판 달라서다.

'현우 아저씨 친구인가 봐? 그런데 현우 아저씨보다 훨씬 젊어 보이네. 머리가 더부룩해서 그런가?'

그러다 연실은 화들짝 놀라 덕철을 다시 보았다. 절에 있을 때, 그가 송백스님을 만나러 왔던 기억이 난 것이다. 순간, 덕철이 눈을 들어 연실을 지긋이 바라보았다. 그리고 씩 웃었다.

덕철이 검은 봉지 속에서 더덕을 몇 뿌리 꺼냈다. 생긴 모양이 실한 것이 꽤 오래된 것 같은 더덕들이다.

"그 더덕은 얼마 받을라고 그라요?"

"글쎄요. 뭐, 맘에 드는 사람이 오면 그냥도 주든지요."

그 말에 미단이 팔자걸음으로 어기적거리며 덕철 앞으로 가더니 한 뿌리를 쳐들고 이리저리 살펴보았다. 그러던 차에 관광버스가 한 대 섰다. 버스 안에서 사람들이 우르르 내리더니 갑자기 장터가 시끌벅적해졌다.

미단과 연실은 점심 먹을 사이도 없이 바쁘게 고추를 팔았다. 연실이 가격을 성사해 고추를 담아 주는 사이, 돈은 미단이 냉큼 챙겨 전대에다 차곡차곡 받아 넣었다. 시간이 세 시를 넘어갈 즈음이 되자 고추가 남김없이 싹 다 팔렸다. 건너편을 쳐다보니 덕철은 벌써 전을 접고 가고 없다.

한숨 돌린 그들이 영심에게 늦은 국수를 시켜 먹고 있을 때, 장터 건너편에서 갑자기 소란이 일어났다. 오지랖 넓은 미단이 먹다 말고 뛰어가 한참 있다가 돌아왔다.

"싸움 났다. 야. 얼릉 해치우고 귀경 가자."

"어머니는 싸움 구경이 좋은가 봐요? 저는 재미없어요. 어머니 혼자 다녀오세요. 제가 정리할 테니."

미단이 쏜살같이 싸움이 난 곳으로 다시 달려가고 연실이 포대를 하나씩 챙겼다. 오늘 가지고 온 고추가 오십 근은 된다. 지금까지 고추를 팔아서 돈도 제법 벌었는데 근래엔 용식의 노름비로 다 나갔다.

파장에도 용식은 올 생각을 하지 않는다.

노름에 한번 빠지면 시간이 가는지 오는지도 모를 것이다. 전번 날엔 오토바이를 안 가지고 들어와서 물었더니 노름에 져서 넘겼다고 했다. 이번엔 혹시 트럭을 넘기지 않을까 걱정이다. 그러든지 말든지, 미단은 오늘 고추를 다 팔아서 돈을 두둑이 챙기자, 아무 근심이 없어 보였다.

마을 사람들과 함께 버스를 타고 집으로 돌아오는 길에 오늘 장에서 얼마를 벌었느니 수다를 떠는데도, 연실은 버스 구석 바닥에 푹 퍼지고 앉아 생각에 잠겼다. 앞쪽에서는 미단이 아까 본 싸움 이야기에 열을 올리고 있다.

"아, 긍게, 남으 서방은 뭐 땀시 건드리고 지랄이여? 멀끄덩 잡힌 년이 술집 년이라네."

"술집 년이니 남 서방 지 서방이 어디 있남?"

함박네가 거든다.

"내한테 걸리믄 반 쥑이뿌는데."

영천댁이 걸쭉한 경상도 말로 한마디 했다. 그 바람에 버스 안의 사람들이 와르르 웃었다. 연실이도 그 말에 희미한 미소를 지었다.

그날 밤, 종일 장에서 설친 탓인지 미단이 곯아떨어졌다. 연실은 미단의 옆에서 자는 둥, 마는 둥 누웠다가 가만히 일어나 앉았다. 아버지가 그러면 남편도 그런 사람을 만난다더니, 자신의 팔자가 딱 그 모양이다.

어릴 때, 학대를 당한 기억이 있는 사람은 어른이 되면 자신도 모르는 사이 아이를 학대할 수 있고, 지독하게 시집살이를 한 며느리가 시어머니가 되면 그보다 더한 시집살이를 시킨다고 전에 본 방송에서 어떤 박사가 말했다.

연실은 그때는 그 말이 자신과는 아무런 상관 없는 말이라고 생각했었다. 조금 모자라는 용식이지만 노름은 하지 않을 줄 알았다. 성실하고 착하던 용식이 노름에 미치니 걷잡을 수 없을 정도다. 연실은 1년도 안 된 결혼 생활이 절에서 지낸 3년보다 더 길게 느껴졌다. '이렇게 계속 살 수는 없어!' 연실은 벌떡 일어나 마당으로 나갔다.

달빛이 고요하게 마당에 내리고 있다. 도망가야지! 그런데 어디로? 어디 한 군데도 갈 곳이 없는 자신의 처지가 너무 처량하다. 눈물이 죽 흐른다.

연실이 마당에 서서 훌쩍거리고 있을 때, 담장 밖에서 한 사내가 미단네 집을 기웃거렸다. 사내는 연실이 마당에 있는 걸 보고 잠시 머뭇거리더니 검은 봉지를 획! 하고 던졌다.

"옴마야!"

"쉿!"

"누구세요?"

"그거 먹고 기운을 좀 차리시오. 얼굴이 많이 야위었어."

연실은 자신의 얼굴을 쓸어보았다.

"내 나중에 다시 연락하리다."

사내가 가버리자, 연실은 멍청하게 서 있다가 봉지 안을 들여다보았다. 튼실한 더덕이 다섯 뿌리나 들어있다. 낮에 더덕을 팔던 덕철이 퍼뜩 떠올랐다. 현우 아저씨의 친구라면 나이가 많을 텐데.

연실은 자신을 그윽하게 쳐다보던 덕철의 눈빛이 생각나

몸을 배배 꼬았다. 이윽고 더덕 한 뿌리를 꺼내서, 흙을 대충 털고는 하얀 이빨로 성큼 깨물었다.

17. 백로(白露)

**양력 9월 8일경. 음력 8월.
이슬 내린 것이 하얗게 보인다.
장마는 끝났지만 때로 태풍과
해일로 피해를 입기도 한다.**

처서가 지나자 정말 입이 비뚤어졌는지 모기들 극성이 잦아들었다. 아침에 일어나면 서리가 내린 것처럼 하얗게 이슬이 내렸다. 추석이 멀지 않았다. 올해는 윤달이 없더니 추석이 좀 빠르다. 마을에서는 대대적으로 벌초를 하고, 집 안팎을 깨끗하게 쓸어내었다.

올벼를 심은 집은 서서히 추수할 준비를 한다. 요즘은 기계로 거의 베어내지만 논 모서리에 있는 벼는 사람 손이 가야 한다.

이 마을은 물이 많은 곳이라 논 가운데 큰 웅덩이가 있는 논이 많다. 현우네 논에도 큰 물웅덩이가 하나 있다. 그런데 다른 논의 웅덩이보다 깊이가 더 깊다. 어머니의 이야기 때문에 현우는 논에 나가도 그쪽은 쳐다보지도 않고 슬쩍 지나갔다.

어느 날, 현우는 그 웅덩이에 동배가 낚싯대를 드리우고 있는 것을 보았다.

"동배, 거서 뭐 하나?"

"아무래도 여그 가물치가 있을 거래요."

"사람도, 무슨 가물치가 거기 있겠나. 미꾸라지 한 마리 없다."

"에이, 형님은 이 둠벙이 얼매나 깊은데, 줄이 한참 내려갔어요. 내 생각엔 꼭 있을 거래요."

동배의 말에 현우도 그 웅덩이에서 정말 무엇이라도 걸려 나오지 않나 한참을 옆에서 쳐다보았다. 그러나 낚싯줄이 미동도 하지 않는다.

"거, 모나 밟지 말게."

"낭중에 가물치 잡으면 고아 먹을 기래요."

"마음대로 해."

저 웅덩일 메우긴 메워야겠다. 현우는 뒤를 흘깃 돌아보았다. 그 웅덩이 속에서 귀신이라도 나오지 않을까 어쩐지 무서운 생각이 든다.

아버지는 정말 그 소위를 죽였을까? 아니면 퇴각하는 인민군의 총에 맞아서 죽었나? 어쨌든 저기에 시체가 있었다는 거잖아. 현우는 별별 생각이 다 들어서 자꾸 동배 쪽을 쳐다보았다.

젊은 아버지, 젊은 어머니, 젊은 소위.

전쟁은 모든 것이 묵인되고, 잔인한 젊음은 불쑥 성을 내며 벌겋게 달아오른다. 그것은 터지거나, 속으로 숙지고 곪는다. 종기는 심지를 돋우고 때를 기다린다. 만약 참지 못하고 종기를 째면 덧들어 상처가 커지고, 아물어도 흉터가 남는다.

하루가 다르게 바람이 서늘해졌다.

여름 끝자락인데도 막바지 행락객들이 꾸역꾸역 밀려들고, 태풍이 올라오는지 바람 냄새가 심상치 않다. 추석이 올 때, 꼭 태풍이 와서 제수용 과일 가격이 오른다고 방송에서 난리다. 가격을 올리려고 태풍 핑계를 대는지, 아니면 태풍 때문에 정말 과일이 그렇게 비싼 것인지 분간이 안 된다. 햇볕이 뜨거운 날이 많아서 과일이 제법 풍성할 것 같은데도 나가보면 역시 비싸다.

올 추석엔 제사를 어떻게 해야 하나, 추석이 다가오자 그게 걱정이다. 설날에 마을회관에서 합동으로 제사를 지낼 때는 어머니도 계셨고, 아내도 있었다. 음식이야 많이 준비하지 못한다 해도, 기본적인 상은 차려서 집에서도 간단하게 제사는 지내야 할 것이다.

집안에 여자가 없다는 것이 이렇게 큰일인 줄 현우는 이제야 깨닫는다. 명절이 오니 뭘 어떻게 해야 할지를 모르겠다. 그 긴 세월 집안 대소사(大小事)를 어머니가 다 이끌어오셨고, 당신이 가시면 아내가 잘할 수 있도록 가르치셨다. 그러나 이젠 아무것도 할 줄 모르는 비루한 아들만 혼자 남아서 갈팡질팡 속을 끓이고 있다. 명태포나 한 마리 사고, 청주나 사서 산소에 가서 절하는 수밖에 없다. 현우는 그렇게 마음먹었다.

큰아들은 벌써 못 온다는 연락이 왔다. 딸은 지 시댁에 가서 하루 뒤에야 올 것이고, 아내도 없고, 어머니도 안 계시는 추석은 상상이 안 된다. 혼자서 둘째 놈과 멍하니 있을 생각을 하니 처량한 생각이 들어, 현우는 한숨이 절로 나왔다.

둘째는 예전처럼 자주 집에 오지 않았다.

무슨 재미가 있겠나? 엄마도 없고, 지를 아껴주던 할머니까지 없으니. 아버지는 있으나 없으나 매한가지다. 선친이 엄하고 무뚝뚝해서 현우 자신은 그러지 말아야지, 늘 생각했었다. 하지만 막상 자식을 앞에 두고서는 세상에 어려운 일이 바로 그것이라는 것을 예전에 알았다. 참 이상하게 아들놈들에게는 말을 해도 곱게 하지 못하고 불퉁스럽게 나왔다.

자식 이기는 부모가 없다지만 꼬박꼬박 말대꾸하거나 고집을 피우면 저절로 손이 올라갔다. 아내는 물론 질색이었다.

'남자가 그래 어디 주먹 쓸 데가 없어서 아이들한테 써요.

그거 진짜 나쁜 행동이에요.'

어느 날, 자신도 모르게 손을 올리자 큰아들이 그 손을 잡았다. 그리고 '말로 하시죠. 아버지!' 했다. 그때부터 현우는 더 이상 손을 대지 않았다.

사람이 꼭 당하고 나서야 알게 되니 낭패가 아닐 수 없다. 진즉에 그만두었으면 좋았으련만 자식들 앞에 창피를 당하고 나서야 깨닫게 되니 말이다. 큰아들이 현우에게 데면데면하게 구는 것도 다 이런저런 이유가 있을 것이다.

현우는 벼 이삭을 살펴보았다. 다음 주쯤 추수할 수 있겠다. 추석이 지나면 콤바인도 좀 한가할 것이다. 미리 이장에게 예약해 놔야겠다. 너무 늦게 베면 곤란한데……. 어머니가 계시면 이삭이 얼마나 패였나 성화를 했을 텐데, 아무도 채근하지 않으니 절로 게을러졌다.

현우가 논둑을 돌아 도로로 나오는데 찔레네가 갑자기 튀어나왔다. 그는 숨을 흡! 하고 들이마셨다.

"아저씨, 사람이 어떻게 그러세요?"

할 말이 없다.

"절 놀리셨어요?"

그날 이후로 현우는 성황림 근처에 얼씬도 하지 못했다. 귀신이 웃는 소릴 들었으니, 틀림없이 벌을 받을 것이다. 잠도 제대로 오지 않았다.

"미안허이. 내가 실없이. 공연히……."

"아저씨, 점잖은 분이 그러시는 게 아니세요. 마음이 없으면 없다고 할 것이지."

찔레네가 토라져 팽 돌아선다. 현우는 그녀를 달래고 싶지만 참는다.

'곧 괜찮아질 것이다. 나보다 한참 젊으니. 좋은 사람이 나서겠지.'

그러면서도 마음 한구석이 허전하다. 조금만 참았으면 그냥 점잖은 아저씨로 남을 수 있었는데, 이놈의 주책바가지 아랫도리가 문제다. 마지막 순간에 참은 것도 웃음소리 때문에 참은 거지, 아마 다른 장소였다면 필시 일을 저질렀을 것이다.

천지를 모르고 날뛰는 동배와 다를 게 뭐가 있나? 치마만 두르면 환장한다고 동배만 욕할 게 아니다. 아니 오히려 동배가 더 솔직한지도 모르겠다. 자신은 위장에 능한 것이다. 언제나 자신을 숨기는 능력이 탁월한 현우다. 지금도 혹시 동배가 보지 않나 싶어 웅덩이가 있는 쪽을 잽싸게 돌아보았더니, 다행히 동배는 낚시에 정신이 팔려 이쪽은 보지도 않고 있었다.

찔레네가 토라져서 삼거리 쪽으로 사라지자, 현우는 휴! 하고 안도의 한숨을 내쉬었다. 그동안 속을 끓이다가 찔레네에게 한 소리 듣고 나니 오히려 체증이 사라지듯 시원하다. 한심한 놈! 현우는 자신의 비굴함에 얼굴이 벌게지며, 누가 볼까 얼른 집으로 걸음을 재촉했다.

 숲에서 키득거리는 웃음소리를 듣고 난 후, 행여나 무슨 일이 생기지 않을까 현우는 계속 걱정하고 있었다. 그런데 얼마 후에 우려하던 일이 실지로 벌어지고야 말았다.
 용식이 노름판에서 돈을 잃는 일이 점점 잦아졌다. 처음엔 따는가 싶더니 그게 노름꾼들의 수법이었다. 끌어들일 땐 따게 해주다가 오토바이를 날리고, 트럭을 잡히고, 이제 고추밭을 날릴 참이었다. 미단이 노름판에 쫓아가서 길길이 뛰고 난리를 부려 겨우 다시 찾아오긴 했지만, 용식은 여전히 정신을 차리지 못했다.
 용식은 이제 손에 잡히는 것은 무조건 져다 날랐다. 미단이 그동안 몰래 문갑 속에 감춰둔 돈은 물론이고, 돈이 되는 물건이다 싶으면 몽땅 가져다 잡혔다. 이윽고 자신의 집에서 가져갈 물건이 없자, 회관에까지 가서 훔쳐내었다.
 회관에 있던 텔레비전이 없어지고, 컴퓨터가 없어지고, 어느 날에는 주방에 놓여 있던 전자레인지까지 사라졌다. 드디어 마을에서 긴급회의를 열고, 도둑잡기에 나섰다. 사람들이 내심 용식인 줄 다 짐작은 했지만, 훔쳐 가는 현장을 보질 못했으니 소용이 없었다.

농번기에는 마을 사람들이 대부분 논이나 밭에 나가 빈집이 많고, 회관은 열쇠가 필요 없을 정도로 자유롭게 드나드는 편이다. 그러나 일이 이 지경까지 오자 마을에서는 하는 수 없이 CCTV를 설치했다. 그리고 용식이 회관에 들어가 노래방 기계를 훔쳐 나가는 걸 확인하고 읍내의 파출소에 신고했다. 미단은 펄펄 뛰었지만, 화면을 보고는 아무 말도 못 했다.

며칠 동안 소식이 없던 어느 날 저녁, 용식이 불쑥 집으로 들어왔다. 미단은 시내 미장원에 가고 없었다. 드라마를 보고 있던 연실은 깜짝 놀라서 벌떡 일어났다. 용식은 멀쩡한 얼굴로 밥과 술을 달라고 하더니, 허겁지겁 입으로 마구 밀어 넣었다. 소주도 한 병 다 마셨다. 그러다가 갑자기 연실을 쳐다보고는 씩! 웃었다.

"연실이, 그때 내가 갚아 준 돈이 얼마였지?"

"네?"

"아, 아녀! 아무튼지 누가 오거들랑 나 안 들어왔다 해."

용식은 벌렁 누웠다. 연실은 이제는 그 돈까지 생각나는구나 싶어, 갑자기 그가 두려워졌다. 노름에 미치면 마누라도 잡힌다더니, 혹시 나를 어디 팔아먹으려고? 연실은 소름이 좍 끼친다. 한편으론 용식이 무슨 소문을 들었나? 하고 그를 몰래 훔쳐보았다. 발 없는 말이 천 리 간다고, 아무리 조심해도 언제 어디서 소문이 연기처럼 새어나갈지는 아무도 모르는 일이다.

덕철은 그날 이후, 몸에 좋은 약초를 가지고 종종 연실을 만나러 왔다. 연실은 덕철이 가지고 온 산삼도 한번 먹었다. 이파리까지 깨끗하게 씻어 주며 꼭꼭 씹어 먹으라는 덕철의 말에 연실은 자신도 모르게 눈물이 비죽 나왔다. 누가 이토록 자신을 챙겨주었던가? 용식은 지 욕심만 채우면 그만이었다.

덕철이 만나러 오면, 연실은 밭에 간다고 나와서 비어 있는 홍 씨네 민박집으로 갔다. 덕철이 현우 친구인 점이 연실에겐 안심이 되었다. 혹시 누가 보더라도 덕철은 아버지 나이뻘 되는 사람 아닌가?

누워있던 용식이 코를 고는 것을 보고, 연실은 집을 나섰다. 미단이 혹시나 용식이 오면 당집에 숨겨야 한다고 몇 번이나 얘기했었다.

'요즘은 당집에 아무 행사가 없응께, 거기가 젤로 안전혀!'

하기사 평소에도 당집 근처에는 사람들이 얼씬도 하지 않는다. 용식이 들어오면 무조건 신고하라던 이장 영철이 생각났다. 잠시 망설이던 연실은 먼저 현우를 찾아갔다. 현우는 절에 있을 때도 자주 보아서 마음이 편했다. 덕철의 친구라서 더 그런지도 모른다.

"그럼, 연실이. 일단 용식이를 깨워서 당집에 숨기게."

"네?"

"그리고 내가 신고를 하면 용식 어머니께 할 말이 있지."

"아, 네."

"내가 우연히 용식일 봤다고 하지."

집으로 돌아온 연실은 용식을 깨워 당집으로 등을 떠밀어 보냈다. 당집 열쇠는 현우에게 빌렸다.

곧바로 경찰이 마을로 들이닥쳤다. 사이렌 소리가 나고 분주한 소리가 들리자 연실은 당집 문을 밖에서 잠갔다. 경찰과 사람들이 자물쇠로 걸려 있는 당집은 쳐다보지도 않고 지나갔다.

연실은 사람들이 다 갈 때까지 용식보고 숨어있으라고 일러놓고는 집으로 돌아가서 시내 나갔다가 돌아온 미단에게 알려주었다. 미단은 이때만큼은 연실에게 잘했다고 칭찬을 했다. 아무리 도둑이라도 아들이니 어쩔 수가 없다.

미단과 연실은 안주와 소주를 챙겨 용식에게 가지고 갔다. 미단은 연실에게 누가 오나 살펴보라고 해 놓고는 용식과 당집 안에서 한참을 이야기하고 놀았다. 그리고 당집을 나오면서 행여나 들킬까 염려되어 밖에서 자물쇠를 채웠다.

그렇게 사흘이 지나갔다.

용식은 한밤중에 잠깐씩 집에 다녀갔다. 미단은 아들이 한 없이 안쓰럽다. 아직 며칠은 더 당집에서 지내야 한다고 등을 토닥거려 주었다.

"엄니, 나 답답해요. 술이나 좀 갖다주시요."

"술은 내 얼른 갖다줄 겨. 어서 당집으로 가."

그날, 용식이 낮에 소주 두 병을 마셨다는 것을 미단은 알고 있었다. 아들 녀석이 술만 취하면 고래고래 고함을 치며 날뛰다가 쓰러져 잔다는 것도 알고 있었다. 미단은 소주 두 병과 안주를 가지고 당집으로 갔다. 주거니 받거니 아들과 어머니가 소주 두 병을 나누어 마셨다.

용식이 잠드는 걸 보고 미단은 살며시 당집을 나왔다. 나오면서 밖에서 자물쇠를 단단히 걸었다. 행여나 누가 눈치를 챌까 노심초사였다.

미단이 집으로 돌아오니 번듯하게 누워서 텔레비전을 보고 있는 연실이 눈에 들어왔다.

"야! 이년아. 너는 서방이 저렇코롬 고생을 하고 있는디, 연속극이 눈에 들어오냐? 시방?"

"저도 피곤해요."

"오냐, 피곤도 하것다. 니가 뭔 일을 혔다고 피곤하냐? 잉? 니가 멀 했어."

"왜 또 그러세요. 누가 도둑질하라고 시켰어요?"

"머시야? 이년 말하는 본새 좀 보소, 니가 시방 그런 말 할 처지냐? 너거 서방이 누구 땀시 팔자가 저렇코롬 되얏는디, 엉? 누구 땀시."

미단의 콧구멍이 벌렁거리면서 눈썹이 한껏 치켜 올라갔다. 화가 난 미단은 천정에 닿을 듯이 길길이 날뛰기 시작했다. 연실은 어이가 없는 듯 한참을 미단을 쳐다보았다. 미단은 그렇게 자신을 쳐다보는 연실이 더욱 얄밉다.

"아, 이년아! 니만 안 만났어도 우리 용식이가 저리되지는 않았어. 니 술집 빚 갚아 준다고 자가 얼매나 용을 썼는디, 니가 사람이라믄 그라믄 안 되야!"

"누가 빚 갚아 달랬어요? 누가 빚 갚아 달랬냐구요! 차라리 그냥 놔두었으면 어디 가서 죽고 말았지. 난들 뭐 살고 싶어 살아요?"

둘이 난리를 치는 사이에 무언가 타는 냄새가 코를 찔렀다. 미단과 연실이 동시에 밖을 쳐다보다가 방문을 열고 내다보았다. 시커먼 연기가 사방에 가득했다. 당집 쪽이다.

"하이고, 용식아!"

미단이 먼저 튀어 나가고, 연실이 뒤따라 허둥지둥 따라 나갔다. 초저녁에 미단이 술을 가지고 가서는 어둡다고 켜놓았던 촛불이 제단으로 옮겨붙었다. 불은 기름이 잘 먹여진 나무로 만든 당집을 태우면서 거세게 타올랐다.

 당집이 타고 있다는 소식에 온 마을 사람들이 뛰쳐나왔다. 그러나 이미 시뻘건 불길이 당집을 집어삼키고 있었다.

 "용식아! 아이구, 용식아!"

 미단이 울부짖으며 사방팔방 날뛰었다. 연실은 미친 듯이 당집으로 달려갔다. 누군가가 연실을 뒤에서 잡았다. 불길을 뚫고 동배가 도끼로 자물쇠를 내려찍는 순간 당집 지붕에서 불꽃이 솟구쳤다. 그러더니 천천히 지붕이 내려앉았다. 우지끈하면서 들보 떨어지는 소리가 들렸다. 미단이 푹 꼬꾸라졌다.

 불은 당집을 완전히 다 태우고 꺼졌다.

 다행히 바람이 불지 않아 나무들에는 옮겨붙지 않았다. 만약 숲에까지 불이 번졌다면 이만저만 큰일이 아니었을 것이다. 마을 사람들은 한편으로는 용식이 죽어서 꺼림칙했지만, 다른 한편으로는 성황당 신이 도왔다고 수군거렸다. 만약 수백 년 된 나무가 다 타 버렸다면 이 마을도 끝장날 것 같았기 때문이다.

 이 당집은 여(女) 성황을 모신 당집이다. 마을에서 좀 떨어진 곳에 남(男) 성황당이 있었는데, 서울에서 그 주변의 땅을 산 사람이 당집을 헐어버렸다. 얼마 후 그 서울 사람은 교통사고로 죽었다. 우연의 일치인지는 모르지만, 그 소식을 들은 마을 사람들은 당집을 헐어서 벌을 받았다고 다들 이야기했었다.

마을 사람들은 용식이 당집에 숨은 것부터 잘못되었다고 수군거렸다. 현우는 마음이 언짢았다. 찔레네랑 당집 옆에서 그런 짓을 해 이런 일이 벌어진 것 같았다. 애써 숨기려 해도 미단과 연실 볼 낯이 없는 현우다. 죽은 용식에게도 죄스러운 마음이 들었다.

현우는 동배와 함께 용식의 시신을 정성껏 수습했다. 미단은 자신이 켜놓은 촛불 때문에 용식이 죽었다고 생각했다. 용식이 필요 없다고 하는데도 기어이 촛불을 켰었다. 그러나 아무도 그 사실을 몰랐다. 미단은 연실이 아들을 잡았다고 억지를 부렸다. 처음에 연실이 현우에게 의논하고, 현우가 신고한 것을 안 미단은 현우까지 싸잡아 욕을 했다.

현우에 대한 좋았던 감정은 찔레네의 일과 용식의 일로 범벅이 되어 증오로 불타올랐다. 자신이 촛불을 켜고 자물쇠를 거는 바람에 용식이 빠져나오지 못했다고, 혼자서는 가슴을 쥐어뜯으며 탄식해도, 연실과 현우 탓을 해야 그나마 조금 죄책감이 덜어졌다.

'나가 미쳐분다. 미쳐부러. 저 연놈이 금쪽같은 내 아들을 죽였다네!'

미단이 아무리 악을 쓰고 난리를 쳐도 연실은 대답이 없었다. 연실은 넋이 나갔다. 어떤 날엔 개울가에 멍청히 앉아있기도 하고, 혼자서 밭에 나가 히죽거리며 웃기도 했다. 동네 사람들이 가엾다고 참으라고 해도 미단은 날마다 연실을 후려잡았다. 미단은 연실의 검고 윤기 나는 머리카락을 손으로 돌돌 말아서 온 마을로 끌고 다녔다. 사람들이 말리면 말릴수록 분이 풀리질 않는지, 급기야는 가위로 연실의 머리카락을 싹둑 잘랐다. 그러나 사내애처럼 머리가 덥수룩해도 연실은 뽀얗고 이뻤다.

미단은 첫눈에도 연실이 그렇게 싫을 수가 없었다. '저년이 우리 아들 사달을 내지!' 대번에 그런 생각이 들었었다. 그래도 아들놈이 좋다고 목을 매니 어쩔 도리가 있었나. '다 지 명(命)이 까진 게야. 저년이 웬수요! 저년만 없었어도 내 금쪽같은 아들이 죽지는 않았을 것인디.'

연실을 보고 있으면 불쌍한 마음도 들지만 미운 마음이 더하다. 불쑥불쑥 화가 치밀어 연실을 자꾸 후려치게 된다. 미단은 방 안에 가만히 앉아있다가 부엌으로 후다닥 뛰쳐나가 찬물을 한 바가지 벌컥대고 마셨다.

현우는 연실을 데리고 절집으로 올라갔다.
저러다 생사람 잡겠다고 마을 사람들이 모여서 의논을 했다. 절에 들어가 있으면 마음이 안정되리라. 지가 그래도 마음 붙이고 있었던 절집이니 편안하지 않겠나?

미단은 끝까지 안 된다고 우겼다. 하지만 어느 날, 당집이 있던 자리에 서 있던 연실이 자기를 돌아보며 히죽 웃는 모습을 보고는 승낙하지 않을 수가 없었다. 저년이 정말 미쳤구나! 소름이 쫙 끼치면서 미단은 몸을 부르르 떨었다.

어머니가 돌아가시고 현우는 한 번도 절에 가지 않았다. 왠지 송백을 마주하는 것이 편치 않아서다. 김 씨를 통해 지난달 초에도 쌀은 보냈다.

절로 들어서는 숲길이 녹음으로 짙다. 새는 울고, 마지막 매미도 악을 쓰고 운다. 매미가 한번 울기까지 7년이 걸린다니 그 또한 참으로 허무한 일이라, 그는 매미가 울 때마다 나무를 올려다보곤 했다.

자동차를 타지 않고 절집에 가기는 오랜만이다. 숲길이 청량하다. 연실은 쫄레쫄레 그를 따라오고 있다. 연실이 손을 내밀어 현우의 팔을 잡았다.

"아저씨, 어디로 가요?"

"절에 간다. 절에 가면 송백스님도 있고, 큰스님도 있고."

"큰스님은 돌아가셨지요. 전에."

이럴 때 보면 멀쩡하다.

"그렇지. 연실아, 정신이 돌아왔냐?"

"아저씨는 제가 언제 정신이 나갔었나요?"

그러더니 배시시 웃는다.

"그런데 우리 용식 씨는 어디 갔어요?"

그러면 그렇지. 야가 온전하지는 않다.

"용식이는 인제 안 온다. 멀리멀리 갔다."

연실이 그를 쳐다보더니 입을 비죽거리며 울기 시작했다.

절집에 다다를 무렵 덕철이 가방을 메고 나타났다.

"어, 덕철이 아닌가? 자네 요새 통 안 보이더니 어디 멀리 갔었나?"

덕철은 현우를 보고, 옆에 우두커니 서 있는 덥수룩한 머리의 연실을 보더니 흠칫 놀란 표정이다. 연실은 덕철을 쳐다보고는 생판 첨 보는 사람처럼 무심하게 인사를 했다. 현우는 덕철을 한쪽으로 끌고 갔다.

현우에게서 그동안의 자초지종을 들은 덕철은 한참 동안 말이 없었다. 그러더니 연실에게로 다가가서는 그녀의 손을 덥석 잡았다. 연실은 놀란 듯 덕철을 쳐다보더니 잠시 후, '아저씨!' 하면서 덕철의 팔짱을 다정하게 끼었다. 현우는 그 모습을 멍청하니 바라보았다.

"내가 연실일 데리고 가지."

"아니, 그게 무슨 말인가? 연실인 지금 제정신이 아니야."

"나도 알아, 그러니 내가 데리고 가서 좋은 약초도 먹이고 정신이 돌아오게 할 거야."

"자네가 왜?"

"그건, 연실이와 나 사이의 인연이라고 말해 두지."

덕철이 손을 잡고 휘적거리며 걸어가자, 연실이 현우를 향해 빠이빠이 하며 손을 흔든다. 그들이 사라진 후, 현우는 어안이 벙벙해서 한참을 그 자리에 서 있었다.

숲길에 있으니 절집의 풍경 소리가 어렴풋이 들린다. 올라온 김에 송백이나 보고 갈까? 어쨌든 어머니 말씀대로라면 형제간이 아닌가. 딱히 할 말은 없지만, 얼굴이라도 자세히 한번 봐야겠다. 어머니의 모습이 그에게서 보일지도 모른다.

현우가 서울에서 대학교에 다닐 때였다.

오랜만에 집에 왔더니, 어머니가 송백이 머리 깎는 날이라 절에 가신다고, 현우더러 앞장서라고 하셨다. 어릴 때부터 송백은 머리를 빡빡 밀었는데 무슨 머리를 또 깎지? 현우는 의아했지만, 말없이 어머니를 따라나섰다. 송백은 그때 면에 있는 고등학교에 다니고 있었다.

덕철은 중학교만 졸업하고 고등학교에 진학하지 않았는데, 절에 자주 가서 장작도 패고, 송백과 함께 밭일도 한다고 들었다. 현우는 덕철도 스님이 되려나 했지만, 둘이 붙어 있는 것이 슬며시 질투가 나기도 하던 때였다.

큰스님이 시퍼렇게 날이 선 칼을 송백의 머리통에 대고 쓱쓱 밀고, 송백은 눈을 감고 있었다. 덕철은 아마 몰랐던 모양이다. 갑자기 덕철이 고래고래 소리를 지르기 시작했다.

"스님, 저 자식은 중 되기 글렀어요. 머리 밀어주지 마세요. 저 자식은 중 되면 안 된다니까요?"

주위에 있던 어머니와 신도들이 깜짝 놀라 설치는 덕철을 붙잡고 난리가 났지만, 소용이 없었다. 덕철은 송백 주위를 맴돌면서 커다란 소리로 자꾸자꾸 물었다.

"송백아, 너 진짜 중 되냐? 중 될 거야? 안 돼. 너 중 되지 마. 어? 송백아. 나 니가 중 되면 이제 다시 너 안 봐."

송백은 계속 눈을 감고 있었다.

"송백아, 이 자식아. 대답해! 너 중 될 거냐고? 어?"

큰스님이 하는 수 없이 머리 밀기를 잠깐 멈추고, 송백의 등을 두드렸다. 송백이 덕철을 지그시 쳐다보았다.

"난, 스님이 되고 싶어."

딱 한 마디였다.

송백이 다시 눈을 감았다. 송백의 대답에 사람들은 숨소리 하나 내지 않았다. 단호하고, 담백하고, 건조하고, 잔인했다.

순간, 덕철이 큰 소리로 울기 시작했다.

어머니도 우셨다. 현우는 덕철과 어머니의 눈물이 이해되지 않았지만, 어쩐지 자신도 울컥해서 어리둥절해졌다.

 덕철은 그길로 마을을 떠났다. 덕철이 송백이 있다는 암자에 들른 것은 그 후, 이십 년도 훨씬 더 지나서라고 들었다. 송백도 치악산 절집으로 돌아오기까지 많은 세월이 걸렸다.

 현우는 그날, 덕철과 송백 사이에 흐르는 우정이랄까? 사랑이랄까? 여하튼 범접할 수 없는 뭔가를 느꼈다. 그는 엄청난 소외감이 들었다. 나중에 덕철이 다시 마을을 찾아와 현우와 만났을 때, 송백을 만나보았냐고 현우는 묻지 않았다. 그들 사이에 그 일은 심장 저 깊숙이 간직한 오래된 전설이었다.

 절집 마당에 들어서자 이상한 적막감이 돈다.

 마당엔 일찍 떨어진 나뭇잎들이 이리저리 뒹굴고, 대웅전이며, 아래채도 다 닫혀 있다. 어딜 갔나? 부엌문을 열어본다. 가마솥과 선반에 행주질한 흔적이 없다. 아궁이를 들여다보니 불 땐 지 한참 지났는지 서늘하다.

 대웅전을 바라보며 마당에 서서 삼배(三拜)를 했다. 툇마루에 앉아 이리저리 둘러보던 그의 눈에 기둥 옆에 붙어 있는 흰 종이가 눈에 띄었다.

 '동안거에 듭니다. 송백 배.'

그때 바람이 휙! 하고 불더니 현우가 어설프게 쥐고 있던 종이가 날아갔다. 그가 잡으려고 쫓아갔지만, 종이는 이리 팔랑, 저리 팔랑, 나비처럼 나풀거리더니 마당을 한 바퀴 돌고는 숲으로 사라져 버렸다.

절집 마당 가운데에 서서 현우는 종이가 날아간 숲을 바라보았다. 하늘을 이고 서 있는 거대한 전나무 뒤로 해가 지고 있었다.

18. 추분(秋分)

양력 9월 23일경. 음력 8월.
춘분으로부터 꼭 반년이 되는 날.
밤과 낮의 길이가 같아지고, 추분이
지나면 밤의 길이가 길어진다.
논밭의 곡식을 거두고 나물을 말려
묵나물로 만들어 놓는다.

추석이 다음 주로 다가왔다.

마을 입구엔 '추석 명절 고향 방문을 환영합니다!'라는 현수막이 내걸렸다. 요즘은 현수막이 난무하는 시대다. 무슨 행사만 있으면 현수막이 내걸리는데 그걸 치우는 건 아무도 하지 않는다. 걸기만 하고 치우지 않으니 어떤 건 벚나무를 감고 너덜너덜하게 찢어져 있고, 어떤 건 한쪽만 대롱대롱 매달려 바람이 불면 덜거덕거리면서 나무를 때리기도 한다.

현우가 영철과 동배와 함께 현수막을 수거하러 다녀보면, 나무 둥치를 파고 들어가는 것도 여러 개 있다. '자연보호'라는 현수막이 나무를 감고 훼손한 것도 있어 실소를 금치 못한다. 동배는 나설 때 안 나설 때 구분을 못 하는 성미라, 그런 걸 보면 길길이 날뛰며 어떤 놈이 이랬냐고 고래고래 고함을 친다. 그러면서 지 집 지붕에 걸쳐놓은 비루한 보자기는 누가 뭐라고 해도 그냥 두라고 난리다.

  댐 소식은 소문만 무성하지 아직 아무런 기미가 안 보인다. 그래도 동배는 틀림없이 댐이 생긴다고 마을 사람들에게 땅 팔지 말라고 성화다. 정 사장에게 산자락의 자갈밭을 판 조 영감은 동배를 만나면 애먼 소리 들을까 싶어 요리조리 피해 다녔다.

  추석이 오기 전에 벼를 추수하는 집이 올해는 꽤 되는 모양이다. 추석 전에 벤 벼는 좋은 값에 수매되기 때문에 대충 덜 말라도 넘긴다.

  조 영감이 먼저 추수를 했다. 뒤를 이어 한 집, 두 집 시작하더니, 아스팔트 위에다 추수한 벼를 널기 시작했다. 아스팔트는 한낮의 뜨거운 기운이 고스란히 배여 있어 벼가 잘 말랐다. 도로에 널어놓으니 오고 가는 자동차나 사람들에게 큰 불편을 준다. 그러거나 말거나 마을 사람들은 우리 마을에 있는 도로는 마을 소유라고 생각한다. 겨우 버스만 지나다닐 수 있게 한 차선만 온전하다.

  새로 선출할 때까지 이장 일을 보고 있는 영철이 다니면서 제발 안쪽으로 좀 당기라고 잔소리해도 말을 안 듣는다. 어디 자기 엄마 말이라도 듣는 사람들인가? 그러기에 추수 때만 되면 꼭 한 번씩 싸움이 일어난다. 평소에 감정이 있던 이들은 그걸 계기로 기회를 엿보다가 싸움을 걸고, 걸판지게 한판 싸우고 나면 또 금세 친해졌다.

콤바인이 벼를 베고 지나간 자리는 오랜만에 이발한 머리처럼 산뜻하다. 현우는 조 영감이 벼를 말리는 곳에 갔다가 함께 거두기 작업을 하는 김 씨를 보았다.

"여보게 자네! 혹시 절에 들렀나?"

"절에요? 아, 예, 얼마 전에 장작도 갖다 놓고, 쌀도 좀 갖다 놨심더."

"그래? 내 그저께 갔더니 아무도 없던데?"

현우는 송백의 쪽지를 보았다는 말은 하지 않았다.

"예, 시님이 어디 댕겨온다고 저한테 전화가 왔습니더. 큰시님이 떠나고 난 뒤에는 그 시님도 마음이 허전한지 말입니더."

"그렇군. 그래 어딜 간다는 말씀은 없었고?"

"예. 절에 사는 시님들이야, 가고 싶을 때 가고, 오고 싶을 때 오고 안 그렇습니꺼? 우리 같은 보통 사람들하고는 태생이 틀린다 아입니꺼."

"그렇지. 우리 같은 사람들하고는 틀리지."

이상하게 서운한 생각이 든다. 송백이 김 씨에게는 일러두고, 자신에게는 아무 말 없다니. 그래 놓고는 이게 무슨 당치도 않은 생각이야? 하면서 픽 웃었다.

혼자서 그 모든 것을 지고 가기로 했으면서 왜 불쑥 뱉어내고 싶은지 알다가도 모르겠다. 참으로 간사하다. 굳게 다짐하고 맹세했으면서도 지고 있는 무거운 짐을 슬며시 나누고 싶은 것인가? 그래서 고통을 함께 지고 싶은 것인가? 아버지를 살인자로 만들고, 어머니를 간통녀로 만들고, 자신과 송백을 출생의 비밀을 가진 비운의 형제로 만들어 절망을 나누고 싶은가?

현우는 진저리를 친다. 양심, 책임, 정의와 천륜이라는 인간을 옭아매는 거대한 단어들이 심장을 조이면서 서서히 떠올랐다. 젊은 시절, 그가 감당하지도 못할 일들에 휩싸여 치기를 부리던 그때처럼, 현우는 자신이 숨겨온 비겁한 위선과 저열한 좀스러움을 다시 한번 깨닫는다.

지숙이 죽었다는 연락을 받고도 그는 장례식장에 가지 않았다. 데모대 뒤에서 얼쩡거리다 잡혀갔을 때도 지숙이 치다꺼리를 했었다. 나중에 보니 경찰서에서 빼 준 것이 아버지가 아는 국회의원이 아니라, 지숙의 뒤를 봐주던 고위급 간부였다. 그 사실을 알았을 때, 자신의 비열함을 현우는 지금도 기억한다. 고맙다고 해야 하는데도 오히려 온갖 포악을 부리며 지숙을 때렸다. 비겁하고, 비겁하고 또 비겁하다! 그 비겁을 용케도 숨기고 잘살고 있구나, 이 나쁜 놈아! 그는 이를 악물었다.

수치심이 바늘이 되어 온몸을 찌른다.

현우는 자신도 모르게 몸서리를 치며 눈을 질끈 감았다.

벼를 다 거두고 찔레네로 가서 한잔하자는 조 영감의 말을 듣는 둥 마는 둥 현우는 마을 뒷산으로 향했다. 그동안 몇 번 산막에 갔는데도 송 씨를 만나지 못했다. 자고 나간 흔적은 있는데 도통 볼 수가 없었다. 이제 가을이 가고 겨울이 오면 산에서는 얼어 죽기 십상이다. 겨울이 오기 전에 당집도 새로 지어야 한다. 송 씨는 솜씨가 좋은 목수이니 당집을 맡길 작정이다. 멀리 산막이 보인다. 현우는 몸을 숙여서 살금살금 다가갔다.

송 씨는 산막을 수리하고 있었다. 새벽에 멧돼지가 왔다 갔는지 산막 옆구리가 뻥 뚫려 있다. 멧돼지는 떼로 몰려다니기 때문에 잘못하다간 큰일을 당할 수도 있어서 조심해야 한다.

"어이, 이장!" 현우가 덥석 송 씨의 팔을 잡았다.

"어? 아저씨!" 송 씨는 표정이 하얗게 질리더니 팔을 빼려 버둥거린다. 그러다 못 이긴 채 축 늘어졌다.

"이 사람아. 도망가려면 멀리 갈 것이지, 그래 겨우 산막에 와서 살려고 그 난리를 부렸나?"

"아이구, 아저씨, 죄송합니다. 제가 몹쓸 짓을 저질러서."

"홍 씨 부인은 얻다 두고 자네 혼자만 이래 청승을 떨고 있어?"

"말도 마세요." 송 씨는 털썩 주저앉는다.

"그 여자 때문에 인생 조졌습니다요."

홍 씨 부인은 일단 붙어 있으면 눈에 띄기 쉬우니 따로따로 서울로 가자고 했다. 가기 전에 시내에서 그녀의 통장에다 자신이 가지고 온 돈을 몽땅 입금했다. 홍 씨 부인이 오전 기차로 먼저 출발하고, 송 씨는 자신이 타던 자동차를 중고로 넘겼다. 급하게 처분하다 보니 겨우 백만 원밖에 못 받았다. 송 씨는 저녁에 출발하는 중앙선을 타고 청량리역에서 내렸.

만날 시간이 지나고, 밥 먹고 기다리고, 졸다가 기다려도 여자는 나타나지 않았다. 시간을 잘못 알았나 싶어 마지막 기차 시간까지 꼬박 기다려 봐도 감감무소식이었다. 송 씨는 그제야 정신을 차리고 부랴부랴 몰래 마을로 돌아왔다. 송 씨가 숨어서 이리저리 소문을 들어보니, 홍 씨 부인이 해 먹은 돈이 무려 1억이 넘는다고 했다. 송 씨는 꼼짝없이 자신이 몽땅 덮어쓰겠구나 싶어서 안달이 났다.

"아저씨, 누가 믿겠어요? 그 여자가 돈을 다 갖고 튀었다는 걸."

"에그, 이 못난 사람아! 그래 아랫도리 잘못 간수해 이 사달을 내나?"

 말은 그렇게 하면서도 현우 자신도 속으로 켕기는 바가 있어 목소리에 힘이 없다.

 "그러게 말입니다요. 그 여자가 살랑거리미 하도 여시 짓을 하길래."

 "데끼! 손바닥이 하나로 소리가 나나?"

 현우는 송 씨의 등짝을 후려쳤다.

 송 씨가 돌아왔단 소리에 마을 사람들 모두가 회관으로 몰려들었다. 그래도 오랫동안 마을 일을 보면서 인심을 잃지 않아서인지, 다들 송 씨의 처지를 동정해 주었다.

 동배는 '썩을 넘!' 하면서도 예전에 살던 집을 함께 청소해 주었고, 연실이 떠나 적적한 미단은 솜씨를 뽐내며 반찬을 만들어 갖다주었다.

19. 추석(秋夕)

음력 8월 15일, 양력 9월.
설날과 더불어 대표적인 한국의 명절로
한가위라고도 한다.
추수 전 덜 익은 쌀로 빚은 송편과 햇과일로
조상들께 감사의 마음으로 차례를 지낸다.

연실이 미단의 집을 떠나기 며칠 전의 일이다.

회관에서 마을 사람들이 저녁을 먹던 토요일이었다. 주말엔 저녁을 회관에서 먹기로 저번 회의에서 결정했다. 혼자 지내는 노인들이 많아서 끼니 때우기도 번거롭다. 밥을 먹고 나면 이야기를 나누는 패도 있고, 남자들은 남자들대로, 여자들은 여자들대로 삼삼오오 모여서 화투를 쳤다. 그날 한동안 화투를 안 치던 미단이 끼어 앉았다.

"오늘은 용식엄니, 지면 솔직히 졌다고 돈 내고 가소." 함박네가 눈을 흘기면서 내뱉었다. 다른 아낙들도 그렇지! 하며 맞장구를 친다. "내가 은제, 돈 떼먹었남?" 그런데도 미단은 자꾸 억지를 부린다. 보다 못한 함박네가 다음 판에서 미단을 빼버렸다. 그랬더니 부엌에서 소주를 연거푸 다섯 잔을 마신 미단이 방으로 다시 들어가 화투판을 엎고, 기어이 함박네와 머리채를 잡고 싸웠다.

"며느리 죽도록 일 시켜 먹고, 돈이라곤 한 푼도 안 준 시어미가."

"내 며늘이여, 왜야. 니가 먼 일로 연실일 편 드냐? 니 서방이나 간수 잘혀라."

"여서 서방 이야기는 와 하노? 이 할마시야!"

싸움을 말리던 영천댁이 미단의 등짝을 후려쳤다. 함박네 남편이 또 바람이 나서 시내에다 살림을 차린 걸 마을 사람들은 다 알고 있었다. 미단의 말을 듣고 입을 비죽거리던 함박네가 털썩 주저앉더니 악을 쓰며 울기 시작했다.

"지는 서방도 없는 년이 내보고 지랄하네. 서방 잡아묵고, 낭중에는 아들까정 잡아묵고, 인자는 연실이도 잡아묵을 겨?"

그 말을 들은 미단의 눈에서 불길이 확! 일어났다. 미단은 입을 앙다물더니 함박네의 머리채를 휘어잡았다.

"내가 은제, 서방을 잡어묵었남? 내가 이 쌍년을 대번 죽여불랑게. 그러구 나도 고만 살라요, 자식 앞세우고 무신 부귀영화를 본다고 살을랑가? 내는 인제 무서운 거 한나도 읎어."

미단은 함박네를 방구석에다 패대기치고는 그녀도 퍼질러 앉아 통곡하기 시작했다.

"나도 약 먹고 팍 디져불랑께!"

미단의 울부짖는 소리에 마을 아낙들이 혀를 끌끌 차고는 난장판이 된 방을 주섬주섬 치우기 시작했다. 둘이 악을 쓰거나 말거나 아낙들은 심드렁하다. 하루 이틀 싸우는 것도 아니고 월례행사처럼 친근하다. 이렇게 속에 있는 말을 뱉고 나면 되레 시원하다. 꽁하고 있다 보면 오히려 큰 싸움이 되어 원수가 되기 쉽다. 회관에서 놀던 다른 사람들도 왁왁거리는 것을 멀거니 보다가 각기 하던 일로 되돌아갔다.

현우는 미단에게 연실이 정신줄 놓았는데, 누구라도 데리고 갈 사람이 있다 할 때, 얼른 줘서 책임을 면해야 한다고 어르고 달랬다. 안 그러면 평생 먹여 살려야 한다고 했더니 미단은 그제야 수그러졌다. 그래도 미단은 마음 한구석이 휑하다.

지지고 볶던 연실이 떠나고, 미단은 부쩍 늙었다. 팔팔하던 성미도 한풀 꺾여 목소리가 작아졌다. 때려잡을 며느리가 있을 땐 그래도 기운이 났는데 아무도 곁에 없으니 허전한 것이다.

추석날 합동 제례는 하지 않기로 했다. 설날에 한 합동 제례에 대해 여러 말들이 많았다. 친목을 도모하고, 경비를 절약하는 측면에서 좋은 부분도 있지만, 집집이 풍속이 다른 점을 고려해야 한다는 의견이 있었다. 제사를 지낼 사람은 집에서 지내고, 오후에 장만한 음식을 가지고 회관에서 모이기로 결정이 되었다.

추석날 아침에 현우는 둘째와 청주 한 병을 가지고 먼저 선산으로 갔다. 아버지 산소 앞에다 명태와 청주 한잔을 놓고는 현우와 둘째는 절을 했다. 아버지와 합장(合葬)하는 걸 결국 거절한 어머니다. 둘째는 돌아가신 후에야 본인이 알 수가 없으니 합장하자고 했다. 그 문제로 딸과도 실랑이가 있었다. 그러나 의외로 딸은 할머니 말씀을 따라야 한다고 했다. 남편이라고 꼭 합장해야 한다는 법은 없다고 하면서 할머니가 싫다면 그대로 해 드리는 게 맞지 않느냐고 했다.

현우는 문득 아내의 마음도 알 수 없다는 생각이 든다. 한 번도 아내의 꿈에 대해, 미래에 관해 물어본 적이 없었다. 아내도 현우에게 물어보지 않았다. 아니 아내는 현우 자신의 마음속에 담긴 여러 가지 잡다한 생각들을 알고 있었는지도 모르겠다.

결혼 초에 현우는 며칠씩 나갔다가 집으로 돌아왔다. 그럴 땐, 어머니도 못 말렸다. 어머니는 '지 아버지가 그러더니 저 사람도 똑 닮았다. 어서 아이를 낳아라.' 하고 아내를 다독거렸다. 실제로 큰아들을 낳고는 현우의 방랑벽이 좀 수그러들었다.

어머니의 유언대로 큰스님 부도 옆의 전나무 숲에 어머니의 골분(骨粉)을 묻었다. 합장하지 않는 것에 대해 마을 사람들이 의아해했으나 현우는 무시했다. 다만 어머니가 골분으로 떡을 해서 새도 먹고 산짐승도 먹게 숲에다 놓아두라고 했는데 차마 그건 못 했다. 청주를 한 잔 숲속에 뿌린 현우는 다음엔 아내에게 갔다.

아내는 성당 묘원(墓園)에 있다. 처음에 성당에서 추모공원을 짓는다고 했을 때, 참 말도 많았다. 반대하는 마을 사람들이 땅값 떨어진다고 면사무소에 민원을 내고, 현수막을 걸고 생난리를 부렸는데, 나중에 보니 땅값 떨어진다고 난리 친 사람들은 마을 토박이가 아니었다. 투자 명목으로 외지에서 땅을 사 놓은 사람들이 그 야단을 친 것이다.

마을 사람들은 사실 땅값이 떨어져도 그만, 올라도 그만이다. 올랐을 때, 팔아 챙기면 모를까, 그 돈으로 이만한 위치의 집을 살 수가 없다. 물 좋고, 산 좋고, 인심이 좋아 마을 사람들은 결코 떠날 생각이 없다. 오히려 예전에 떠난 사람들도 돌아오길 원한다고 들었다.

현우는 물끄러미 아내의 사진을 바라보았다.

아내도 선산이 싫다고 했다. 자신은 꼭 성당 묘원에 묻히고 싶다고 어머니께 부탁했었지. 어머니는 아내의 뜻을 존중해 주었다. 현우는 그때까지, 사후에 어디로 갈 건지가, 이렇게 성가신 문제가 되리라고는 한 번도 심각하게 생각해 본 적이 없었다. 사람 하나 살다가 가는 일이 이렇게 복잡하다.

현우 자신도 요즘은 고민이 많다.

죽으면 어떻게 해야 할지 모르겠다. 선산에 산소를 쓰라고 할까? 어머니처럼 화장(火葬)해서 아내와 함께 묘원에 안치하라고 할까? 내가 죽고 나면 그만이니 자식들 마음대로 하게 놔둘까?

자식들은 아버지가 결정을 내리지 않았음을 원망할지도 모른다. 어쨌든 그 책임을 누군가가 져야 할 테니까. 이 결정이야말로 사실 죽은 사람의 몫은 아니다. 죽고 나서는 알 수가 없지 않나? 그래도 선산에 가면 아버지가, 성당 묘원에 가면 아내가, 숲에 가면 어머니가 있다. 어딜 가든지 식구가 한 사람은 있으니 되었다. 알아서 해라, 나는 모르겠다. 죽고 난 뒤까지 걱정하고 싶지 않다. 자식들이 알아서 하리라. 생각이 그에 미치자 다소 위안이 되었다.

집으로 돌아와서 조금 쉬고 둘째는 떠났다. 결혼은 어찌할 거냐고 물어보지도 못했다. 괜히 아들 성질 건드릴까 싶어서다. 어떻게 된 건지 자식들 눈치를 봐야 하는 세상이 되었다.

큰놈은 추석날 아침에 전화 한 통 없다. 별 핑계를 다 대고 못 온다고 했지만, 처가 식구들과 해외여행을 떠났다는 것을 현우는 알고 있다. 며느리라고 하나 있는데 밥상 한번 제대로 못 받아봤다. 시할머니 상중에도 목욕하고 머리를 감았다. 타박하려면 끝이 없다.

아들놈이 그러니 며느리만 나무랄 수도 없는 노릇이다. 저도 힘들겠지. 시어머니 상(喪)에, 시할머니 상까지. 그래도 지금까지 지들이 사는 세상을 지탱해 온 것은, 수많은 고통을 이겨낸 우리들의 힘이다. 우리도 할 만큼 했다. '세상이 어찌 되려고!' 현우는 아버지처럼 그 말만은 하고 싶지 않았다. 하지만 결국 그도 은연중에 그 말을 뱉고 말았다.

현우는 청주 한 병을 들고 회관으로 향했다.
분명히 모두 오후에 모이기로 했는데, 벌써 회관 마당이 시끌벅적하다. 점심때도 되기 전에 마을 사람들이 바리바리 음식들을 싸 들고 온 것이다. 자식들은 모두 명절날 아침에 차례만 지내고는 휭! 하니 가버렸다. 설날에 친정에 못 가서 지청구를 들은 아들 녀석은 며느리를 달래고 얼러서 전날에 와서, 겨우 하룻밤 자고 꽁지가 빠지라고 처가로 달아났다. 처가에 가는 것이 무에 그리 바쁜지 아들 가진 부모들은 다 한마디씩 한다. 그래놓고 딸은 명절날 얼굴 한번 볼 수 없다고 사돈댁 흉을 보았다.
집집이 가져온 음식들을 차려놓고 한바탕 잔치가 벌어졌다. 누군가가 거실로 들어가더니 요즘 유행하는 트로트를 틀었다. 흥겨운 반주가 쿵작쿵작 울리자 동배가 바짓단을 걷고는 마당 복판으로 촐랑거리며 뛰쳐나온다. 어디서 배운 춤인지 검지를 세우고 고개를 까닥거리며 어깨를 들썩거린다. 그러자 송 씨도 따라 나와 아싸! 하면서 개다리춤을 춘다. 영철도 잽싸게 끼어들었다.

난장판이다.

모처럼 한복을 입은 영천댁과 함박네는 양손을 치켜들고 치맛자락을 펄럭인다. 손사위가 보통이 아니다. 미단은 눈물 콧물 다 빼더니 언제 그랬냐는 듯 엉덩이를 실룩거린다. 오늘만큼은 다 잊어버리고 싶다. 서방도, 용식이도, 미치도록 얄미우면서도 마음 한구석이 짠한 연실이조차 다 잊고 싶다. 미단의 눈에서 눈물이 쿨럭! 솟는다.

"보랑께, 날 좀 보랑께. 이 더러븐 시상 것들아. 날 좀 보더라고!"

음악 소리에 묻혀 미단이 악을 쓰는 목소리는 들리지 않는다. 그런 미단을 쳐다보던 영심이 슬쩍 눈물을 훔친다. 마치 자신의 모습을 보는 것처럼 마음이 언짢다.

한때는 젊었던 사람들.

다 함께 늙어가는 사람들.

남은 날들은 이제 그들의 것이 아니다.

살아온 날보다 적게 남은 알량한 세월은 오롯이 하늘에 맡길 뿐이다.

20. 한로(寒露)

양력 10월 8일경, 음력 9월.
찬 이슬이 맺히기 시작하며 농촌은
추수로 바쁘다. 국화전을 지져 먹고,
국화주를 담근다.

온 들판이 황금색이다.

금빛 물결이 출렁이는 들판 끝, 우뚝 솟은 치악산을 바라보면, 기온이 낮은 위쪽엔 어느새 단풍이 든 것처럼 울긋불긋하다. 바랜 햇살이 심드렁하게 쏟아지고, 수숫대는 바람에 일렁인다. 길가의 코스모스가 한들거리고 고추잠자리가 하늘을 날아다닌다.

한 해에 한 번밖에 돌아오지 않는 아름다운 계절 가을이다. 이 아름다운 계절이 너무 짧아서 현우는 못내 아쉽다.

젊을 때는 사계절이 오든지, 가든지 별 관심이 없었다. 사십쯤엔 만사가 귀찮았다. 누구는 커가는 아이들 보는 재미에 산다고 했지만, 현우는 아이들을 덥석 안아본 기억이 거의 없다. 아이들이 무릎에라도 매달리면 성가신 생각이 먼저 들었던 형편없는 아버지였다.

아내는 사람이 어떻게 그렇게 정이 없냐고 타박했지만, 억지로 되질 않는데 어떡하냐고 현우는 되려 버럭거리고 화를 냈다.

아이들은 현우를 혼란스럽게 했다.

자신을 닮은 아이들을 보고 있으면, 그는 도망치고 싶었다. 그들을 책임져야 한다는 것이, 그는 진저리나도록 싫었다. 현우는 늘 혼자 있고 싶었고, 이제 드디어 혼자가 되었다. 오롯이 혼자 남은 것이다.

어느 날 저녁, 그는 아무도 없는 집으로 들어가 방의 불을 켰다. 갑자기 그의 눈에서 후두둑! 눈물이 떨어졌다. 그는 당황했지만, 눈물을 멈출 수가 없었다.

아내가 죽었을 때도 울지 않았다. 어머니가 떠나실 때도 눈물이 나지 않았다. 울지 않는다고 사람들이 수군댄다는 것도 알고 있었다. 슬프지 않은 건 아니었지만 억지로 울 수도 없지 않은가? 그런데 지금, 도대체 이 당치도 않는 눈물의 의미는 무엇이란 말인가?

그는 방 한가운데 털썩 주저앉았다. 그리고 주먹을 쥐고 방바닥을 두드리며 통곡하기 시작했다. 그 지독한 고독이, 그가 그토록 원했던 혼자라는 사실이, 모두 자신을 떠난 지금에서야 아무 소용이 없다는 것을 그는 깨닫게 되었다. 한낱 젊은 날의 어리석은 낭만에 지나지 않는다는 것을 그는 드디어 알게 되었다. 그 사실은 그를 지독하게 쓸쓸하게 했다.

  집집이 붉은 고추가 널려 있어 온 마을이 환하다.

  이맘때면 고추를 사러 외지에서 많이들 온다. 이 마을의 태양초는 널리 알려졌다. 빨리 예약을 하지 않으면 놓치기 쉽다. 고추밭에서는 끝물 고추를 딴다고 고랑마다 사람들이 비지땀을 흘리고 있다. 고추는 엉거주춤한 자세로 따야 하는 작물이다. 앉아서 따기도 불편하고 서서 따면 허리가 아프다.

  일전에 농협에서 주최하는 영농인세미나에 현우와 몇이 참석한 적이 있다. 젊은 농부들이 하우스 안에 흙을 높이 쌓아서 고추를 심는다고 발표했다. 눈높이에서 고추를 딸 수 있어서 굉장히 좋다고 하면서, 무엇보다도 허리가 아프질 않아서 능률이 배가 향상되었다고 했다. 그런데 어차피 노지(露地) 농사에서는 소용이 없다. 밭에서 고추를 그렇게 심다간 흙을 어떻게 감당할까. 조 영감이 옆에서 계속 구시렁댔었다.

  감자 캘 때 쓰는 동그란 스티로폼 의자는 고추를 딸 때는 별 도움이 되지 않는다. 도리어 성가시다. 사타구니에 꼭 끼어서 다리를 찔룩거리며 균형을 맞추어도 한쪽 궁뎅이에 혹이 붙은 것처럼 쏠린다. 그래서 고추 딸 때는 그것을 벗어던 진다.

고추는 웬만큼 다 따면 뿌리째 뽑아 고추밭 둑에 걸쳐놓는다. 가을볕에 바싹 야위면 훑어서 장아찌를 담근다. 된장 속에 박아 놓기도 하고, 소금물에 절였다가 김장 버무릴 때 양념을 하여 겨울 내도록 먹는다.

산촌은 겨울이 길다.

남쪽은 2월부터 농사를 준비하지만, 이 마을은 4월이 되어야지 본격적으로 준비한다. 그러니 난방비가 많이 들 수밖에 없다. 나무 때는 집은 지금부터 장작을 한 트럭씩 부려놓고, 연탄을 피우는 집도 천장씩 들여놓아 겨울 준비를 한다. 그런데 연탄값이 계속 오른다. 석탄을 캐는 사람을 구하기 힘들다고 뉴스에 나온다. 그런 말이 나오면 틀림없이 가격이 오른다고 봐야 한다.

현우가 서울에서 대학 다니며 자취했을 무렵에는 연탄을 한 장씩 사서 땠다. 연탄을 한 장 사면 가게에서 새끼줄에 꿰어 준다. 돈이 많은 사람이야 백 장씩 들여놓지만, 너나 나나 다 가난하던 그때는, 연탄 한 장 사는 것도 힘들 때였다. 그때 연탄은 어찌 그리 수명이 길었는지, 밤새도록 방을 덥히고, 밥을 하고 된장을 끓여도 남았다.

요즘 연탄은 색깔부터 다르다. 다 타고 남은 연탄재가 벌건

색이다. 불순물이 많이 섞여서 그렇다. 하얗게 다 타지도 않는다. 갈아 넣을 때가 되지도 않았는데 불이 힘에 부쳐서 헥헥거린다. 그래도 연탄만큼 싼 난방 재료는 없다.

  기름보일러를 돌리던 몇 집은 기름값이 오르자, 겨울이 되기 전에 연탄보일러로 교체했다. 연탄을 찍어내는 공장이 새로 생기기도 했다. 연탄이 다시 환영받는 시대가 되었다. 시내에 있는 연탄 갈비구이집이 장사가 제법 잘된다고 동배가 이 마을에도 차려볼까? 하고 회관에서 떠들었다. 지금 하는 식당이 무허가라 조만간 헐릴 것 같다는 것이다.

  현우는 처음에 가스 때문에 연탄을 싫어했다.

  오래전, 자신이 연탄가스를 마시고 쓰러진 적도 있고, 아내가 차라리 장작 때는 것이 낫지 요즘 같은 세상에 누가 연탄을 쓰냐고 난리를 쳤기 때문이다. 그런데 재작년에 기름값이 많이 올랐다. 심야전기보일러도 생각해 봤지만, 그것도 전봇대니 뭐니 새로 공사를 해야 했다. 그러다가 동배 말을 듣고 마루에 연탄난로를 설치하고, 그 덕을 톡톡히 보았다.

  우선 종일 따뜻한 물을 마실 수 있었다. 또 실내가 따스해서 병상에 있는 아내가 좋아했다. 그해 겨울은 춥지 않게 보냈다. 특히 보리차를 끓일 때 나는 구수한 냄새가 정말 좋았다.

주전자에서 쉭쉭 소리가 나면, 오래전 대학 다닐 때 보았던 영화 '닥터 지바고'가 생각났다. 머리에 스카프를 얌전히 쓰고 다림질하던 라아라. 라아라가 마차를 타고 떠날 때, 성 꼭대기로 올라가 유리창을 깨고 저 멀리 마차를 쫓던 지바고의 간절한 눈동자와 그 영화를 함께 본 지숙도 생각났다.

"당신, 닥터 지바고 봤어요?"

갑자기 아내가 물어서 현우는 화들짝 놀랐다.

"아니!"

"나도 못 봤어요. 영화관에서 꼭 보고 싶었는데. 시간도 없었고, 함께 갈 사람도 없었고."

아내의 음성이 쓸쓸하게 들렸다. 왜 현우는 그때 아내에게 영화를 보지 못했다고 대답했을까? 아마도 귀찮아서일 것이다. 틀림없이 아내는 그 영화의 장면들을 이야기해 달라고 졸랐겠지.

얼음으로 뒤덮인 성에서 한밤중에 일어나 입김으로 손가락을 녹이며 시를 쓰던 지바고. 전차에서 라아라를 발견하고 뒤따라가다 심장을 움켜쥐고 쓰러지던 지바고. 낙엽이 구를 때 나오던 아름다운 음악들. 지숙과 다정하게 손을 잡고 봤던 장면들이 생생하게 떠올랐다.

아내가 죽고, 현우는 영화를 봤다고 할걸! 좋았던 장면을 이야기해 줄걸! 진심으로 후회가 되었다.

아내도 없고, 어머니도 없으니 겨울이 오면 집이 더 썰렁할 것이다. 딸 소희가 걱정하는 것이 당연하다. 나이가 들면 짐이 되지 않아야 하는데 그게 마음대로 되겠나? 아픈 데 없이 조용히 자다가 죽는 것이 소원이라는 노인들 말이 딱 맞다.

면사무소에서는 혼자 사는 마을의 노인들 비상연락망을 짜 놓고, 담당자가 돌아가면서 한 번씩 전화를 넣는다. 이틀 동안 전화를 받지 않으면 이장에게 연락한다. 고독사가 자주 뉴스에 나오는 세상이 되었다. 죽은 사람이야 가면 그만이지만, 그걸 수습해야 하는 사람은 일이 너무 많다.

노인들이 죽으면 뭘 그렇게 치울 짐이 많겠냐는 사람도 있겠지만, 노인도 노인 나름이다. 옷을 수십 년 동안 버리지 않고 쌓아두는 노인도 있고, 이불 밑이고, 찬장이고, 먹던 음식을 버리지 않아 구더기가 버글거려 식겁하게 하는 노인도 있다.

윗마을의 식이 할머니는 자신이 돌아가실 때를 알았는지, 죽기 한 달 전부터 가지고 있던 옷가지며 소지품을 하나씩 다 태우고 물건을 정리했다. 그래서 자식들이 뒤처리할 게 하나도 없었다고 한다. 그러나 노인이라고 어디 다 같을까? 비록 깨끗하게는 못 가더라도 돈을 갚지 않아 장례식장에 빚쟁이들이 들이닥치는 일만 좀 없었으면 하는 자식들도 있다.

사실 재산이 많아도 문제다. 그런 집은 외려 유산 문제로 다툼이 벌어진다. 작년인가? 윗마을에 살던 장 씨 아저씨와 우연히 만났을 때, 현우는 그가 한 말을 지금도 기억한다.

'팔십이 넘으면 말이여? 하나도 좋은 게 없어! 자식도 소용없고, 금송아지도 필요 없어. 아무것도 좋지 않고, 좋아지는 것도 없어.'

장 씨 아저씨는 재산이 많아서 시내에 빌딩도 있다고 들었다. 그 돈 다 쓰지도 못하고 지금은 치매로 요양원에 계신다. 꼼짝 못 하고 누워있는데 돈이 무슨 소용이람? 자식들은 언제 돌아가시나 눈이 벌게서 기다린다. 그뿐만이 아니다. 누워 있는 부친 몰래 인감을 가지고 가서 땅 등기를 돌려놓는 자식도 있다.

현우도 유산 문제로 변호사와 상담했다. 아들 둘과 딸 소희에게 공평하게 나눠 줄 생각이다. 큰아들은 전부터 유산이 필요하지 않다고 하긴 했었다. 며느리가 무남독녀라 처가 쪽의 재산이 많은 모양이다. 그래도 현우는 큰아들 몫을 챙길 것이다. 사람 마음은 장담할 수 없다. 죽고 난 후에 큰아들놈 맘이 변해 딴소리하면 소희나 둘째가 얼마나 황당하겠나? 제아무리 잘난척해도 나이 든 사람이 가진 경험의 힘은 무시할 수 없다.

건강하게 다닐 수 있을 때 마음껏 다니고, 먹고 싶은 거 다 먹고, 자식들에게 한 푼도 안 주고, 내가 다 쓰고 죽어야지! 노인들은 모여서 서로 다짐하고 또 결심을 굳건하게 한다. 재산이 많은 노인도 결심하고, 집 한 채 겨우 가지고 있는 노인도 결심한다. 그러나 막상 자식들이 손을 벌리면 측은지심(惻隱之心)에 내놓고 만다.

 어쩌랴? 그게 부모다!

 자식 눈에 흐르는 눈물을 어떻게 부모가 외면할 수 있을까? 결국은 또 허리띠 바싹 당기면서 아등바등 살아가는 노인들이다.

 영심은 식당을 그만두었다.

조만간에 헐릴 것이지만 싫증이 난 것이다. 장날에 하던 국수 장사는 지난달에 집어치웠다. 좀 장사가 되나 했더니 너도나도 국수 가게를 차리는 바람에 나중엔 국물 우리는 멸칫값도 안 나왔다. 동배는 조선 놈은 좀 잘된다고 하면, 벌떼처럼 달겨들어 한꺼번에 망할 것이라고 고래고래 고함을 질러댔다. 버스정류장 옆에 들어선 대형 국수 가게 사장과 대판 싸움을 한 그날, 동배는 솥을 뒤집어엎고, 장사를 끝냈다.

 명구네는 닷새마다 콧구멍에 바람도 넣고 좋았는데, 장사를 끝내게 되어 못내 섭섭하다고 중얼거렸다. 영심이는 가끔 다방 할 때, 오며 가며 보았던 사람들을 다시 볼 수 있어 재미가 있었다며 아쉬워했다. 동배는 무엇보다 쏠쏠하게 들어오던 돈이 제일 아까웠다. 어쨌거나 국수 장사를 접고 나니 식당 일도 심드렁해졌다.

참 희한한 일이지!

매일 보던 박 계장이고, 장 소장이고 다 꼴 보기 싫어졌다. 허허거리고 들어와서 김치에 소주만 마시는 마을 영감들도 넌더리가 났다. 참말 이상도 하지. 명구네와 영심은 머리를 맞대고 왜 이럴까? 왜 이렇지? 하다가 그게 동배 말처럼 '허파에 바람 든 거'라는 걸 알았다.

어느 날, 셋이서 식당 접는 기념으로 소주나 한잔 마시자고 시작한 술자리가 새벽까지 이어졌다. 영심은 몸이 예전 같지 않다고 소주를 한 병 먹더니 탁자에 엎드려 곯아떨어졌다. 명구네는 영심이 잠들자 동배와 둘이 술 마시기가 어색해서 주춤거리고 일어섰다.

"아이참! 영심 씨가 잠이 들었네. 나도 가야겠어요."

"명구네, 잠시 있어봐."

"왜요?" 동배가 슬그머니 명구네 손을 잡았다. 명구네는 깜짝 놀라 손을 뿌리치며 엎드려 잠든 영심을 흘깃 보았다.

"왜 이래요?"

"가만, 쉿! 조용히 해."

동배가 다시 명구네의 손을 잡고는 슬며시 일어섰다. 명구네는 영심이 깰까 봐 조마조마했지만, 동배의 손에 끌려 바깥으로 나왔다. 밤공기가 조금 쌀쌀했다. 그러나 술을 마신 뒤라 오히려 시원하게 느껴졌다.

"이리로 와."

동배가 명구네를 식당 옆에 있는 보일러실로 데리고 들어갔다. 보일러실은 판자로 얼기설기 되어 있다. 동배는 다짜고짜 명구네를 번쩍 들어 올렸다.

동배와 그 일이 있고 난 후, 명구네는 이 촌구석을 떠나리라 마음먹었다.

영심이 얼굴 보기도 민망하고, 그렇다고 동배와 한마을에 살면서 계속 몸을 섞지 말란 법도 없다. 시골은 소문이 호랑이보다 더 무섭다. 누가 누구하고 붙어먹었네, 마네 여기서 쑥덕거리고, 저기서 쑥덕댄다.

일전에 식당에 온 조 영감이 현우아재가 찔레네랑 어쨌느니 하다가 찔레네가 찾아가서 따지고 드는 통에 난리가 난 일도 있었다. 사람들은 설마 현우가 그랬겠나? 했지만 남자는 젊으나 늙으나 다 한 가지라는 말도 있고 보면 알 수는 없는 일이다. 오히려 찔레네가 펄쩍 뛰니 그게 더 이상하다고 하는 사람들도 있었다.

현우는 말짱한 얼굴이다.

사람들은 현우가 홀애비가 되니 찔레네가 딴생각이 있는

모양이라고 쑥덕거렸다. 미단이 현우에게 마음먹은 것은 오래된 이야기이다. 마을 사람들 대부분 다 알고 있다. 사람들은 현우는 늙어도 아낙들에게 인기가 좋다고 농담 반, 진담 반 떠들어댔다.

동배는 가끔 현우의 얼굴을 자세히 들여다보고는 힝! 하고 코웃음을 친다.

"아따! 형님은 힘이 한나도 읎어 보이는데, 우짠 일로 여편네들이 그리 좋아하는 기요?"

현우는 대꾸도 하지 않고, 동배의 등짝을 후려친다. 명구네도 쓸쓸한 표정의 현우를 보면 마음이 설렜다. 그러고 보면 나이는 아무 상관이 없나 보다.

추자의 수배 전단은 빛이 바랜 채 면사무소 벽에 붙어 있지만, 이젠 얼굴도 긴가민가하다. 그동안 영심이 조금씩 준 돈도 제법 모였다. 딸린 자식도 없는데 어디 간들 입 하나 풀칠 못 할까? 그래도 전명구의 산소가 여기 있으니 가끔은 오게 될 것이다.

영심과도 적잖이 정이 들었다. 막상 떠나려니 명구네는 발걸음이 영 떨어지지 않는다. '고향도 아닌데 왜 이럴까?' 명구네는 기차에 앉아 넓은 들판을 내다본다. 영심이 기차역까지 따라 나왔다.

"명구네, 언제든지 다시 와야겠다믄 얼릉 와, 응?"

"알았어. 어여 들어가. 똥배 뭐라 해."

둘은 호호거리고 웃었다.

내년에 없어진다는 이 간이역엔 하루에 두 번 정동진으로 가는 기차가 선다. 옛날엔 동해로 간다면 모두 이 기차를 이용해서 손님이 터져 나갔다. 하지만 요즘은 어지간한 거리도 전부 자동차로 움직인다.

삼등 열차를 타고 고래를 잡으러 가던 그 젊은이들은 다 어디로 갔을까? 기차를 타고 밤새도록 기타를 치며 돼지 멱따는 소리로 노래를 불러대던 그 청춘들은 모두 무엇을 하고 있을까?

세월은 가고, 청춘도 가고, 철도만 평행으로 남아서 추억을 기억하고 있다. 그러나 결코 그 추억을 만나지는 못한다. 평행으로만 내달릴 뿐이다.

명구네는 그렇게 마을을 떠났다.

명구네가 떠나고 얼마 후에 정순이 영심과 동배를 불렀다. 그녀가 미국으로 가겠다고 했을 때, 영심과 동배는 정말 깜짝 놀랐다.

이혼 서류를 내밀면서 차분하게 말하는 정순에게 기가 질린 동배는 한참 있다가 "돈은 있남?" 하고 간신히 물어보았다. 영심이 옆구리를 쿡 찔렀지만, 동배는 모르는 척했다. 나중에 동배가 영심이 다방을 팔아 모아두었던 돈을 정순에게 준 걸 알고 마을 사람들은 전부 혀를 내둘렀다. 역시 대단한 똥배짱이다. 영심이 뭐라 하건 말건 동배는 여전히 당당하다.

"니가 나하고 살잖여? 그럼 되었지. 위자료는 줘야지. 조강지처잖여!"

동배는 여자에 대해서는 별 애착이 없다.

자신의 어머니가 마을에 온 이발사를 따라갔다는 것을 다 커서 들었을 때, 그때 알았다. 여자든지, 남자든지 사랑에 미칠 때는 자식이고 뭐고 아무 소용이 없다는 것을 말이다. 지금도 영심이와 살고는 있지만, 욕구가 동할 때는 누구에게든지 슬쩍 디밀어 보는 동배다.

언젠가 현우는 '자네는 어떻게 치마만 두르면 그냥 있지를 못하나? 그래서야 인간이 동물과 다를 게 뭔가?' 하고 동배의 신경을 긁었다. 그때 동배는 그 작고 까만 눈을 반짝이며 현우에게 말했었다.

'형님, 형님은 책 읽으면서 세상을 통달했는지 모르지만, 지는요. 여자와 몸 섞으면서 인생을 배웠구만요. 그게 내 살아가는 방식이요. 인간 그래봤자 동물이지, 뭐. 인간이 하느님이라도 되는 기요?'

막상 정순이 떠나자 동배는 쓸쓸한 기분이다.

정순에게는 다정하게 대한 기억이 전혀 없다. 그저 밖으로만 돌았다. 영심이 쳐들어왔을 때도 정순의 입장은 생각지도 않았다.

'그래, 미국이라도 가서 잘 살아야지. 어쨌든 여자가 가방 끈이 너무 길면 재미는 한나도 읇어.'

동배가 중얼거리자, 영심은 불안한 표정으로 헬금거렸다.

정순은 이젠 완전히 동배와는 다른 세상에 사는 사람이 되었다. 정순이 보고 있을 때는 영심이와 노닥거리는 것도 재미가 있었다. 그러나 막상 정순이 떠나자 동배는 싫증이 났다. 그렇다고 영심을 이제 와 버릴 수도 없다. 지가 스스로 떠난다고 하면 할 수 없는 일이지만 말이다.

동배의 심정을 눈치챘는지 영심은 요즘 와서 부쩍 살가워졌다.

'나도 나이가 들었나 보다. 모든 것이 심드렁하니 말이여. 돈도 귀찮고, 여자도 귀찮고.'

송 씨가 짓고 있는 당집을 바라보며 동배는 목수 일이나 배워 볼까 싶다.

"언제 왔어?" 송 씨가 반긴다.

"방금. 안즉 멀었어?"

"오늘은 이제 마칠 거야. 어디 가서 술이나 한잔할래?"

"그럴까?"

"왜 그렇게 힘이 없어?"

"세상이 재미가 없네. 재미가 하나도 없다고."

그들이 성황림 대문을 나서자 숲속에서 장끼 한 마리가 푸드득 날아올랐다.

21. 상강(霜降)

양력 10월 23일, 음력 9월.
밤 기온이 낮아져서 추워진다.
추수가 거의 끝나고 동물들은
겨울잠에 들어간다.

  들깻잎이 누렇게 물들었다.
  누런 깻잎을 따서 소금물에 절였다가 된장에 박아 놓으면 겨울 반찬으로 맛있게 먹을 수 있다. 경상도 지방에서는 콩잎도 많이 절여서 먹는데, 위쪽 지방은 콩잎은 잘 먹지 않는다. 콩잎은 까끌까끌하고, 뒷맛이 쌉싸래하다. 언젠가 영천댁이 콩잎 반찬을 해서 어머니께 한번 먹어보라고 주었는데, 그때 현우는 쿰쿰한 냄새가 나는 콩잎이 그렇게 감칠맛 있는 줄 처음 알았다. 아내는 싫다고 했다. 어머니는 입맛이 없을 때 콩잎 반찬 잘 먹었다고 김 씨 편에 소고기를 보답으로 보냈다.
  입맛도 변한다. 젊을 땐, 달거나 인스턴트 음식이 좋았다면 나이가 들면 담백한 것에 끌린다. 가끔 아이들처럼 피자나 햄

버거가 생각나 먹고 나면 꼭 다시 김칫국물을 마시거나 매운 걸 먹어야 하니 토종 입맛은 어쩔 수가 없다.

  단체로 해외여행을 다녀온 사람들이 제일 힘들어하는 것이 음식이다. 나이가 들면 다리가 후들거려서도 문제지만, 바리바리 고추장이니, 라면을 싸 들고 가는 것도 문제다. 한국 사람은 어쩔 수가 없다. 다행히 요즘은 외국에도 라면이나 김치가 있고, 달달한 믹스커피도 판다.

  먹거리에 관한 관심이 증가하는 시대라 그런지 계절이 바뀌면 호미를 들고 골짝마다 찾아다니면서 뭔가를 캐는 사람들이 부쩍 많아졌다. 눈만 뜨면 방송에서 뭐가 몸에 좋다, 무얼 먹으면 장수한다, 암에는 무슨 뿌리가 좋다며 떠들어댄다. 시골에 사는 사람들이 쳐다보지도 않고 하찮게 생각했던 것들이 몸에 좋은 약이 된다니 그 많던 민들레가 다 사라질 지경이다. 그런데 왜 잡초는 사라지지 않나? 가뭄에도, 혹독한 추위에도 잡초는 죽지 않는다. 밭을 점령하고 호령하는 며느리밑씻개 풀이며 여뀌며, 개찌버리사초는 뽑아도 뽑아도 되살아난다. 누가 잡초를 몸에 좋다고 한 번만 떠들면 좋겠다. 그러면 잡초와의 전쟁이 끝날 텐데.

  현우는 다리에 감기는 환삼덩굴을 조심스레 떼어낸다. 잘못 떼다간 상처가 난다. 다른 식물들이 겨울 준비를 하는데도 이 덩굴은 아직 번식 중이다. 따가운 가시를 달고 미친 듯이 엉겨 붙는 대단한 생명력을 가진 덩굴이다.

  이 지역의 산나물축제가 열리는 5월에는 온 산의 풀들이 몸살을 앓는다. 외지에서 관광버스를 타고 몰려든 사람들은 다 먹지도 못하면서 꾸역꾸역 사 간다. 데쳐서 말린 다음 겨울에 묵나물로 먹을 거라고 장담하지만, 버스 안에서 묵히고, 집에 가서도 귀찮아서 묵히고, 나중에는 물나물이 되어버린다.

  산나물도 예전엔 산에서 나는 것을 채취해서 팔았지만, 요즘은 재배도 한다. 농가마다 취나물을 키우는 집이 늘었다. 다래순이나 참나물처럼 키우기 힘든 나물은 산에 가서 뜯어야 한다. 취나물이나 곤드레, 곰취 같은 나물은 한 뿌리만 심어도 금방 번져서 온 밭에 가득해진다. 올해처럼 5월에도 날씨가 으스스하면 나물이 클 새가 없다. 그러면 하우스에서 키우던 나물들을 베어서 축제에 낸다. 마을마다 축제는 또 왜 그렇게 많은지 정작 그 마을에 사는 사람들조차 무슨 축제를 하는지 모를 때도 있다.

  밤과 도토리가 떨어지는 가을이 되면 다람쥐가 먹을 것이 없다. 사람들이 먹을 것이 중요하면 동물들도 중요하다. 오죽하면 국립공원 관리소에서 가을만 되면 산 입구에 현수막을 걸어 놓는다.

  '우리가 먹을 밤과 도토리는 제발 남겨주세요 - 다람쥐 일동'

마을 사람들이 외지에서 오는 사람들을 꺼리는 이유다. 그들은 떠날 사람들이라 남겨두어야 할 것을 모른다. 그저 오늘 다 가져가야 한다고 생각한다. 길옆에 심은 고추나 옥수수는 주인이 행인들에게 보시한다고 생각한다. 도시에서는 지켜야 하는 질서나 도덕관념이 시골에 오면 사라진다. 그러고는 외친다.

 '시골 인심이 왜 이렇죠? 옛날 같지 않아요!'

 물론 예전엔 그렇지 않았다. 시골에 사는 사람들도 인심이 좋았다. 추수한 벼를 아무도 안 보는 도로에 널어놓아도 괜찮았고, 배추나 무도 트럭을 가져와서 몽땅 뽑아가기 전에는 모두 괜찮았다. 그러나 이제는 사람이 지키고 있어야 한다. 노인이 사람을 사서 힘들게 추수한 고추도 싹 쓸어가 버리고, 평상에 말리려고 둔 나물까지 가져간다. 시골엔 담이 없는 집이 많았는데 요즘은 담장을 설치하는 집이 늘고 있다. 낯선 사람들이 나타나면 경계부터 하게 되는 세상이 되었다.

 오늘은 겨울이 오기 전 마을을 청소하기로 한 날이다. 본격적으로 서리가 오기 전에 행락객들이 버리고 간 쓰레기도 치워야 하고, 겨울을 나기 위한 나무들의 갈무리도 해 주어야 한다. 눈이 많이 쌓이면 무너지기 쉬운 하우스도 정비하고, 추수가 끝난 논의 볏짚도 정리한다.

 여름 내도록 개울에서 놀다 간 사람들이 버리고 간 쓰레기는 날마다 치워도 끝이 없다. 개울 속에 깨진 소주병 조각을 줍는 일이 가장 큰 일이다. 돌이 포개져 있어 치워보면 어김없이 쓰레기가 가득 들어있다.

찔레네는 해마다 가을에 화차를 만든다.
 노란 산국이 지천인 이 마을은 청정구역이라 농약 걱정이 없다. 그녀는 단단히 채비하고 산국을 따러 나갔다. 산국은 활짝 피면 향기가 덜하니 조금 덜 피었을 때 딴다. 소금물에 살짝 데쳐서 한지나 소쿠리 위에 놓고 그늘에서 말리는데 한겨울 머리가 지끈지끈 아플 때, 따뜻하게 한 잔 마시면 아픈 머리가 씻은 듯이 낫는다.
 찔레네가 산국을 한창 따고 있는데 낯선 여자가 인사를 건넨다. 자세히 보니 우리나라 사람이 아니다. 얼마 전에 영천댁이 며느리를 봤다더니 이 색시인가? 찔레네는 영천댁의 아들을 기억한다.
 마흔 넘은 아들놈이 맨날 봉사활동인지 뭔지 쫓아다닌다고 장가갈 생각을 안 한다고 했다. 얼마 전에 네팔로 봉사하러 갔다더니 거기서 결혼했나 보다.
 "안녕하세요? 제 이름은 라마입니다. 저는 네팔에서 왔어요."
 "네. 안녕하세요? 어머! 한국말 잘하네요. 배웠어요?"

"네, 남편에게 배웠어요."

"아! 그렇구나. 지금 어디 가요?"

"저는 한국어 배우러 다문화센터에 갑니다. 그럼 아주머니 안녕히 있어요."

라마가 버스를 타러 총총히 걸어가자 찔레네는 웃는다. 귀엽구나! 우리 석희랑 나이가 비슷한데, 남의 나라에 와서 고생이 많겠다. 같은 동양 사람이라 그런지 한국 사람이랑 비슷하게 생겼다. 생긴 모습이 말을 안 하고 있으면 한국 사람인지, 외국에서 온 사람인지 구분이 안 될 정도다.

영천댁이 외국 며느리에 만족할지 모르겠다. 영천댁은 무뚝뚝하고 화가 나면 물불을 안 가리는 성미라, 찔레네는 라마가 구박이나 안 당할지 은근히 걱정되었다. 시집살이야 한국 사람이건, 외국 사람이건 다 같다.

산국을 따던 찔레네는 한동안 멍청하니 꽃만 쳐다보았다. 석희가 엊저녁 한 말이 목구멍에 걸려서다. 지금까지 한 번도 묻지 않더니 아빠가 누구냐고 석희가 물었다. 찔레네는 대답을 하지 못했다.

"그걸 왜 물어?"

"이때까지 묻고 싶은데 참았어. 엄마가 별로 말하고 싶어 하지 않는 것 같아서."

"그런데?"

"그저께 있잖아? 학교 가려고 면사무소 앞에 있는 버스 정류장에 서 있는데, 어떤 아저씨가 날 부르더라구."

"어떤 아저씨?"

"응. 키가 크고 잘 생겼어. 그 아저씨가 날 한참 쳐다보더니 엄마 이름을 묻데?"

"내 이름을?" 찔레네는 가슴이 철렁 내려앉았다. 이내 얼굴이 벌겋게 달아올랐다.

"그래서 내가 왜 남의 엄마 이름을 묻냐고 했더니 그 아저씨가 웃더라. 근데 웃는 모습이 너무 낯이 익어서 깜짝 놀랐어. 어디서 많이 본 사람이야."

"그래서 혹시 제 아빠세요? 했더니 하하하! 웃으면서 가버리더라고. 엄마 그 아저씨 알아?"

"내가 어떻게 알아? 별 미친놈 다 보겠네. 왜 멀쩡한 남의 집 딸을 붙잡고 지랄이야."

"왜 화를 내? 내가 이뻤나 보지 뭐."

"지랄!"

찔레네는 간밤에 한숨도 못 잤다.

'그 인간이 어떻게 여기를 찾아냈을까?'

미칠 지경이 되어 한밤중에 일어나 소주를 병째 벌컥대고 마셨다. 석희더러 그 남자가 담에도 그러면 아무 말도 하지 말고 얼른 피하라고 일렀다.

석희는 그러겠다고 하면서도 지 엄마를 이상하게 쳐다보았다.
'아이고! 이제 어디로 가야 하나!'
찔레네는 산국 옆에 털썩 주저앉았다.

　허우대 멀쩡한 놈, 여자 속 썩인다고 부모님이 그렇게 반대했을 때, 그만두었어야 했다. 그러나 눈에 콩깍지가 끼었는지 천지를 분간 못 하고 미쳐서는 결국 살림을 차렸다. 중소기업 경리부에 근무하면서 만난 거래처 남자였다. 키도 크고, 얼굴도 잘생겨서 다른 여직원들이 무척 부러워했었다. 나긋나긋한 말투로 얼마나 알뜰살뜰 챙기는지 다들 결혼하면 행복할 것이라 말했다.
　결혼식은 중요하지 않다고 우리가 사랑하는 것이 제일 중요하다고 살림부터 차리자고 했을 때, 눈치를 챘어야 했는데. 그때 생각만 하면 찔레네는 자신의 눈을 찌르고 싶다.
　처음엔 받을 돈이 있는데 못 받아서 그러니 돈을 융통해 달라고 했다. 흔쾌히 내 남자니까! 하면서 그동안 모은 돈을 몽땅 털어 주었다. 다음엔 금방 갚을 테니 대출을 내달라고 했다. 찔레네는 약간 미심쩍었지만, 임신한 상태라 설마 싶었다. 배는 불러오는데, 남자는 집에 들어오지 않았다. 항상 욕하면서 보는 드라마의 내용과 똑같은 일이 자신에게도 벌어졌다. 퇴직금으로 대출금을 갚으려고 경리과에 갔더니, 남자가 퇴직금을 벌써 정산해 갔다는 것이다. 찔레네는 쓰러졌다.

남자에 대해서 아는 것이 아무것도 없었다. 다닌다는 회사에는 그런 사람이 근무한 적도 없다고 했다. 주소를 들고 시댁이라는 곳을 찾아갔더니, 그런 사람 전혀 모른다고 했다. 그 남자는 이 세상에 존재한 흔적이 없었다. 찔레네가 석희를 낳을 때, 남자는 코빼기도 보이지 않았다. 석희를 부둥켜안고 그녀는 하염없이 울었다.

자식 내치는 부모 없다고, 친정 부모가 종잣돈을 대주었다. 애를 업고 설거지부터 시작해서 안 해본 장사가 없다. 뽀얗고 이뻤던 얼굴이 어느새 기미가 새카맣게 앉은 찌들은 아줌마가 되어 있었다. 그래도 솜씨가 있었던지 밥집을 차려서 돈을 모으기 시작했다.

처음엔 작게 시작했지만, 곧 테이블이 다섯 개쯤 되는 식당으로 키웠다. 그러던 어느 날, 그 남자가 나타났다. 석희 아빠 행세를 하면서 드나들더니 곧 식당에 눌러앉았다. 배달도 하고, 청소도 했다. 찔레네는 또 넘어갔다. 식당이 팔렸다고 부동산 업자와 새로운 주인이 언제 나갈 거냐고 왔을 때, 찔레네는 하늘이 노래졌다. 웃음밖에 나오지 않았다. 어디 가서 이야기도 할 수 없었다. 두 번씩이나 당한 자신에게 찔레네는 너무 화가 났다.

바보! 등신! 천치! 미친년!

어떤 욕을 해도 시원찮았다.

'이젠 무슨 일이 있어도 안 넘어간다. 어떻게 살아온 인생인데 내가 이제는 너한테 절대로 안 당한다. 이 사기꾼아!'

찔레네는 이를 악물며 토끼풀을 마구 쥐어뜯었다.

제4장

구름의 배를 가르니 눈이 쏟아지네

22. 입동(立冬)

양력 11월 7일경, 음력 10월. 겨울이 시작되며, 햇곡식으로 시루떡을 해서 집안 곳곳에 놓고, 1년을 마무리하는 제사를 지내고 김장 준비를 한다.

마늘은 입동 전에 심어야 한다.

입동 지나서 심은 마늘은 땅을 뚫고 나온다고 한다. 마을에서는 올해 마늘을 많이 심지 않았다. 봄에 눈이 많이 내려 수확이 시원찮았던 마을 사람들은 내년에도 장담할 수 없다 싶어서 대충 집에서 먹을 정도로만 심었다.

추운 지역에서는 마늘을 보관하는 것도 힘들다. 마늘이 잘되어서 돈이 된다고 하면 전부 마늘을 심고, 배추가 귀해서 한 포기 만 원씩 하던 재작년을 생각하고 작년엔 전부 배추를 심었다. 그랬더니 배추가 너무 많아 가격이 폭락했다. 사람들 심리는 비슷해서 누가 그걸로 돈을 많이 벌었다고 하면 자기도 벌 수 있으리라 믿는다. 그런 생각을 다들 하니 그게 문제다. 주식도 그렇고 아파트도 그렇다. 내가 투자하면 그때는 이미 늦었다.

마늘 고랑은 좁게 파는데 씨마늘을 한쪽씩 떼서 심는다. 콕콕 박아 놓고, 쇠스랑으로 땅을 고른다. 그 위에 비닐을 덮고 볏짚이 있으면 함께 덮어준다. 볏짚이 없으면 들깨를 털고 난 대를 올리거나 정미소에 가서 등겨를 얻어와 얹는다. 마늘을 심어놓고 혹시 날씨가 따뜻하면 싹이 나올지 모르기 때문에 될 수 있으면 햇빛을 보지 않게 해둔다. 그렇게 다음 해, 봄이 올 때까지 놔둔다.

김장배추를 뽑은 후, 밭에 전부 마늘을 심는 사람도 있지만, 대부분은 한쪽 귀퉁이만 헐어서 마늘을 심는다. 마늘은 한 쪽에 한 통씩 달리니 참으로 남는 장사다. 반면에 땅은 항상 밑지는 장사를 한다. 뭐든지 몇 배로 돌려줘야 하니 땅은 힘들다.

아침부터 회관이 부산스럽다.

본격적인 겨울이 닥치기 전에 모두 모여서 김장을 하기로 했다. 도시보다 기온이 낮은 이곳은 김장을 빨리한다. 요즘 젊은 사람들은 먹는 사람도 없는데 왜 해마다 김장을 몇백 포기씩 하냐고 묻지만, 노인들 대답은 다들 똑같다. 자식들 때문이다. 혼자 사는 노인들이야 서너 포기면 겨울을 난다지만, 자식이 있으면 김장을 안 할 수가 없다.

전날 산더미처럼 배추를 절여놓으면 다음 날 와서 버무려서 가지고 간다. 양념도 큰 그릇에다 다 치대 놓으면 속만 넣는데도 뭐라고 말들이 많다. 짜다, 싱겁다, 맵다, 덜 맵다, 온갖 지랄을 다 한다.

'배추를 심을 때 와서 돕길 했나? 약을 한 번 치길 했나? 뽑아서 절일 때 코빼기라도 보였나? 이것들은 해 줘도 난리여!'

함박네와 영천댁이 자식들 욕을 하면서 무를 썰고, 미단은 옆에서 꼬투리 무를 아삭아삭 먹으면서 입만 거든다. 영천댁 며느리인 라마가 잔심부름을 하고 있다. 미단이 곁눈질로 라마를 보며 넌지시 묻는다.

"헌디, 보소! 자가 말은 알아듣는가?"

"잘 알아듣지. 지는 잘 알아듣는데 내가 답답다."

"잘 알아듣는데 왜 답답혀?"

영심이 영천댁을 쳐다본다.

"내가 말이 빠르다고 지랄하고, 사투리 쓴다고 지랄이다."

"호호호" 다들 손뼉을 치며 웃는다. 웃음소리에 라마는 지 말 하나 싶어 이쪽으로 고개를 돌린다.

"라마야, 니 말 안 했다. 걱정하지 말고 욕봐라."

"네? 욕했다고요. 할모니, 나 욕했어요?"

"할모니가 아니고 시어미다, 이년아. 욕 안 했다! 마, 일이나 해라."

라마와 영천댁의 주고받는 대화가 웃기는 사람들은 외국에서 들어온 색시도 괜찮네? 싶다. 뭐 어차피 세계는 하나니까! 장가 못 가는 것보다는 낫지 않겠나? 얼굴만 새카맣지 않으면 좋겠구만은. 라마는 얼굴이 뽀얗네! 아기 낳으면 이쁘겠다! 그래도 영천댁은 서운하다. 멀쩡한 아들 녀석이 외국 색시를 얻을 줄은 꿈에도 몰랐다. 그저 언젠가는 참한 여자 얻어 아들딸 낳고 잘 살겠거니 했는데, 네팔에 봉사인지 나발인지 갔다가 여자를 덜컥 데리고 왔다. 네팔에서는 대학교도 다니고, 잘 사는 집 아이라는데 영천댁이 보기엔 영 덜 찬다.

"그래도 자가 네팔에서 대학교도 댕깄다 카데. 영어도 잘한다 카더라."

그랬더니 옆에 있던 영심이 단번에 손을 번쩍 들고, '헬로?' 한다.

"지랄헌다. 헬로는 무신 지랄로 헬로냐?"

미단이 눈을 흘긴다.

"그럼 행님은 헬로라도 할 줄 아남?"

"나가 영어는 미국 사람 뺨따구를 갈겨버리게 잘하제!"

우하하하, 호호호, 웃음보가 터진다.

절여놓은 배추 대가리를 칼로 쳐내고 있던 현우도 빙긋이 웃는다. 남자들은 지금까지 김장할 때 배추만 옮겨주었지, 본격적으로 함께 하지는 않았다. 하지만 올해는 다듬고, 절이고, 속을 넣고, 김치통을 마당의 평상에 옮기는 것까지 돕자고 결정했다. 무거운 김치통을 들고 옮기는 일도 보통 힘든 일이 아니다. 밖에서 절여놓은 배추를 안으로 들여다 주는 것만으로도 큰 보탬이 된다.

"하이고! 올해는 남자들이 이러코롬 김장하는디 거들어주니 엄청 수월쿠만요."

"할매들, 낭중에 수육하고 한 잔 주는 거지?"

동배의 말에 다들 고개를 끄덕인다.

"아따, 당연치! 그 재미 없으믄 무슨 재미로 김장을 혀?"

"저노므 자슥은 태어날 때, 저거 어마이가 탯줄을 빠트렸나, 말만 하면 반말이고?"

영천댁이 벌건 고무장갑 낀 손으로 주먹질을 한다.

"다 같이 늙어가는 처지에 할매도 말 놓으믄 되지. 엉!"

"저, 망할 넘! 하이고, 내가 참아야지."

"형님이 참으쇼잉. 우리 똥배서방이 본디 사람은 착하요."

영심의 말에 모두 웃고 만다.

김치가 꽉 찬 통은 평상에 내어놓으믄, 집집이 필요한 만큼 가져가기로 했다. 배추가 몇백 포기라도 사람이 많으니 어느새 뚝딱이다. 찔레네와 영심이 수육과 김치 양념 버무린 속을 막걸리와 함께 내오니, 저절로 침이 넘어간다.

일전에 찔레네에게 쥐어박힌 현우는 겸연쩍고 민망했지만, 곧 털어버렸다. 예전에는 남에게 싫은 소리를 들으면 안절부절 노심초사 걱정이 이만저만 아니었지만, 이제 나이가 드니 그것도 심드렁하다. 아마 찔레네도 그럴 것이다. 늙은이 주책바가지다! 뭐 그렇게 치부할 것이다.

막걸리를 한 잔 마시고 김치통을 평상 위로 옮기는데 석희가 헐레벌떡 회관 마당으로 뛰어 들어온다.

"아, 아저씨! 우리 엄마 여기 있지요?"

"응, 안에 계신다. 너도 들어가서 수육 좀 먹고 가거라."

"아니에요. 아저씨. 엄마!!"

석희가 현관문을 열려는 찰나에 낯선 남자가 마당으로 쑥 들어온다.

"누구요?"

현우 나이쯤 되면 이놈이 괜찮은 놈인지, 못난 놈인지 대번 안다. 젊을 땐 빤질하게 좀 돌아쳤겠지만, 니 살아온 날이 내 보기엔 영 헛방이다. 니도 내 같이 비겁한 놈이구마! 현우의 짐작을 아는지 사내는 야비한 웃음을 띠며 주위를 두리번거린다.

"석희 아빠입니다."

그때, 찔레네가 수육을 썰다 말고 부엌칼을 들고 맨발로 뛰어나왔다. 그녀는 소리를 지르며 냅다 남자를 향해 달려갔다.

'이게 무슨 일인가?'

현우는 어안이 벙벙해서 쳐다보고 있다가, 찔레네의 뒤집힌 눈을 보고는 깜짝 놀라 얼른 김치통을 놓고는 달려갔다. 석희가 소리를 지르고, 사람들이 후다닥 쫓아 나오자, 남자는 재빨리 도로로 내달리기 시작했다.

"여보! 이러지 마. 나 사람 되었어. 미안해. 이제 다시는 안 그럴게."

찔레네는 이를 악물고 칼을 움켜쥐었다.

"내가 다시 널 보면 너 죽이고 나 죽으려고 했어. 오늘이 그날이야. 난 너 죽이고 나도 죽을 거야. 그러니 거기 서! 이 망할 놈아!"

"어, 아니야, 아니야. 나 이제 절대로 안 그럴게. 여보! 석희 엄마! 미안해. 응? 진짜 미안해."

남자가 저만치 뛰어 달아나고, 찔레네는 울음을 터뜨리며 땅바닥에 주저앉았다. 석희가 찔레네 어깨를 감싸안더니 저도 앙앙대고 울기 시작했다.

현우가 얼른 칼을 뺏어서 동배에게 건넸다. 마을 사람들이 찔레네를 부축해서 방 안으로 데리고 들어가고, 현우는 놀란 가슴을 쓸어내렸다.

'하마터면 살인 날 뻔했다! 찔레네 무섭네?!'

희번덕거리는 찔레네의 눈을 본 현우는 온몸에 소름이 쫙 끼친다.

방 안에서 찔레네의 사연을 들은 아낙들은 이구동성 저런 미친놈! 하면서 욕을 해댔다. 그렇다고 저놈이 다시 안 오리란 보장이 없지 않나?

"원래 저런 놈들은 염치를 밥 말아 먹었다니까. 디밀 지푸라기라도 있으면 무조건 들이밀어. 찔레네 워쩔겨! 또 도망갈겨? 도망쳐도 소용없어. 틀림없이 또 찾아낼걸?"

영심이 흥분해서 난리를 치자 미단도 거든다.

"맞어. 썩을 놈! 귀신은 다 워디 갔어?"

찔레네에 대해 마뜩잖은 감정이 있었던 미단은 하나 걱정 없을 것 같은 찔레네도 저런 놈팡이 같은 놈에게 청춘을 바쳤구나 싶은 것이 갑자기 측은한 생각이 든다.

"사나는 다 도둑넘이랑께. 어디 사람이 없어 마누라를 등쳐 묵남? 즘생도 그러지는 않는당께!"

미단이 광분해서 열변을 토하자 다들 그렇지! 그렇지! 하며 맞장구를 친다.

찔레네는 결심한 듯 이윽고 고개를 들었다.

"저 이제 도망 안 갈 거예요! 제가 죄를 짓지도 않았는데 뭐 때문에 도망가겠어요? 다시 나타나면 신고하고, 발을 들이지도 못하게 할 거예요!"

"그려, 다시 나타나면 나한티 전화혀! 나가 달려가서 박살을 내불란게!"

영심이 주먹을 불끈 쥐고 외쳤다.

동배는 그런 여자들을 멍청하게 보고 있다가 슬그머니 일어서서 밖으로 나왔다. 현우 옆에서 아무 말 없이 담배를 피우고 있던 동배는 기어드는 소리로 한마디 던졌다.

"형님, 여자들 참말 겁나네요. 얕잡아 보다간 큰일 치것수!"

석희 아빠가 찔레네 식당 근처에서 얼쩡거리는 것을 본 사람이 하나둘 생기기 시작했다. 마을 사람들은 살인이나 나지 않나 싶어 수시로 찔레네 식당으로 몰려갔다. 어차피 농사도 얼추 마무리되었고, 김장도 끝나 마땅히 할 일도 없다. 원래 세상에서 제일 재미있는 일이 남의 싸움 이야기 아닌가?

찔레네는 석희 아빠를 모르는 척하고 있었다. 석희 아빠는 처음엔 식당 마당에 흐트러진 낙엽을 긁어모았다. 그러더니 장작을 패서 식당 옆에다 가지런히 쌓았다. 손님이 오면 인사도 싹싹하게 했다.

현우는 석희 아빠 하는 짓을 보다가 픽! 웃음이 나왔다. 비리한 놈들이 하는 행동이야 빤하다. 저러다 곧 살림 합치겠다. 찔레네 마음이야 알 바 없지만, 석희 아빠란 놈 참 낯짝도 두껍다. 현우는 그러다 아차! 싶다. 찔레네와 일이라도 벌였으면 큰일 날 뻔하지 않았나! 모골이 송연하다.

얼마 후, 석희 아빠가 식당 안에서 밥을 먹는 모습이 종종 눈에 띄기 시작했다. 마을 사람들은 찔레네 앞에서 점점 석희 아빠 욕을 하지 않게 되었다.

가을이 본격적으로 깊어지면서 산으로 올라가는 등산객들이 많아지자, 석희 아빠는 설거지도 하고, 음식도 날랐다. 어떤 때는 자전거를 타고 배달도 다녀오는 것 같았다.

단풍은 온 산을 붉게 물들이고, 갈대는 바람에 휘날렸다. 찔레네 식당 앞에 서 있는 큰 은행나무에서 노란 은행잎이 떨어져 노랗게 마당을 뒤덮었다.

어느 날, 현우와 동배가 면사무소에 가려고 지나가다 설핏 보았더니, 은행나무 밑, 낡은 소파에 찔레네와 석희 아빠가 나란히 앉아, 도란도란 이야기를 주고받고 있었다. 아니, 웃기도 했던 것 같다.

동배가 심드렁하게 내뱉었다.

"형님, 여자는 말이요. 진짜 속을 알 수 없시요. 죽인다고 칼 들고 설칠 때는 원제고. 내 참 웃겨서리!"

23. 소설(小雪)

양력 11월 22일경. 음력 10월.
땅이 얼며 눈이 내리기 시작한다.
가끔은 따뜻한 햇빛이 비치기도 하지만
어촌에서는 바람이 많아 뱃길을 금했다.

  잔뜩 흐린 날씨에 당집을 바라보던 현우와 동배는 어느새 지붕을 완성한 송 씨의 솜씨에 깜짝 놀랐다. 송 씨는 마을에서 가져간 돈을 조금씩 갚기로 했다. 당집 공사도 품을 안 받고 짓겠다고 했는데, 이장과 마을 사람들이 의논하여 인건비를 그 돈에서 감하기로 했다. 자재는 시에서 지원을 조금 받고, 마을에서도 기금을 보태서 면에 있는 건재상에서 구매했다.
  요즘 목수 하루 품값이 만만치 않다. 일하는 사람을 잘 만나야 진행도 빠르고 맘 상하는 일이 없다. 집 짓다가 싸우는 경우도 많고, 공사가 다 끝나지도 않았는데 품값을 올려달라고 떼를 쓰면, 시키는 사람도 역정을 낼 수밖에 없다.
  예전에 어머니가 평생에 집을 세 번 지으면 집주인이 제 명

(命)에 못 산다고 말씀하셨는데, 현우는 나중에야 그 말을 이해했다. 밭의 객토 작업 하나 시켜도 맘에 들지 않아 속을 부글부글 끓인다. 하물며 집을 짓는 일은 얼마나 더 속 상하는 일이 많겠나? 그래서 시골에는 웬만한 일은 다들 손수 하고 만다.

현우도 지붕의 기왓장 개비는 직접 한다. 처음엔 지붕에 올라가는 것도 무서워 벌벌 떨었지만, 한 번이 어렵지 다음부터는 곧잘 하게 되었다.

현우와 동배는 수시로 송 씨의 작업을 보러 왔다.

현우가 나무도 옮겨주고, 동배가 못도 박아주곤 했지만, 실질적으로는 송 씨가 다 했다. 완성된 당집을 쳐다보며 현우는 용식이 생각이 나서 마음이 무거워졌다. 연실은 덕철이 잘 데리고 있는지 소식이 없다. 무소식이 희소식이다. 어쨌든 안 나타나면 괜찮은 거다.

시집을 갔던지, 직장에 나갔던지, 한 번 간 사람이 자주 눈에 띄면 그게 수상한 거다. 옆집에 사시다가 돌아가신 솔메 할머니가 늘 말씀하셨다. 마을에서 시집간 어느 집 딸년이 자주 나타나면 곧 사달이 날 징조라고! 잘 살면 올 틈이 없다는 것이다. 나중에 보니 그럴듯한 말이었다. 물론 요즘 같은 시대야 친정을 바로 옆에 두고 산다니, 꼭 그렇지만은 않겠지만, 무소식이 희소식이란 말은 맞는 것 같다.

인간이란 자신의 일신이 편하면 남 생각은 하지 않는다. 제 몸이 괴롭고 마음이 허전하면, 누구든지 붙잡고 하소연하지만, 그 시기가 지나면 괴로울 때 찾은 친구는 모르는 척한다. 자신의 약점을 아는 것이 부담스러운 것이다. 예수 그리스도도 어린 시절을 알고 있는 나사렛에서는 환영받지 못했다지 않는가! 고향은 그래서 금의환향(錦衣還鄕)이란 단어와 가장 잘 어울린다.

나이가 들수록 고향이 좋아진다. 젊을 때는 그저 다른 곳에 가서 살고 싶었다. 나의 어린 시절을 모르는 곳으로, 비루한 나의 모습을 아무도 못 본 곳으로 가서 새롭게 시작하고 싶었다. 그러나 아무도 나의 어리석음을 용서하지도, 사랑하지도 않았다. 오로지 고향만이, 부모님만이 온전히 나를 받아들여 주었다.

언젠가 돌아갈 고향이 있는 사람은 외롭지 않다. 과거의 어리석은 잘못을 용서해 줄 수 있는 넉넉한 품을 가진 고향이라면 더욱 그렇다. 그러나 아무리 그리워해도 모든 사람이 다 고향에 돌아가서 생을 마감하지는 못한다. 그런 행운을 가진 사람은 아마 전생에 덕을 많이 쌓은 사람일 것이다.

인생이란 아주 잘 살아온 사람에게도 두 돌 지난 아기와 같다. 안고 있으면 무겁고, 내려놓으면 불안하다. 꼭 쥐고 있지만 어느샌가 품에서 날아가 버리는 자식처럼 늘 안타깝고 애

달프다.

"어이, 똥배, 개울에 물 얼었다나?"

"살얼음 끼기 시작했던데. 왜?"

"깊은 얼음 얼기 전에 매운탕 한번 먹어야지."

"조오치! 시래기 넣어서 푸짐하게 끓여 소주 한잔하면 끝내주지."

"물고기 씨가 마르겠다. 여름에 그렇게 들쑤시고, 가을에 또 잡고."

듣고 있던 현우가 한마디 거든다.

"형님요, 우리 개울의 물고기는 외지 사람들이 다 잡아먹고 정작 우리는 맛도 못 보고 지나가요."

"그렇긴 하지."

휴가를 온 사람들이 개울을 온통 헤집어놓았다. 그물을 던져 씨를 말리는 사람도 있다. 작은 물고기는 놔두어야 자랄 텐데, 어째서 그렇게 잔인한지 모르겠다.

송 씨가 지붕을 끝내고 내려오자 그들은 멀찌감치 떨어져 당집을 쳐다보았다. 이제 마무리만 하면 된다. 당집이 깨끗하니 사실 신비감이 덜하긴 하다. 당집은 옛날부터 귀신이 산다고 하여 좀 으스스하게 보여야 하는데, 새로 지은 당집은 너무 깨끗해서 오히려 귀신이 도망가게 생겼다. 그래도 눈이 오기 전에 잘 끝내서 다행이다.

송 씨는 으스대며 동배를 당집 뒤로, 옆으로 끌고 다니며 설명을 한다. 으스댈 만하지! 송 씨의 솜씨가 제법이다. 당집이 이제야 단단하게 제 자리를 찾은 것이 현우는 기쁘다. 도시에서 미신이라고 하거나 말거나 이 마을에서는 오랫동안 지켜온 풍습이다. 남들이 자기 인생을 살아 주는 것도 아닌데, 늘 남의 눈치만 보고 살았다. 곧 당집 축성식을 하면서 달집도 태우기로 하였다.

입동이 지나니 단번에 날씨가 추워진다. 이곳은 겨울이 빨리 온다. 시내보다 기온이 5도 정도 낮다. 김 씨의 말에 의하면 절집엔 벌써 눈이 왔다고 한다. 송백은 아직 돌아오지 않았다.

떠난 사람은 떠난 대로 두어라.

돌아오는 사람은 또 돌아오는 대로 두어라.

떠나든, 돌아오든 누가 그 인연(因緣)을 탓할 것인가? 누군가는 태어나고, 또 누군가는 죽고, 세월은 그렇게 흘러갈 뿐이다.

미단이 팔을 늘어뜨리고, 휘적거리며 회관으로 걸어간다. 쌀쌀한 날씨인데도 맨발에 슬리퍼를 신고 있다. 개밥을 주고 있던 영천댁이 이상한 듯 미단을 쳐다보았다. 미단은 옆도 돌아보지 않고 멍하니 앞만 보고 걸어가고 있다.

"용식 어무이!"

영천댁이 불러도 대답이 없다.

바람에 머리카락이 날려 엉망이다. 그런데도 땀을 비 오듯 흘리고 있다. 영천댁은 개밥을 주고는 얼른 미단을 뒤따라갔다. 회관으로 들어선 미단은, 현관 앞에서 한참 망설이다가 신발을 한 쪽씩 들어 자세히 살펴본다.

"용식 어무이."

영천댁이 등을 탁! 치자 그제야 미단이 천천히 고개를 돌린다. 그 눈동자에 힘이 하나도 없다.

"니 와 이라노. 어데 아프나?"

"우리 용식이가 여그 워디 있을 텐디."

"옴마야! 이 사람이 와 이라노? 여여, 보소. 안에 누구 있능교?"

영천댁 목소리에 영심이 방문을 비죽이 열고 내다보았다.

"으응! 성님 어여 들어오쇼."

"그기 아이고, 용식 어무이가 쪼매 이상타!"

"머시오? 머시 이상하당가요?"

영심이 미단을 바라보자 미단이 갑자기 씨익 웃는다. 그러더니 누구 신발인지 꽃무늬 운동화를 머리에 얌전히 얹는다.

"오메! 이 성님이 와 이런다요?"

"그러니까, 용식 어무이 노망났나?"

"설마. 나가 몇인디 벌써 노망이 난다요?"

"요새 치매는 나이랑 상관이 없어."

함박네가 얼른 미단의 머리에서 운동화를 내리고는 방으로 들인다.

"물 한 잔 가지고 온나. 어여, 찬물 한 잔."

영심이 물 한 잔을 가지고 오자 미단은 맛있게 마신다. 그러고는 영심을 향해 꾸벅 인사를 한다.

"참말 고맙네요잉. 색시는 어서 왔다요?"

그 꼴을 보고 영심이 눈물을 터뜨렸다.

"오메, 이 성님이 와 이런다요? 연실이 없어서 그런가? 성님, 정신 차리보소! 연실이 불러오까?"

"서방 죽고, 금쪽같은 아들은 불에 타 죽고, 며느리는 미쳐서 나가고, 지가 무슨 정신이 있겠노? 내 같아도 몬 산다. 우예 지 정신으로 살것노. 아이구! 불쌍타이. 용식 어무이."

영천댁도 눈물을 찍어낸다.

영심에게서 전화를 받은 동배는 현우와 의논을 하고 일단 미단을 병원에 데리고 가기로 했다. 동배와 영철이 미단을 데리고 병원으로 떠나고, 현우는 덕철에게 전화를 걸었다. 연실도 성하진 않지만 그래도 알려는 줘야 할 것 같아서다.

미단은 병원에 며칠 있으면서 치료도 받고, 검사도 해야 한다고 동배가 전했다. 영심은 미단의 집으로 가서 속옷을 챙겼다. 막상 집으로 가서 보니 집안이 엉망진창이다.

부엌은 음식 먹다 남은 찌꺼기가 수북하게 쌓여 있고, 옷가지는 여기저기 흩어져 난장판이다. 한창 모양낼 때는 화장도 참하게 하고, 머리도 항상 단정하게 빗었는데, 용식이 죽고는 만사가 힘들었나 보다. 전부 사는 데 정신이 팔려서 신경을 쓰지 못했다.

영심은 닥치는 대로 대충 청소를 했다. '어짜스까이! 성님 불쌍해서 어짜스까이!' 영심은 갑자기 방 한복판에 앉아 대성통곡을 한다. 미단이 신세도 불쌍코, 지 신세도 만만찮다. 요즘 들어 동배가 자꾸 밖으로 도는 것이 영심은 불안하다. 명구네가 떠나고 식당도 걷어치웠는데, 동배는 찔레네 식당에 가서 석희 아빠라는 그 작자와 매일 어울려서 술을 마셨다.

영심도 닳고 닳은 인생이라 남자를 한번 척 보면 어떤 인간인지 감을 잡는다. 석희 아빠라는 그놈은 필시 또 사고를 칠 게 뻔했다.

'그런 놈하고 어울려서 머시 덕 볼 게 있다고 저 인간이 지랄 염병을 떠나 몰러. 하이고 내 팔자야!'

퍼질러 앉아 한바탕 울던 영심은 눈물을 훔치고는 미단네 집을 나왔다. 오후에 영천댁과 함께 병원에 가보기로 했다. 연실이라도 멀쩡하면 옆에 있을 텐데, 연실이도 정신이 온전치 못하니 마을 사람들이 챙길밖에. 그래도 농사철이 끝나서 천만다행이다. 한창 바쁠 때는 이렇게 챙겨줄 수도 없다.

미단이 병원에서 치매 판정을 받고 요양원으로 들어갈 때, 마을 사람들 모두 마음이 언짢았다. 그렇다고 혼자 집에 둘 수도 없는 처지고, 요양 시설에 있으면 밥이라도 제때 먹을 수 있으니 다행이다. 마침 마을 근처에 시설이 괜찮은 곳이 있어서 그곳으로 결정되었다.

미단의 재산은 용식이 노름빚으로 거의 다 날리고 집과 고추밭이 다였다. 동배가 대신 부동산에 내놓기로 하고, 마을 기금과 미단의 노령연금, 또 면에서 나오는 독거노인 보조금으로 병원비는 충당할 수 있게 되었다.

마을 사람들이 미단에게 요모조모 신경 써주는 걸 보고, 혼자 살면서 치매 걱정을 태산같이 하던 다른 노인들도 안심이 되었는지, 현우와 동배가 지나가면 살갑게 인사를 했다. 노인들은 차라리 죽는 것은 괜찮은데 치매에 걸리는 게 더 큰 걱정이다.

미단이 요양원에 들어가고 얼마 후에 연실이 마을에 나타났다. 덕철이 데리고 왔는데 많이 나아진 모습이었다. 미단이 잘랐던 연실의 머리카락은 어깨까지 자라있었다. 연실을 요양원에 데려다주고 덕철이 현우의 집으로 왔다.

"자네는 내가 연실이를 데리고 간 것이 이상하지?"

"궁금은 하지. 그래도 자네가 연실일 거두어주어서 얼마나 다행인지 몰라."

덕철은 우두커니 마당을 내려다보고 있더니 마루에 벌렁 누웠다.

"내가 예전부터 연실이를 좋아했다네."

"뭐? 자네가?"

"응. 절에 있을 때부터야. 나는 연실이가 절에 있길래 중이 되려는 줄 알고 있었지 뭐야. 그런데 송백이 용식인가 영식인가 하는 총각하고 결혼을 했다고 하더라고."

"죽 잊어버리고 있었어. 그러다가 어느 날 시내에 나갔다가 우연히 그 서방을 봤지. 노름에 미쳐서 눈이 확 돌았더라고. 그날 내가 그치에게 돈을 좀 빌려주었지. 아무도 그치를 상대 안 해. 판에 끼어들지도 못하고 빌빌거리고 있는 걸 판돈을 줬더니 옳다구나! 하고 끼어들었지."

"그런데 금방 돈을 잃었어. 그러고는 나를 데리고 나가더니 돈을 더 빌려달라는 거야. 내가 담보가 있어야지? 했더니, 지는 뭐 트럭도 없고, 오토바이도 없고 하면서 한참 횡설수설하는 거야. 그래서 내가 농담 삼아 그럼 마누라를 나 주면 어때? 했더니 아, 이놈이 눈을 반짝이면서 얼른 좋다고 하더라고."

현우는 덕철의 말을 듣다가 깜짝 놀랐다.

"자네가 정말 그런 말을 했단 말이야?"

"응, 처음엔 농담 삼아 이야기했는데, 이놈이 계속 나를 따라다니면서 치근대는 거야. 지가 뭐 옛날에 마누라가 진 빚을 갚았다나, 뭐라나? 삼천만 원만 주면 마누라 넘긴다고 따라다니면서 성화를 대네. 난 노름에 미쳐서 마누라 팔아먹는다는 소리는 들었어도 그런 놈이 진짜 있는 줄은 몰랐다니까."

"그래서 그럼 자네 마누라는 내 것일세! 하면서 차용증을 쓰고 돈을 주었지. 그런데 꾼들이 모여 있는데 지가 무슨 수로 이겨? 금방 털렸지."

그 후, 덕철은 한동안 송에게 가 있었다. 송이 있는 곳은 깊은 산 속이라 휴대폰도 터지지 않는 곳이다.

"난 자네에게 그치가 죽었단 말 듣고 처음엔 자살인 줄 알았다니까. 듣기로 노름판에서 진 빚이 엄청났다고 들었어."

"연실이 건강이 웬만해지면 식을 올리려고 해. 나도 결혼이란 걸 정식으로 해보려고."

"정말? 그러면 우리 마을로 와. 우리 집에 빈방도 많고."

"그럴까? 그러면 자네가 혹시 더 외롭지 않을까? 홀애비라서 말이야."

"뎁끼! 이 사람아."

그러더니 덕철이 갑자기 심각한 표정을 지었다.

"자네 알잖아? 내가 어릴 때부터 새끼 밴 동물을 하도 많이 죽여서 말이야. 그런데 연실이도 보통 팔자는 아닌 것 같아. 혹시 알아? 극과 극이 만나면 좀 사그라질지."

갑자기 불길한 예감이 현우의 뇌리를 훅 스친다. 그러나 덕철의 말이 맞을지도 모르겠다. 극과 극이 만나면 좋은 쪽으로 해결될 수도 있겠다. 지금까지 홀로 외롭게 살아온 덕철이니 좋아하는 여자와 살면, 얼마를 살든 행복한 일이 아닌가?

팔자라는 것이 정말 있는지는 모르겠으나 나이가 들어서 보니 영 무시할 수는 없다. 오래전에 어머니께 들었던 현우 자신의 팔자도 지금 와서 보니 전혀 틀린 말은 아니었다.

'자네는 팔자에 역마(驛馬)가 들어 어디든 정을 붙이고 살려면 늘그막이 되어야 한다니 그게 걱정일세.'

어머니가 항상 걱정하던 늘그막이 지금이다. 그런데 지금도 만사 다 제쳐놓고 떠나고 싶으니 팔자타령을 안 할 수가 없다. 어머니도 돌아가시고, 자식들도 제각기 살게 된 지금이야말로 절호의 기회가 아닌가!

현우가 살면서 가장 후회되고 아쉬운 일은 사우디아라비아에서 돌아와 리비아로 다시 나가지 못하게 된 것이다. 그때 아버지만 쓰러지지 않았어도 그는 리비아로 갔을 것이다. 그리고 오랫동안 고향으로 돌아오지 않았을 것이다.

그가 사우디아라비아의 유목민에게서 받았던 충격은 그 후 많은 세월이 지나도 사라지지 않았다. 그는 베드윈족들의 유목 생활에 깊이 매료되었다. 그들은 돈을 줘도 유목 생활을 포기하지 않았다. 그들에게 돈은 아무 쓸모도 없는 종이 쪼가리에 불과했다. 국가에서는 그들을 정착시키려고 집을 멋지게 지어준다. 그들은 그 멋진 집에 자기들이 키우던 양 떼를 몰아넣는다. 정작 그들은 모래 위에서 잔다. 얼마 지나지 않아 그들은 양들의 똥이 가득 찬 집을 버리고 밤새 길을 떠나버린다. 그들을 인도할 별을 등에 지고, 사막을 가로질러 또 다른 사막으로 길을 떠난다. 그들은 아마 현우가 평생 찾아 헤매는 인생의 끝이 어디인지 알고 있을 것이다.

현우도 알고 싶었다.

인생의 끝자리가 어디인지를 분명하게 알고 싶었다. 죽음을 가로질러 그 어딘가에 존재한다는 인생의 마지막 자리. 그것이 알고 싶었다.

새벽에 잠이 깨어 돋보기를 끼고 들여다보는 죽음의 틈바구니에서 빠져나와 그 별을 등에 지고, 공포의 강을 가로질러 인생의 끝자리, 그곳으로 떠나고 싶은 것이다.

24. 대설(大雪)

양력 12월 7일경, 음력 11월.
눈이 많이 내리는 계절이다.
이날, 눈이 많이 내리면,
다음 해에 풍년이 든다고 한다.

눈이 내린다.

눈이 오면 마을은 조용해진다. 재를 넘어 하루에 세 번 들어오는 버스도 못 들어오고, 마을은 눈에 둘러싸여 고독한 성이 된다. 고독한 성에 사는 사람들은 제각기 대문을 꼭꼭 걸어 잠그고 눈 위에 발자국을 남기지 않는다.

생을 관장하는 위대한 신이 먼저 하얀 눈 위에 발자국을 남기면 인간들은 그 발자국을 따라갈 것이다. 비록 그 발자국의 크기가 엄청나게 거대할지라도 결국 따라잡을 것이다. 그렇게 해서 눈이 내리는 날에는 침묵해야 한다. 신의 발 딛는 소리를 귀 기울여 들어야 하기 때문이다.

대설에 눈이 내리면 다음 해에 풍년이 든다는 옛말이 있다.

마을 사람들은 풍년이야 내년의 일이니, 닥친 이 겨울에 눈이 좀 적게 왔으면 하는 마음이 더 크다. 남쪽에 사는 사람들은 눈이 오면 좋다고 환호성을 지르지만, 이곳에 사는 사람들은 눈이라면 지긋지긋하다. 오죽하면 군인들이 훈련도 싫지만, 눈은 더 싫다고 하겠나!

눈이 쌓이고 쌓여 사람 키만큼 쌓일 때도 있다. 그러면 사람들은 눈 속으로 길을 뚫고 이웃과 왕래를 한다. 현우와 동배는 눈이 많이 내리면 외따로 떨어진 노인들이 사는 집을 꼭 둘러본다.

동배는 포크레인으로 눈을 밀면서 큰소리로 노래를 부른다. 그는 제 하고 싶은 대로 하고 산다. 성질이 나면 소리를 지르면서 행패를 부리지만, 기분이 좋을 때는 입의 혀같이 싹싹하다. 현우는 그런 동배가 자기보다 더 정직하다고 생각한다. 비열을 위선으로 위장한 자신이 오히려 혐오스럽다.

눈이 내려도 마을 사람들은 마음이 푸근하다. 김장해 놓고, 연탄을 들여놓고, 장작도 준비해 놓고, 쌀은 있고, 그러면 무엇이 부럽겠나? 부자가 눈 아래로 보인다.

미단이 있는 요양병원에 할 일이 없는 마을 노인들이 병문안을 핑계로 수시로 들락거리게 되었다. 그러다 보니 어떤 땐 환자보다 방문객 수가 더 많을 때도 있다. 노인들은 떡을 해서 간병인들과 함께 나눠 먹기도 하고, 고추니, 나물이니 바리바리 갖고 가서 병원에서 일하는 사람들에게 선물도 한다.

미단의 보호자는 이장으로 기록되어 있는데, 동배와 현우의 전화번호도 적혀 있다. 미단을 보러 오는 방문객이 많고, 늘 노인들이 먹거리를 가져와 북적거리니, 요양원에서는 미단이 재산이 많고, 대단한 사람인 줄 알고 있다. 때때로 그 허세가 필요할 때도 있다. 다 그런 건 아니지만, 어떤 사람들은 명분에 친절하고, 돈에 비굴하다. 인간의 판단은 그래서 항상 정확한 것은 아니다.

미단이 있는 층은 경증 치매 환자들이 지내는 곳이다. 움직일 수 있고, 식사도 혼자 할 수 있고, 혼자서 화장실도 갈 수 있다. 다만 인지능력이 떨어져 혹시 모를 불상사에 대비하는 차원에서 입원한다. 그런 환자들이 집에 있으면 물을 틀어놓아 물바다를 만들고, 가스 불을 켜 놓고 잊어버려 불을 내기도 한다.

길을 잃어버리는 환자도 있다. 윗마을의 권 씨네 시아버지는 여태 실종상태다. 치매 환자는 보통 사람들보다 이상하게 더 빠르다. 아이들과 마찬가지로 잠깐 한눈을 팔면 어느새 저만치 사라져 도저히 찾을 수가 없다.

한 층 더 올라가면 중증환자들이 지내는 사랑 병동이다. 여기는 거의 움직일 수 없는 환자들이 입원해 있다. 처음엔 아래층 은혜 병동에 있었지만, 차츰 걷지도 못하고 배변도 혼자 할 수 없어져 대부분 기저귀를 사용하는 환자들이 모여 있다.

미단이 있는 은혜 병동은 환자 수가 스무 명쯤 되는데 아직은 기력이 짱짱한 노인도 많다. 마땅히 돌볼 사람이 없어 입원하는 사람도 있고, 돈은 많은데 심심해서 입원하는 노인도 있다.

연실이 병원을 방문해서 미단과 함께 있는 것을 본 어떤 노인이 물었다.

"어무이래요? 꼭 닮았구만."

"아니요, 며느리예요."

미단이 점심 먹는 걸 도와주고 연실이 거실로 나오자 그 노인이 또 물었다.

"어무이래요? 꼭 닮았구만."

"아니에요. 저 며느리예요."

연실이 병원에서 나올 때까지 그 노인은 똑같은 질문을 일곱 번 했다. 간병인이 저분은 오는 사람마다 그렇게 물어보니 연실더러 이해하라고 한다. 물론 이해한다. 그런 병이다.

미단의 상태는 급격히 나빠졌다. 혼자서도 화장실을 잘 다니더니 곧 기저귀를 사용하게 되었다. 휠체어에 앉아 연실이 오면 배시시 웃다가 '나가 딸이 없는디' 하고 중얼거렸다.

 연실은 덕철이 잘 보살펴 준 덕분에 몸이 제법 건강해졌다. 덕철은 약초도 달여 먹이고, 몸에 좋다고 하는 건 다 해서 연실에게 주었다. 무엇보다 연실을 애지중지 아꼈다.

 미단이 입원하고부터 연실은 자주 마을로 내려왔다. 덕철이 데리고 내려올 때도 있고, 연실 혼자서 올 때도 있는데, 그럴 땐 꼭 덕철이 현우에게 부탁해서 현우가 병원에 데려다주었다. 연실은 어떤 때는 요양병원에 갔다가 자고 왔다.

 겨울이 오면 덕철은 산을 다니면서 올무나 덫을 없앴다. 사냥꾼들은 올무나 덫을 놓지 않는데, 밀렵꾼들이 그런 짓을 한다. 그들은 그렇게 잡힌 노루나 고라니, 담비 같은 동물들을 비싼 값에 판다.

 어떤 올무는 설치해 놓은 장소를 찾지 못해 잊어버리기도 한다. 잡힌 동물은 부패하거나 진드기 같은 벌레가 붙어서 흉측한 모습이 되어 있다. 그런 사체 근처에 가면, 죽음의 냄새가 온 숲에 음울하게 배어있다. 요즘은 올무가 어찌나 발달했는지 눈으로 거의 분간할 수도 없게 정교하다. 동물이든 사람이든 한번 올무에 걸리면 빠져나올 수가 없다.

수리는 오늘 기분이 좋지 않은지 계속 짖고 있다. 연실이 마을로 내려가면서 미단에게 갔다가 영심이랑 자고 온다고 했다. 현우에게 전화를 넣어놨다. 자신이 데려다주지 못할 때는 왠지 불안하다. 아직 연실이 상태가 온전하지는 않기 때문이다.

덕철이 사는 집은 산 중턱에 있는 움막인데 그동안 시설이 형편없었다. 그러나 연실과 함께 살면서 화장실도 고치고, 지붕도 손보고 하여 지금은 그럭저럭 살만하다.

"수리!"

"짖지 마."

덕철은 방문을 열면서 소리쳤다.

그때, 덕철은 봤다. 고구마를 쌓아둔 곳에 집채만 한 바위가 서 있었다.

'번개다!'

덕철은 그놈이 보기 전에 얼른 방문을 닫았다.

총을 꺼냈다. 어제 손을 봐 두어서 다행이다. 작년에 산 바레타 연발이다. 정통으로 눈이 마주치기 전에 저놈의 미간을 뚫어야 하는데. 덕철의 손이 부들부들 떨렸다. 마침 연실이 없어서 천만다행이다. 그녀가 있으면 얼마나 놀랐겠나? 저놈을 잡아서 연실에게 보여줘야지! 이것으로 이제 사냥은 끝이다. 이 사냥이 내 인생 마지막 사냥이다.

덕철은 살며시 방문을 열었다.

고구마가 담긴 자루를 코로 밀어붙이고 있던 놈이 수리에게로 고개를 돌렸다. 수리가 오줌을 질질 싸며 으르릉대면서, 목에 걸린 줄을 끊으려고 안간힘을 쓰고 있었다.

'아, 안돼. 수리를 풀어놨어야 했는데.'

덕철은 애가 타서 방문을 벌컥 열었다. 수리를 죽게 할 수는 없다. 그 바람에 그놈이 덕철 쪽으로 고개를 돌렸다.

덕철은 맨발로 마당으로 냅다 뛰었다.

눈이 내리고 있는 마당에 덕철이 우뚝 서서 놈을 쳐다보았다. 송이 있었다면 좋았을 텐데, 기리의 복수를 위해서 말이야. 수리가 계속 으르릉대네. 주인님 대신 저를 보라는 말이야. 알아, 수리야. 알아들었어. 근데, 저놈 덩치를 봐? 너는 한 방에 나가떨어질 거야.

그때 세차게 짖던 수리가 거품을 하얗게 입에 물더니 순식간에 목줄을 끊었다. 그리고 놈에게 달려들었다. 처절한 비명이 들렸다. 수리가 마당 쪽으로 튕기며 나자빠졌다. 놈이 덕철 쪽으로 서서히 몸을 틀었다.

'오, 세상에! 수리야. 가만히 있어야지. 왜 그랬어? 와, 저 이빨 좀 봐. 저건 완전 괴물이야. 태어나서 저런 놈은 본 적이

없다. 할아버지는 본 적이 있을까?'

'눈을 봐야 해. 놈이 뛰어오는 순간, 나도 방아쇠를 당겨야 한다. 차분해지자. 연실이는 지금 마을에 도착했을까?'

그녀를 생각하면 덕철은 항상 마음이 따뜻해졌다.

'놈이 뒷다리로 마당을 긁고 있다. 뛰어올 준비를 하는군.'

덕철은 침착하게 총구를 겨누었다.

멧돼지의 단단한 껍질과 지방은 칼을 밀어내기도 한다. 이놈들은 웬만한 상처는 자신들이 치료한다. 어떤 놈을 잡고 보면 송진으로 상처를 치료한 놈도 있다. 사람만 머리가 좋다는 법은 없으니까. 동물들에게 말을 들어보지 못했으니 그놈들이 어떤 생각을 하는지 알 수가 없다.

놈이 드디어 뛰어온다.

지금이다.

덕철은 순간 방아쇠를 당겼다.

총알이 미간을 뚫었나?

엇, 이 새끼가 고개를 외로 꼬네?

이틀 동안 마을에서 지낸 연실은 사흘째 되는 날 현우의 차를 타고 산막으로 왔다. 그리고 그들은 엄청난 덩치의 멧돼지가 왼쪽 눈이 뚫어져 마당에 나자빠져 있는 것을 보았다. 그 옆에 수리가 창자를 쏟은 채 죽어 있었다. 덕철은 총을 부여잡고 하늘을 바라보며 눈 위에 쓰러져 있었다. 피가 사방에 흥건했다. 눈이 햇살에 녹고 있었다.

연실은 파랗게 질려 그 자리에 주저앉아 부들부들 떨었다. 현우는 얼른 119를 불러놓고는, 동배에게 연락했다. 사람들이 산막으로 올라오기 전에 현우는 연실을 데리고 절집으로 갔다. 눈이 하얗게 쌓인 절집 마당에 노루가 지나갔는지 작은 발자국이 나 있었다. 연실을 쪽마루에 앉히고 현우는 거대하게 서 있는 전나무를 바라보았다.

가엾은 아이다!

사랑이라는 인연으로 맺어진 두 남자의 죽음을 이 아이는 어떻게 극복할 것인가? 자신을 자책하며 남은 인생을 고통 속에서 살 것인가? 다 잊어버리고 운명의 굴레에서 벗어나 새로운 생을 살 것인가? 아무도 해결해 줄 수 없다. 그 누구도 책임지지 못하는 오롯이 연실의 몫일 뿐이다. 살아남은 사람에게 지워진 진저리나는 등짐이다.

연실은 고개를 들어 절집 단청을 멍하니 바라보았다. 그러다 갑자기 씩 웃었다. 눈에서는 눈물이 주르르 흘러내렸다.

그때 낡은 실에 간신히 매달려 있던 추녀 끝의 목어가 연실의 무릎에 툭! 떨어졌다.

  현우는 덕철이 예전에 말한 대로 화장을 해서, 골분(骨粉)을 벼락바위가 있는 절벽 쪽으로 뿌렸다. 수리의 재도 함께 뿌렸다. 그와 할아버지가 온 산을 누비며 사냥을 하던 곳이다. 산 구석구석 무슨 풀이 자라는지 다 알고, 동굴이 어디에 있는지도 다 안다.
  멧돼지는 트럭에 실어 마을로 옮겼다. 덩치가 얼마나 컸던지, 포크레인이 간신히 들어 올렸다. 소문이 나자, 여러 방송국에서 취재요청이 왔다.
  동배와 정 사장은 기자가 청하지도 않았는데 마이크를 잡고 놓지 않았다. 그들은 덕철과 막역한 사이였으며, 덕철이 대단한 사냥꾼이었다고 시끄럽게 떠들었다.
  송과 박, 현우는 인터뷰를 거절했다.
  삼우제(三虞祭) 날, 송백이 소식을 들었는지 조용히 나타났다. 그는 덕철의 극락왕생을 위해 긴 독경을 했다. 마을 사람들은 송백의 염불 소리에 다 눈물을 흘렸다. 현우는 멧돼지의 이빨을 절벽 밑으로 던졌다. 소주 한 병도 다 뿌렸다.

연실도 결국 미단과 함께 요양병원에 입원하게 되었다. 연실과 미단이 함께 휠체어에 앉아있을 때, 어떤 노인이 물었다.

"어무이래요? 마이 닮았구만!"

25. 동지(冬至)

양력 12월 22일, 음력 12월.
1년 중 밤이 가장 길고, 낮이 짧다.
팥죽을 쑤어 이웃과 나눈다.
이날 날씨가 따뜻하면
다음 해에 질병이 많고,
눈이 많이 오고 추우면,
풍년이 들 것을 예상하기도 한다.

　영천댁과 함박네가 회관 앞마당에 큰 가마솥을 걸어놓고 팥죽을 쑤고 있다. 집집이 따로 팥죽을 끓이기도 하지만, 한꺼번에 끓여 나눠 먹고, 당집에도 올린다. 팥죽을 장독대나 광에 한 그릇 놓고 잡귀를 쫓거나, 부엌 구석이나 마당 구석구석 뿌리기도 한다. 어떤 집에서는 뱀 사(蛇) 자를 써 기둥이나 벽에 거꾸로 붙여서 악귀를 막고, 한 해 동안 아무 탈 없이 잘 지내게 해 달라고 빈다.
　올해는 대설을 전후해 눈이 많이 내리더니 이상하게 따뜻한 날들이 계속되었다. 옛날처럼 김장독을 묻은 집은 김치가 시었을 정도다. 요즘은 김치냉장고가 없는 집이 없으니 사시사철 싱싱한 김치를 먹을 수 있다. 어쩌다 겨울 산행을 오는 사람들이 땅에 묻은 독에서 꺼낸 김치인 줄 알고 맛있다고 감탄을 하다가, 김치냉장고에서 꺼냈다고 하면 실소를 금치 못하기도 한다. 김칫독을 묻는 일이 보통은 아니다. 그냥 땅을 파고 묻으면 되지 않아요? 하는 사람도 있지만, 김치에 흙이 들어가지 않게 마무리하는 일이 더 힘들다. 꼭 땅에 묻은 김치를 먹고 싶은 사람은 볏짚으로 독 주변을 깨끗하게 채비를 하고 묻는다. 뚜껑 있는 고무로 만든 큰 통을 묻어서 대신 사용하기도 한다.

팥죽이 다 끓여지자, 현우는 제일 먼저 큰 사발에 가득 퍼서 당집으로 향했다. 현우는 두루마기를 입었다. 한복은 안 입어도 유건을 쓰고 두루마기는 입는다. 그 뒤를 동배와 영철, 송 씨, 조 영감, 김 씨, 최 씨, 병칠이 따라온다. 보통 때는 남자 일곱을 맞추는 일이 힘들다. 그러면 그냥 있는 사람과 제주만 함께 한다. 용식이가 있으면 너풀너풀 춤을 추면서 따라올 텐데. 현우는 못내 아쉽다.

그들이 성황림으로 들어가 새로 지은 당집 문을 열자 소나무 향기가 훅 풍긴다. 당집 축성식은 아직 하지 못했다. 다음 달에 있을 달집태우기와 병행하기로 했다. 초에 불을 켜고 팥죽을 올린다. 절은 하고 싶은 사람만 한다. 오랜 풍습이긴 하나 절을 꺼리는 사람도 있어서 마을에서는 절은 자유롭게 하자고 의견을 모았다.

현우와 조 영감은 당집 주변을 돌며 팥죽을 숟가락으로 조금씩 떠서 뿌리고, 당집 옆의 오래된 전나무와 신나무에도 뿌렸다. 나무들은 변함없이 이 숲을 지켜주었다.

그들이 성황림을 나서자 동짓날 햇살이 반짝하고 비쳤다.

"동짓날 따뜻하면 병이 많다는데."

그새를 못 참고 동배가 입바른 소리를 내뱉는다.

"동배야. 그런 소리는 니 혼자 속으로 하라이."

조 영감이 핀잔을 주자, 평소 같으면 길길이 뛰며 대들 동배가 어쩐지 어깨를 들썩하며 가만히 있다.

"똥배짱도 나이가 드는가벼?"

송 씨가 한마디 거들고는 동배를 감싸안고 어깨를 툭툭 두드렸다. 동배는 심드렁한 표정으로 송 씨를 힐긋 보고는 아무말도 하지 않았다.

작은 그릇에 팥죽을 담아서 현우는 논 가운데에 있는 웅덩이로 갔다. 어머니의 말씀대로라면 어쨌든 이 웅덩이에 그 젊은 소위가 빠져 죽었다는 것 아닌가? 그는 팥죽을 웅덩이 주변을 돌아가며 다 뿌렸다. 그리고 젊은 소위의 명복을 빌었다.

젊은 소위의 영혼이 있으면 편히 쉬시라.

당신의 핏줄인 송백의 평안도 빌어주시라.
아버지도 용서해 주시라.
무엇보다 어머니의 영혼을 위해,
보상받지 못한 가엾은 삶을 위로해 주시라.

차가운 바람이 현우의 주변을 맴돌다 웅덩이로 가라앉았다. 예전엔 동지가 큰 명절이었다.

일 년 중 밤이 가장 길어서 긴긴밤을 팥죽과 얼음이 낀 동치미 국물을 먹으며 보냈다. 군불 때는 방에 옹기종기 모여 이불속에다 발을 한꺼번에 집어넣고 귀신 이야기며, 재미있는 옛날이야기로 밤을 새웠다. 아이들은 팥죽 속의 새알이 나이만큼 들어있는지 세기도 하고, 팥죽을 장독 위에 올려놓았다가 얼음이 서걱서걱할 때 먹기도 했다. 부엉이가 울고, 똥이 마려워 엉덩이 시린 뒷간에 앉았다가 나오면 눈이 온 것처럼 마당에 달빛이 하얗게 부서졌다.

현우는 팥죽 속의 새알을 하나하나 골라내었다. 어머니가 끓인 팥죽의 새알은 아내가 만들었다. 아내는 작고 앙증맞게 새알을 빚어서 먹을 때 거북한 감이 없었는데, 오늘은 남자들이 빚어서 그런지 새알이 작은 달걀 크기다. 팥죽에 새알만 가득하다. 한 알을 입에 넣었더니 목구멍이 막힐 정도로 입안이 꽉 찼다. 억지로 삼키고 나머지 새알을 다 골라내었다. 그러고 나니 팥죽이 두어 숟가락도 안 된다. 팥죽을 좋아하는 현우는 좀 있다가 회관에 가서 더 가져올 작정을 했다.

  남자들은 팥죽을 별로 좋아하지 않는데, 현우는 유난히 팥죽을 좋아했다. 그래서 어머니는 현우를 팥죽 귀신 들렸다고 했었다. 팥은 손이 많이 가고 소출이 적어서 농민들이 꺼리는 농산물이다. 그래도 어머니는 현우 때문에 항상 팥 농사를 지었다.

  똬리굴을 바라보며 요리조리 사진을 열심히 찍어대던 김 교수 일행은 오장순을 만나기 위해 성황림으로 발길을 돌렸다. 겨울이라 해가 빨리 지고 있었다. 오장순의 말에 의하면 오늘 마을에서는 당집 축성식과 달집태우기 행사가 있다고 한다. 마을의 당집이 불에 타서 다시 지었다는 소식은 일전에 들은 바가 있다. 일행이 다 도시 출신들이라 달집태우기는 말만 들었지 눈으로 직접 본 일은 없는 터였다.

  "도시에서 삼십 분 거리인데 이렇게 다르다니."

  어릴 때 미국으로 가서 그곳에서 학교를 마친 최영섭은 창밖을 보며 계속 중얼거렸다.

  "어머니가 그렇게 똬리굴, 똬리굴 하시더니 참 특별한 굴이네요. 어떻게 그 시대에 저런 생각을 했을까요? 저렇게 나선

형으로 돌아 나올 생각을 말입니다."

 영섭이 부탁을 해서 나선 길이지만, 김 교수도 가까이서 굴을 보기는 처음이다.

"그러게 말입니다. 저도 첨 봤습니다. 해방 전에 뚫었다니 사람들이 얼마나 고생을 했겠어요? 저렇게 뚫어놓고는 일한 사람들을 싸그리 다 죽였다니, 참 지독합니다."

"전쟁이란 것이 그렇게 무서운 겁니다."

"그런데 최 선생 어머니는 왜 저 굴을 그리 보고 싶어 하셨나요?"

 카메라를 들여다보던 서연술이 영섭에게 묻는다.

"그러게요. 돌아가시기 전에 저 굴을 꼭 한 번 봤으면 하시더니, 그 소원을 못 들어 드렸네요."

 차창 밖으로 묵직한 녹색의 전나무들이 하늘을 찌를 듯이 솟아있다. 강원도의 산은 남쪽의 산과는 달리 굳건하고 치열하게 보인다.

"김 교수 덕분에 참 고맙습니다."

"무슨 말씀을. 제가 도리어 좋은 구경 했습니다. 오늘 밤 뜨뜻한 온돌방에 누워서 몸을 좀 지지면 선생님 허리도 좋아질 겁니다."

"최 선생은 허리 때문에 참 큰일이야. 그래도 다행이지 뭐요. 젊어서 그랬으면 마누라가 좋아했겠나?"

"그러게 말입니다. 하하하."

잠시 후 그들은 달집을 만들어 둔 개울에 이르렀다. 개울 옆으로 성황림이 보인다. 당집은 평소와는 달리 밝은 등을 달아놓았다. 아마 낮에 축성식을 한 모양이다.

사흘 전에 많은 눈이 내린 성황림은 저녁인데도 환하다. 얼어붙은 개울 옆 자갈밭에 나무들을 쌓아 놓은 거대한 탑이 보인다. 달집이래서 조그마하고 예쁘장한 모습을 상상한 일행은 내심 깜짝 놀랐다. 달집 주변에서 사람들과 함께 서 있던 오장순이 두 손을 흔들며 뛰어오는 것이 보였다.

"아이고, 먼 걸음 하셨습니다. 그래 길은 힘들지 않던가요?"
"내비게이션이 얼마나 똑똑한지 한달음에 찾았습니다."
"아, 교수님도 그 아가씨를 사랑하시는구면요. 거, 참. 요즘 그 아가씨 없으면 우리는 다 바봅니다."

그 소리에 다들 왁자하고 웃으면서 어색했던 분위기가 스르르 풀리기 시작했다.

"오늘 밤에 행사가 끝나면 코가 비뚤어지도록 동동주에 취해 보시죠." 동동주란 말에 서연술은 입맛을 다시면서 눈을 반짝거린다.

오장순이 이 마을에 들어온 것은 햇수로는 거의 십 년이 넘었다. 요즘은 예전 같지 않아, 시골에도 외지에서 이사 온 사람이 많다. 어떤 마을은 토박이가 사는 집보다 별장이 더 많은 곳도 있다. 토박이 마을 사람들은, 아무리 이사 온 지 오래된 사람이라도 그 집을 부를 땐, '아, 그 이사 온 집?' 한다.

그들은 곁을 잘 주지 않는다. 마을 사람들 탓만은 아니다. 이사를 오는 대부분의 외지 사람들은 집을 거창하게 짓고 들어온다. 그리고 대문을 굳게 걸어 잠그고 무섭게 생긴 개를 두어 마리 키운다. 마을 사람들이 농사일에 바빠서 정신이 없을 때, 그들은 선글라스를 끼고, 개를 데리고 산책을 한다. 개는 마을 사람들만 보면 미친 듯이 짖어댄다. 그러면 그들은 개를 다독거리며 '응, 애기야 무서워하지 마, 엄마 여기 있어'라고 지껄인다.

마을 사람들은 요새 것들은 개새끼를 지 새끼라고 씨부린다고, 참 희한한 세상이 되었다고 흉본다. 외지인이 마을 사람들과 친해 보려고 안간힘을 쓰면 쓸수록 무심하다. 끝내 이사 온 사람은 지친다. 그래서 도시로 되돌아간다. 그러고는 이 마을은 텃세가 심하다고 떠벌린다.

오장순은 그럭저럭 잘 견디고 있다. 너무 살갑게도 너무 불친절하게도 하지 않으면 된다. 만나면 인사나 잘하고, 도와줄 일이 있으면 돕고, 무심한 물처럼 지내는 게 제일이다. 그러나 한 가지는 각오해야 한다. 사생활은 거의 없다. 누구 집에 어떤 손님이 왔으며, 오늘 아침 반찬이 뭔지도 다 안다. 어쩌다 며칠 안 보이면 불쑥 나타나 문을 벌컥 열고 큰 소리로 부른다. 사람이 죽었는지, 살았는지 기척을 하라고 고래고래 고함을 지른다. 그런데 참 이상하다. 늙으면 그런 게 좋아진다. 세상사 귀찮고, 혼자 있는 것이 제일 좋다던 오장순도 변했다.

김 교수가 알던 오장순은 침울한 사람이었다. 혼자서 여행을 하고, 혼자서도 고깃집에 잘 갔으며, 모임이 있어도 잘 나오지 않던 사람이었다. 그러나 이 마을로 이사하고는 놀랄 정도로 명랑해졌다. 오히려 주책이 넘칠 정도다.

김 교수 자신도 이 마을에 이사 오고 싶은 생각이 굴뚝같다. 그러나 애들 학교도 있고, 마누라 등쌀에 아직은 망설이고 있다. 마누라는 이혼할 각오를 하고 이사를 하라고 난리를 부렸다. 이혼이 무기다. '제길! 이혼이 대순가? 내가 돈 벌어 주는 기계가 된 게 언젠데? 마누라가 펄펄 뛰거나 말거나 내년엔 꼭 터를 잡아서 혼자서라도 와야지!' 그는 굳게 마음먹었다.

기름을 묻힌 천으로 만든 방망이에다 영철이 불쏘시개를 대자 훅! 하고 불이 붙었다. 주변이 순간 번쩍하며 밝아진다. 쌓아 놓은 장작 사이로 불붙은 방망이를 디밀자, 순식간에 하늘을 향해 불꽃이 맹렬하게 솟구치기 시작했다. 불길 따라 소원을 적은 종이들이 새끼줄에 매달려 함께 타오른다.

김 교수 일행도 오장순이 건네준 작은 한지를 받아 각자 소원을 적었다. 그들이 그 종이들을 불길에 던져 넣으려던 순간, 밑둥치에 받쳐져 있던 장작이 무너지더니 불꽃이 퍽! 하고 튀었다. "아이쿠!" 그들은 뒤로 펄쩍 물러났다. 맵고 알싸한 냄새가 바람을 타고 사람들의 코끝을 스친다.

그때, 갑자기 숲 쪽에서 웅성거리는 소리가 나더니 동배가 튀어나왔다. 동배는 양손에 불붙은 막대기를 하나씩 쥐고, 신작로를 내달리며 소리를 지르기 시작했다.

"달이 탄다! 달이 탄다!"

동배의 소리는 마을을 쩌렁쩌렁 울린다.

"저 인간이 또 미쳤네. 참말로 큰일이구만!"

조 영감이 혀를 끌끌 찬다.

"달이 탄다! 달이 탄다!"

동배가 외치자 김 교수는 문득 고개를 들고 달을 쳐다보았다. 불꽃이 벌겋게 치솟아 올라, 정말 달을 태우는 것처럼 보인다. 영섭도 그렇게 느꼈는지 김 교수에게 속삭였다.

"김 교수, 저러다 정말 달에 불이 붙으면 어떻게 하죠?"

"그러게요. 어쩐지 무섭군요."

"그러면 달이 새카맣게 되겠죠. 하하하."

사람들이 여기저기서 한마디씩 하자, 오장순이 김 교수 일행에게 다가와서 까닭을 알려주었다.

"저 사람은 이 마을 토박이인데 달집만 태우면 저런답니다. 벌써 술을 한잔했나 봐요."

"왜 저럽니까?"

"자세한 내막은 모르지요. 어릴 때부터 고생을 많이 했대요. 맺힌 한이 많겠죠. 인간이란 다 알고 보면 불쌍한 중생 아닙니까?"

도사 같은 오장순의 말에 일행은 전부 고개를 끄덕이며 동배를 바라보았다.

달집을 태우는 날이 되면 동배는 반미치광이가 되어 뛰어다닌다. 마을 사람들은 이젠 그러려니 한다. 동배라고 어찌 서러운 일이 없을까? 어미는 동배를 버리고 떠났고, 동배는 이 집 저 집 돌아다니며 배를 채웠다. 현우의 어머니가 챙겨주어서 그래도 초등학교는 겨우 졸업했다. 현우 어머니는 동배를 중학교에도 보내고 싶어 하셨다. 동배는 죽어도 공부하기 싫다고 했고, 결국은 진학하지 않았다.

달집만 태우면 동배는 그 불 속으로 뛰어들고 싶은 걸 간신히 참는다.

"달이 탄다. 달이 훨훨 탄다!!"

동배는 외친다.

달을 태워버려라.

저런 어머니 얼굴같이 둥근 달은 훨훨 태워버려라.
몽땅 태워버려라!

동배가 불방망이를 휘젓고 뛰어다니면 바라보던 사람들의 속도 조금은 후련해진다. 불만이 없는 사람은 세상에 없다. 다들 한 가지씩의 근심은 가지고 살아간다. 마을의 안 좋은 일들도 동배의 불방망이와 함께 날아가 버리길 마을 사람들은 소망하였다. 올해는 유독 안 좋은 일이 많았다.

사람들이 두 손을 모으고 달집 주변을 빙글거리며 돌기 시작하자 달집은 더욱 맹렬하게 타올랐다. 방송국에서는 연신 카메라를 들이대며 촬영한다고 여기저기를 헤집는다.

부녀회원들은 음식을 준비한다고 먼저 회관으로 가고, 영철과 몇몇 노인들의 인터뷰가 끝난 후에 행사는 끝났다. 행사를 마치면, 뒤풀이로 회관에서 한바탕 잔치가 벌어진다. 김 교수 일행도 회관으로 휩쓸려 따라갔다.

누군가 막걸리를 꺼내 오고, 참나무 장작에 통으로 굽던 돼지고기도 썰어 오고 김치를 내오라, 전을 내오라, 이러쿵저러쿵하다 보니 사람들은 곧 오래된 지기처럼 어울리게 되었다.

술이 한 잔씩 들어가자 이번엔 다들 김 교수 일행에게 이목이 쏠린다. 구석에 앉아 술을 넙죽 받아먹고 있던 서연술은 어느새 마을 사람들과 친해져서 카메라를 들이대며 떠들고, 영섭은 막걸리 한 잔을 마시고는 발그스름한 얼굴로 빙그레 웃고 있다. 달집태우기 행사도 처음이지만 마을회관이라는 곳도 처음이라 영섭에겐 모든 것이 신기하다.

노인들의 주름진 얼굴과 투박한 손, 이따금 터지는 웃음소리. 아련하게 무언가 가슴을 치밀고 올라오는 이상한 느낌에 그는 갑자기 눈이 시큰해졌다. 그가 느껴보지 못한 고향의 향기. 어머니의 표정에서 가끔 보이곤 하던 그 아련하고 쓸쓸한 느낌. 5년 전에 미국에서 돌아가신 어머니는 항상 고향을 그리워하셨다. 오랜 세월 고향을 떠난 어머니는 돌아가시기 전에야 당신의 고향을 강원도 어디쯤이라고 알려주셨다.

"이분은 무슨 일을 하시는 양반인가?"

현우가 영섭 곁으로 슬며시 다가앉았다.

"아, 최 선생은 미국에서 오셔서 우리 대학교에 계시다가 얼마 전에 퇴직하셨습니다."

옆에 있던 김 교수가 대신 대답한다.

김 교수는 그동안 오장순을 몇 번 만나러 와서 현우와는 인사를 한 사이다. 집에 빈방이 있으니 언제든지 와서 지내라는 허락까지 받아 놓은 터다. 오장순이 최 선생에게 오동나무 대문 집에 사시는 분이라고 소개를 했다.

"아이쿠, 그러세요? 어쩐지 저랑 연배가 비슷하게 보여서."

"저보다 훨씬 젊어 보이시는데?"

"하하하, 그렇습니까?"

현우는 빈말이라도 그런 말을 하는 영섭이 친근하게 느껴진다. 남자들은 만나면 어쩐지 서먹하기 마련이다.

"본향은 어디신지?"

"본향이라면 아버님 고향을 말씀하시는 건가요?"

"그렇지요!"

"아, 아버님 고향은 서울이십니다. 그런데 어머님 고향이 이 근처라고 들었습니다."

"그러시군요. 반갑습니다."

"아, 네. 저도 무척 반갑습니다. 사실은 어머님이 생전에 똬리굴을 꼭 봐야 하는데, 하고 늘 말씀하셔서 제가 김 교수에게 부탁을 좀 드렸습니다."

현우는 갑자기 가슴이 툭 내려앉는다.

"그러면 혹시 어머님 성씨가 어떻게 되시는지?"

"유 씨입니다."

현우는 눈물이 찔끔 난 채 코를 훌쩍 들이마셨다.

가슴이 찌르르하다.

그는 영섭의 얼굴을 뚫어질 듯이 자세히 들여다보았다.

26. 소한(小寒)

양력 1월 5일경, 음력 12월.
본격적으로 추워진다.
대한이 소한 집에 놀러 왔다가
얼어 죽었다는 말이 있듯이
일 년 중 가장 춥다.

대한이 소한 집에 놀러 왔다가 얼어 죽었다는 말이 괜히 있는 게 아니다. 어찌나 추운지 방 안에 있는데도 코가 빨갛게 얼 지경이다. 해가 바뀌어도 마을은 아직 한겨울이다. 해만 바뀌면 뭘 하나, 눈은 녹지 않고, 칼바람이 살을 엔다.

연신 재채기를 하고 있던 영심은 목도리를 두르고 장갑을 끼고는 집을 나왔다. 감기가 들어 미단에게도 못 간다. 환자들은 면역력이 떨어져서 감기에 걸리면 위험하다고 면회가 금지되었다. 그동안 거의 매일 면회를 하다 보니 영심에게는 병원이 꼭 집 같다.

동배에게 '난도 치매 걸리면 거기 넣어주시오' 해놨다. 동배는 지랄! 하고 픽 웃었다. '내가 먼저 걸리면 나부터 넣어라이?' 그러다 둘이 쳐다보며 서글프게 웃었다.

동배는 보상을 받으면 요양병원이나 차려야겠다고 생각한다. 가만히 보니 돈은 요양병원에서 다 번다. 하루는 밤중에 잠이 오지 않아서 환자 한 명에 얼마 하는 식으로 계산을 해봤다. 나중에 현우에게 말했더니 쓸데없는 짓을 한다고 잔소리를 들었다. 송 씨는 욕심이 동해서 같이 계산했다. 둘이 막걸리 마시면서 계산하다가 나중에 그 돈으로 뭐 할래? 하면서 헛꿈도 꾸었다. 그러다 서로 사장을 해야 한다며 결국 한바탕 싸웠다.

영심이 회관에 들어서니 추운 날인데도 여럿이 들어앉아 화투를 치고 있다. 미단이 치매에 걸리고 나서는 툭하면 화투를 친다. 화투가 치매에 좋다고 방송에서 떠들어대니 전부 화투만 친다. 방은 큰 편인데 반은 여자들이 차지하고 나머지 반은 남자들이 차지해서 바둑을 둔다. 지금은 나이가 들어서 그렇지, 예전에 조금이라도 젊었을 적엔 한 방에 있지도 못했다. 남자들이 방 안에 있으면 여자들은 주로 부엌에 있었다.

"맨날 똑같은 실로 성님은 뭘 짜시오?"

영심이 뜨개질하는 함박네에게 묻는다.

"짰다 풀었다, 짰다 풀었다 하지요."

"긍게 왜 짰다 풀었다, 짰다 풀었다 씰데없는 짓을 하나 말이요?"

"자네도 서방이 첩질해 보소. 이 짓을 안 하나?"

그 말에 사람들이 일순 조용해졌다.

함박네 남편은 한 달째 집에 들어오지 않고 있다. 말을 하고 난 함박네도 입을 다물고 영심일 힐끔 본다.

"나가 젊을 때, 그런 말 들으면 성님이고 뭐고 머리칼 쥐어뜯으며 한판 붙겠구만, 인자 나도 늙은 갑소."

갑자기 와자하고 웃음이 터진다.

"아이구, 우리 영심이가 마이 컸네. 인자 철들었다."

영천댁이 영심이 등을 토닥인다.

"그래 전에 동배댁이는 미국에서 소식 있더나?"

"아, 우리 성님요? 전번 달에도 오빠 옷하고, 지 옷하고 한 벌씩 부쳐 왔더만요. 성님은 좋은 게비요. 미국서 사는 거이."

"성님?"

"그라마 성님이제. 우짜든지 나가 뒤에 들어왔응게."

그 말에 그때까지 아무 말도 하지 않고 멀뚱히 천정만 바라보던 병칠이 한마디 툭 던졌다.

"성님은 우라질. 똥배짱이 나쁜 놈이지."

발끈하고 대들려던 영심을 영천댁이 눈을 꿈적이며 만류한다. 그러더니 조용한 소리로 '술 취했다. 기냥 내비둬라. 장개를 한 번도 못 가서 서러버서 안 그라나.' 했다. 그때 방문이 벌컥 열리며 동배가 큰소리로 외쳤다.

"눈 온다!!"

마을 앞 도로의 눈을 눈삽으로 밀어내고 있던 송 씨와 동배는 저 멀리서 걸어오고 있는 영철을 발견하고는 손을 흔든다. 새로 이장으로 선출된 영철은 면사무소로, 마을로 바쁘게 뛰어다닌다. 젊은 사람이 이장이 되니 마을이 활기차다.

"눈이 계속 올 모양인데요?"

"그래도 내리는 족족 쓸어야지, 안 그러면 차도 못 다니제."

"그렇긴 하지만 이런 상태로 오면 한 사나흘 계속 내리겠는데요."

"그러게, 큰일인데. 눈이 많이 오면 버스가 못 들어오는데."

"요번에 시에 나가서 한 소리 했더니 이제는 눈이 많이 오면 우리 마을 앞부터 제설차를 보내준답니다."

"그래? 아이구 다행이네. 이장이 애썼구만."

"뭘요. 좀 있다 회관에 오실 거죠?"

"그래야지. 오늘 점심 먹는 날 아닌가?"

"맞아요. 좀 있다 뵐게요."

영철의 말대로 눈이 계속 내리자 쓸어내는 일이 아무 보람이 없다. 둘은 눈삽을 집어 던지고 회관으로 갔다. 오늘은 회관에서 마을 사람들이 함께 모여 점심을 먹는 날이다. 여느 마을이나 진배없이 이 마을 사람들도 추수가 끝나면 할 일이 별로 없다. 예전엔 가마니도 짜고, 새끼도 꼬아서 시간을 많이 죽였는데, 요즘은 그럴 일이 없으니 자꾸 술을 먹게 된다. 그래서 의외로 이 청정구역에 사는 사람 중에 암 환자가 제법 있다.

매일 와서 장기도 두고, 백 원짜리 화투도 치지만 아무도 없는 집에 가서 밥을 챙겨 먹기 싫은 마을 사람들은 회관에서 한 끼를 해결한다. 다들 둘러앉아 밥을 먹으면 맛도 있지만, 시간도 잘 간다.

오늘 메뉴는 카레라이스다.

처음 영심과 찔레네가 카레라이스를 만들었을 때는 반이 남았다. 냄새가 역하다고 안 먹는 사람들이 많았다. 그런데 차츰 입맛을 들이게 되었다. 치매에 좋다고 방송에 나왔기 때문이다.

상태가 나빠져 미단이 의식도 없이 누워있다고 어제 현우가 전했다. 그 말을 듣고 마을 사람들은 심란하다. 치매는 절대로 걸리면 안 되는데, 그게 어디 마음대로 되나? 태어날 때도 마음대로 못 태어나지만, 치매도 제 맘대로 되는 게 아니다.

마을 사람들이 한창 시끌벅적하게 식사를 하고 있는데 마당에서 자동차 소리가 들렸다. 마을만 왔다 갔다 하는 택시다. 택시는 시에서 보조금이 나온다. 시골의 손님만으로는 유지할 수가 없다. 택시에서 누가 내렸는지 쿵! 하고 문 닫히는 소리가 났다. 마을 택시는 눈 내리는 회관을 재빨리 빠져나갔다. 오늘같이 눈이 많이 내리는 날은 골짝에서 택시를 부르는 사람들이 많아서 대목이다.

택시를 하는 기사 중에 몇 년 전에 정년퇴직한 강 씨가 있다. 공무원이라 연금이 꼬박꼬박 나오는데도 택시를 운행한다고 마을 사람들이 뒤에서 흉을 많이 보았다. 마을에 일이 없어 빌빌거리는 남자들이 많은데 그런 자잘한 일까지 돈이 있는 사람이 가져가니 그런 것이다.

지금은 택시 3대가 운행되고 있지만, 강 씨가 혼자서 운행할 때는 맘 상하는 일이 종종 있었다. 택시가 필요해서 전화하면 어떤 때는 받지도 않고, 휴일이라고 퉁명스럽게 내뱉기도 해서 사람들은 강 씨가 나올 때까지 하염없이 기다리기도 했다. 그러다 지치면 사람들은 면에서 마을까지 한참을 걸어서 집으로 갔다. 봄, 가을로는 걸어도 괜찮지만, 한여름이나 겨울엔 죽을 지경이다. 어떤 때는 같은 마을로 가는 자동차가 지나가다가 태워주기도 했다. 요즘은 웬만한 집에는 다 자동차가 있고, 택시도 두 대나 있어서 불편은 확실히 줄어들었다.

동배는 예전부터 강 씨가 택시를 그만두면 자기가 하리라 생각했었다. 그러나 80살이 다 된 강 씨가 꿈쩍도 하지 않으니 약이 올라서, 때때로 강 씨 귀에다 대고 '염라대왕이 바쁜 가벼! 오래 사는 사람이 너무 많아' 하면서 놀려먹었다.

택시에서 내린 여자가 회관 문을 열고 들어선다. 처음에 사람들은 그녀가 누구인지 알아보지 못했다. 영심이가 소리쳤다.
"홍 씨 부인 아닌감?"
홍 씨 부인? 그 홍 씨 부인? 마을 돈 해 먹고 송 씨랑 날랐다가 송 씨만 개털 만든 그 여자?
송 씨는 멍하니 여자를 쳐다보고, 회관에 있던 사람들은 와드득 홍 씨 부인 앞으로 달겨들었다. 홍 씨 부인은 큰 가방을 현우 앞으로 밀어놓고는 얌전하게 무릎을 꿇더니 고개를 숙였다.
"이건 뭡니까?"
현우는 그 홍 씨 부인이 맞나 싶어 얼굴을 자세히 들여다보았다.
"이거 제가 가지고 간 돈입니다. 여기 계신 분들 돈도 다 있고, 송 씨가 가져간 돈도 있습니다. 제가 자세하게 다 적어놨어요."

사람들이 돈과 홍 씨 부인을 번갈아 쳐다보며 어안이 벙벙해져 있는데, 송 씨가 그녀의 뺨을 냅다 갈겼다.

"야! 이 쌍년아! 니가 어떻게 그럴 수가 있어? 엉?"

홍 씨 부인이 옆으로 털썩 쓰러지자 영심이 얼른 일으켜주었다.

"아따, 송 씨! 그라질 마쇼. 지금이래도 나타난 게 워디란가?"

"우라질!"

송 씨가 동배에게 끌려 밖으로 나가고, 홍 씨 부인은 엎드려 한참을 울었다.

"그래도 내사 마, 이래 돈을 다 가지고 와서 얼매나 좋은지 모르겠다."

그동안 남편에게 해약한 통장도 못 보여주고 속을 끓인 영천댁은 한시름 놓은 표정이다. 통장을 볼 때마다 속이 얼마나 쓰린지 없던 위장병이 생길 정도였다.

"그래, 그동안 어디 있다 왔노?"

영천댁이 홍 씨 부인의 어깨를 다독거린다.

"여기저기 돌아다니다, 갈 곳도 없고, 돈을 가지고 있어도 쓸 곳도 없고, 재미도 없고……."

"그렇지! 돈도 같이 써야 재미롭고, 야그도 같이 혀야 눈물 콧물 찍어내미 신나제."

영심이 맞장구를 친다.

홍 씨 부인의 말에 현우도 고개를 끄덕였다. 어머니와 아내가 있을 때는 성질을 내도, 핀잔을 들어도, 밥을 먹어도 재미가 있었다. 그런데 지금은 멍하니 텔레비전만 보는 시간이 많아졌다. 가끔 마루에 앉아 하염없이 마당을 내다보기도 한다. 이대로 이렇게 살다가 죽어도 좋은 건지 끊임없이 자신에게 반문도 한다.

홍 씨 부인도 맘이 편하지만은 않았을 것이다. 아무리 이 마을 토박이가 아니래도 마을 사람들이 저한테 살갑게 대한 거나, 그들이 어떻게 모은 돈인지 다 알고 있었을 터, 돈 욕심에 달아나긴 했지만, 맘이 좋지만은 않았을 것이다. 홍 씨 부인은 결국 달콤한 유혹보다 지탄받는 용서를 택했다. 죄를 고백한다는 건 쉬운 일이 아니다.

현우는 종이에 쓰인 금액대로 다 잘 나누어주라고 영철에게 이르고는 밖으로 나왔다. 어쨌든 마을 기금도 돌려받게 되어서 참으로 잘된 일이다.

동배와 회관 앞 평상에 앉아있던 송 씨는 힐금거리며 창문 안을 엿본다. 방 안에서 웃고 떠드는 소리가 들린다. 옆에서 담배를 피우고 있던 동배가 송 씨를 쳐다보고는 한마디 툭 던졌다.

"근데 홍 씨 부인이 한 인물은 한다야!"

"그렇지?"

송 씨가 배알도 없이 맞장구를 친다. 현우는 한심한 듯이 둘을 쳐다보다가 어이가 없어 웃고 말았다.

27. 대한(大寒)

> 양력 1월 20일경, 음력 12월.
> 겨울의 매듭을 짓는 절기로
> 추위의 절정기이나,
> 얼음이 녹을 정도로 따뜻한 해도 있다.
> 이날 밤에 콩을 땅이나 마루에 뿌려서
> 악귀를 쫓고, 새해를 맞이하는 풍습이 있다.

콩을 한 됫박 꺼내서 마루 구석에 뿌리고 마당에도 휘이휘이 뿌리던 현우는 혼자서 피식 웃는다. 어머니가 하면 미신이라고 못마땅해하다가, 자신이 똑같이 하고 있으니 기가 차서다.

어느새 일 년이 후딱 지났다.

태어나서부터 지금까지 부모님 덕분에 큰 고생 없이 잘 살았다. 자신이 한 일은 아무것도 없다. 그저 부모님들이 남긴 집과 재산으로 잘난 척하며 살고 있을 뿐이다. 더 늦기 전에 사막으로 가는 것도 생각해 볼 일이다. 이젠 거리낄 게 없다.

주변의 모든 사람을 다 돌보지는 못했지만, 아내와 어머니의 마지막은 다 마무리했다. 망설임 없이 홀가분하게 떠날 수 있을 것이다. 앞으로 살날이 얼마나 남았는지는 아무도 모르는 일이고, 살아 있는 동안엔 그저 원하는 대로 하면서 살 것이다.

오늘 영섭이 오기로 했다.

현우는 덕철을 위해 비워두었던 큰아들의 방을 깨끗하게 치우고 준비를 해 두었다. 그동안 이리저리 백방으로 수소문을 해서 영섭의 뿌리를 찾고자 했으나 별 성과가 없었다.

유 씨네 친척들은 다 뿔뿔이 흩어져 흔적이 없고, 어쩌다 먼 친척 되는 이를 만나서 물어보았지만, 그들도 모르기는 매한가지였다. 지금 와서 들추어낸들 무슨 소용이 있나? 어쨌든 친일했던 내력이 아닌가? 그걸 밝히고 싶지는 않을 것이다. 사실 현우도 영섭이 모르고 지나는 게 더 낫지 않을까 생각한다. 처음엔 혹시 형님의 아들이 아닐까? 하는 기대도 했었다. 그러나 영섭에게 들어보니 부모님이 결혼하고 한참 후에 자신을 가져 잔치를 했다는 것이다. 무엇보다 영섭의 어머니 연세가 유 씨네 딸보다 많이 적었다.

'그렇겠지! 형님과 아무리 좋아했기로 그 시절에, 그 나이에 설마 무슨 일이 있었을라구?'

한편으론 섭섭하다. 여하튼 영섭도 형제가 없고, 현우와 나이 터울도 얼마 지지 않아 둘은 친구로 지내기로 하였다. 늙으면 서너 살 많으나, 적으나 그게 그거다.

유 씨의 시모 산소에 현우가 데려다주자, 영섭은 술을 한

잔 올리고는 절을 했다. 진짜 할머니건 아니건 중요하지 않다. 사실 누구든 자기보다 먼저 간 사람의 산소에 술 한 잔 올리고 절하는 거야 당연한 도리 아닌가?

영천댁의 며느리 라마가 아들을 낳았다.

"달수가 모자라는데, 이것들이 벌시로 일을 저질렀구만은. 네팔인지, 지팔인지 있을 때 말이다."

영천댁은 입이 벌어졌다.

대문에 숯과 붉은 고추가 걸리자 마을 사람들은 자기네 일처럼 기뻐했다. 이 마을에 새 생명이 태어나는 것이 도대체 몇 년 만인가? 그 아이가 오롯이 한국인이 아니라도 아무 상관이 없다. 한국에서 낳았으면 한국의 아들인 것이다.

삼칠일(三七日)이 지나자 사람들은 코딱지만 한 아기 신발이니, 기저귀를 바리바리 들고 대문이 닳도록 드나들었다. 아이는 아빠를 쏙 빼닮았다. 특히 병칠은 뻔질나게 드나들었다. 라마가 네팔에 있는 친구를 소개해 준다고 이야기했기 때문이다. 따뜻한 봄이 오면 영천댁 아들과 함께 병칠이 네팔에 가기로 했다. 노총각 병칠은 요즘 부쩍 살맛이 난다.

동배는 자식이 없다는 것이 불쑥불쑥 마음에 걸린다. 자신이 죽고 나면 누가 제사를 지내줄 것인가? 이 세상에 나서 내 핏줄 하나 안 남기고 떠나야 하나? 그것이 왠지 서글프다. 영심이도 라마가 낳은 아기를 보러 갔다가 집에 오면, 괜히 툴툴거렸다. 갖고 싶다고 마음대로 안 되는 것이 자식이라고 동배는 영심을 살살 달랬다.

어느 날인가? 현우와 이야기하다가 그런 속마음을 비쳤더니, 현우는 자식이 있어도 아무 소용이 없으니 걱정하지 말라고 했다. 하긴, 형님 자식들도 얼굴 못 본 지 한참 되었다.

"죽고 난 후에는 아무것도 알 수가 없어. 그러니 누가 염해서 장례라도 치러주면 고마운 일이야."

현우도 늙었다. 동배 생각에 현우는 늙지 않고, 그대로 있지 싶었다. 진짜 세월 앞에 장사는 없다.

"내가 가면 우리 자식들이 알아서 하겠지만, 내가 없을 때 동배 자네가 혹시라도 무슨 일이 생기면 둘째놈에게 부탁해 놓을 테니 너무 걱정하지 말게."

동배는 현우의 말에 가슴이 뭉클하다. 피를 나눈 형제도 아닌데 오랜 세월 현우를 의지하고 살았다. 동배에게 있어 현우는 아버지 같기도 하고, 형님 같기도 하다. 때로 잔소리를 심하게 해도 다 동배 자신을 위해서 그런다는 걸 잘 알고 있다. 다른 사람들에게는 갖은 패악을 다 부려도 현우에게만큼은 그래도 최선을 다해서 예의를 차리는 동배다.

　동배가 빈둥거리며 회관 마당으로 들어서자 면장과 시장이 막 자동차를 타고 떠나고 있다. 시장이 웬일일까? 이상한 생각이 든다. 조 영감이 동배를 쳐다보며 실실 웃는다.
　"동배 자네는 땅 안 팔았는가?"
　"암요! 나는 안 팔았지요. 나는 다 알고 있었어요. 보상이 어마어마하게 풀린다는데 미쳤다구 땅을 팔아요?"
　"하이고, 어쩌냐? 천하의 동배가 요번에는 돈맛을 좀 보나 했더니."
　"댐을 안 만든다 카네."
　김 씨가 옆에서 중얼거렸다.
　"우리 마을이 친환경 마을로 지정이 되어 되려 개발을 못 하게 한다는데?"
　석희 아빠가 동배 곁으로 오더니 낭패한 얼굴로 속닥거렸다. 그동안 동배는 수시로 찔레네에 들러 석희 아빠와 사업 이야길 했었다. 댐이 생기면 보상금으로 어디에 건물을 살지도 다 점찍어 놨던 터다.
　"엥? 아니, 그럼 측량은 왜 했대?"
　동배는 어이가 없다.

"그거야, 진짜 지도를 맨기는 게지."
"아, 이런, 우라질!"

정든 고향이 물에 잠긴다니 그동안 마을 사람들은 마음이 착잡했었다. 돈이 아무리 좋은 세상이라지만, 오랫동안 산 고향 땅만 하리. 다른 마을 이야기로는 나오지도 않은 보상금 때문에 자식들끼리 싸움이 난 집도 여럿 되는 모양이었다. 정작 땅이 있을 때는 농사를 해야 하나, 말아야 하나 푸념도 하지만, 막상 땅이 없어진다면 살아갈 길이 막막하다.

길 하나 내는데도 한 뼘 땅 때문에 싸운다. 남의 일이다 싶을 때는 뭘 그 정도 일로 유난은? 하지만, 막상 자기 일로 닥치면 고개를 쩔쩔 흔들기 마련이다. 조상 대대로 농사짓던 곳이라 떠났다가도 끝내는 다시 돌아오는 곳이다.

댐이 들어서면 돌아올 고향도 없어진다. 도시에 사는 자식들은 댐이 생긴다는 소문을 어디서 들었는지, 벌써 전화질을 해대고 있다.

사람들은 마당으로 나와 눈발이 듬성듬성 날리는 들판을 바라보았다. 산이 둘러싸여 오목하게 평야가 펼쳐진 이곳은 꼭 바가지를 닮았다. 큰 부자는 안 나도 먹고살기 이만한 땅은 없다고 옛날 어른들 말씀이 있었다.

댐이 생긴다고 돌밭을 좋은 값에 판 조 영감은 한동안 자식들에게 시달릴 것이다. 조 영감은 정 사장이 도로 무르자고 생떼를 쓸까 봐 은근히 걱정되었다.

현우는 천천히 걸어서 절집으로 올라갔다.

일전에 김 씨에게 들은 바로는 송백이 오대산에 있는 큰 절에 있다고 한다. 그 절에서도 송백은 신도들에게 인기가 많아서 주지스님이 다른 절에 못 가게 한다고 했다. 하긴 송백의 염불은 백만 불짜리니까. 현우도 그 소리가 그리워진다. 큰스님 다비식에 온 신도들도, 어머니와 덕철의 장례식에 온 사람들도 송백의 독경 소리에 다 울었다. 어머니가 늘 외시던 반야심경의 한 구절이 문득 떠올랐다.

색즉시공이요, 공즉시색이라.

모든 형태가 있는 것은 공허한 것이며 공허한 것 또한 형태가 있는 것이다.

절집 마당에서 잠시 합장한 그는 사방을 둘러보았다. 지난 겨울 눈이 많이 내리더니 전나무 가지가 부러진 것이 많다.

이 절은 어떻게 되나? 김 씨가 아무리 잘 돌본다고 한들 예전 같지는 않을 것이다. 송백이 돌아와 다시 목탁 소리가 들렸으면 좋겠다.

산신각 앞의 동백꽃은 꽃봉오리 채 뚝뚝 떨어져 눈 쌓인 마당을 붉게 물들이고, 대웅전 추녀 끝의 고드름이 햇빛에 반짝이며 녹고 있다. 순간 어디선가 낭랑한 염불 소리가 들리는 것 같아 현우는 귀를 쫑긋한다.

쏴아! 하며 숲속에서 눈바람이 불어오더니 현우 주위를 한 바퀴 휭 돌고 하늘로 날아간다. 현우는 하늘로 날아간 바람을 잡을 듯이 손을 내밀어 본다.

덕철이 살던 집은 송과 박이 가끔 들러서 자고 간다. 그들도 이젠 사냥을 하지 않는다. 연실은 여전히 병원에 있고, 많이 회복되었다. 아직 아무에게도 웃지 않고, 어쩌다 현우만 간신히 알아보았다.

미단은 끝내 꽃 피는 봄을 다시 보지 못했다.

미단의 장례를 치른 지 한 달이 훌쩍 지났다.

성황림에 복수초가 노랗게 피어나고, 두껍게 얼었던 개울의 얼음이 서서히 풀리고 있었다. 살아온 날보다 살날이 많지 않은 노인들은 회관에 모여 일전에 김 교수 일행이 설치해 준 컴퓨터를 들여다보고 자판을 두들겨 봤다가 마우스를 흔들어 보면서 화면이 나오니 안 나오니 실랑이를 하는 중이다.

 김 교수 일행은 한 달에 두어 번은 마을에 와서 좋은 이야기도 하고, 농사일도 거들어주기로 했다. 그들 중에 몇 번의 봄을 누가 더 많이 볼지는 아무도 알 수 없다.

 현우가 집을 나서서 성황림 앞에 이르자 한 줄기 햇살이 숲속을 비추었다. 그때, 갑자기 나지막하게 키득거리는 소리가 들린다.

 현우는 깜짝 놀라 숲을 뚫어지게 바라보았다. 당집 쪽으로 무언가가 끄덕거리며 지나간다. 자세히 보니 장끼 한 마리가 색색의 깃털을 뽐내며 토박토박 걸어가고 있다. '저놈이?' 현우는 쓰게 웃었다. 설마 올해 또 성황제를 치르지 못하는 것은 아니겠지? 걱정을 떨쳐버리려 그는 고개를 흔든다.

 회관으로 가는 그의 옆으로 버스가 지나간다. 오늘은 이게 막차다. 버스 뒤로 바람이 와! 하고 쫓아가고 방금 버스에서 내린 듯, 웬 여인이 서 있다.

 목도리를 칭칭 감은 채, 커다란 가방을 들고 그녀는 현우를 바라본다. 고개를 까딱하며 인사를 하더니, 그녀는 홍 씨네 민박집 쪽으로 걸어가기 시작했다. 홍 씨네 집은 일전에 송 씨가 깨끗하게 청소를 해 두었다.

  희끄무레한 하늘을 올려다보던 현우는, 송백스님도 곧 돌아올 것 같은 예감이 들어 몸을 움찔하며 부르르 떤다. 현우의 목덜미 뒤로 시린 바람이 한 줄기 지나간다.

  설익은 봄.
  철 늦은 눈이 벚꽃처럼 펄펄 휘날리기 시작했다.

  〈끝〉